Ren

René Barjavel est né en

Fils de boulanger et petit-fils de paysans, il obtient son baccalauréat en 1929, mais ne peut poursuivre ses études supérieures faute de moyens. En moins d'un an, il est alors tour à tour répétiteur, démarcheur, employé de banque, puis journaliste au Progrès de l'Allier où il restera cinq ans. En 1935, il rencontre l'éditeur Robert Denoël, qui lui propose de travailler pour lui, à Paris. Pendant dix ans, il occupe le poste de chef de fabrication, tout en collaborant à différents journaux et revues, en particulier en tant que critique de spectacles.

Ses quatre premiers ouvrages, *Ravage* (1943), *Le Voyageur imprudent* (1944), *Tarandol* (1946) et *Le Diable l'emporte* (1948) n'ayant pas été reconnus par le public, il explore alors d'autres pistes : le théâtre, puis le cinéma. C'est en romançant un scénario de SF qui ne sera jamais tourné, *La Nuit des temps* (prix des Libraires 1968), qu'il renoue avec la littérature. Suivront *Les Chemins de Katmandou* (1969), *Le Grand Secret* (1973), *Le Prince blessé* (1976), ou encore *La Tempête* (1982).

Parallèlement, René Barjavel signe une chronique hebdomadaire dans le *Journal du Dimanche*, « Les libres propos de Barjavel », jusqu'en 1979. Quelques années plus tard, il consacre des nouvelles à l'enchanteur Merlin, au Graal, et écrit, en collaboration avec Olenka de Veer, deux romans qui accordent une large place au merveilleux : *Les Dames à la licorne* (1974) et sa suite, *Les Jours du monde* (1975), puis *L'Enchanteur* (1984), version romanesque de ses réflexions sur Merlin.

René Barjavel est décédé à Paris en 1985.

LE GRAND SECRET

DU MÊME AUTEUR
CHEZ POCKET

LA NUIT DES TEMPS
LES CHEMINS DE KATMANDOU
LE GRAND SECRET
LES DAMES À LA LICORNE
UNE ROSE AU PARADIS

RENÉ BARJAVEL

LE GRAND SECRET

PRESSES DE LA CITÉ

ISBN 978-2-266-24070-3

À Jean-Pierre Rudin,
ami des livres,
ce livre,
et mon amitié.

I

COMME UNE JEANNE D'AUTREFOIS

Le 17 janvier 1955, un peu après onze heures du matin, le Pandhit Nehru, Premier ministre de l'Inde, ouvrit la séance de ce qu'on nommerait en France un Conseil des ministres. Il mit immédiatement en discussion les mesures à prendre pour parer à la famine qui ravageait le Bihar. Cette grande plaine du nord de l'Inde n'avait pas reçu une goutte de pluie depuis trois ans. Sur sa terre craquelée, les gens et les bêtes perdaient peu à peu l'eau et la chair de leur corps, et devenaient squelettes avant de mourir.

Ce qu'il fallait faire, c'était simple : irriguer le Bihar avec les eaux du Gange. Cela demanderait un demi-siècle. Distribuer de la nourriture. On n'en avait pas. Prier pour que la pluie tombât. On priait depuis toujours.

À onze heures et demie à peu près, un appel téléphonique parvint de Bombay pour le chef du gouvernement. Son premier secrétaire le reçut et répondit qu'il ne pouvait pas déranger le Premier ministre pendant le Conseil, où l'on examinait de graves problèmes. L'homme qui était à l'autre bout du fil, et dont le secrétaire connaissait bien le nom, répondit qu'il n'y avait *rien de plus grave et de plus important au monde* que ce dont il fallait, de toute urgence, qu'il entretînt Nehru.

Sur la table du Conseil, le téléphone qui ne devait sonner qu'en cas de cataclysme, de guerre, ou d'incendie dans le Palais du Gouvernement, sonna. Nehru décrocha et écouta pendant que les ministres le regardaient, étonnés et inquiets. L'homme qui était à l'autre bout du fil, et que Nehru connaissait bien, le pria de venir le voir à Bombay, toutes affaires cessantes. Il n'y avait *rien de plus grave et de plus important au monde* que ce dont il fallait, de toute urgence, qu'il l'entretînt seul à seul.

Pour un Indien, la mort n'est pas un événement important, ni déplorable. Ni celle des autres, ni la sienne. La mort est seulement la fin d'une des étapes successives du long voyage des réincarnations. L'âme n'aboutit enfin à la Paix qu'après avoir été purifiée par les souffrances d'une suite de vies plus nombreuses que les feuilles d'une forêt. Devant cette infinité d'épreuves que chacun doit traverser, la plupart des Indiens se résignent, et supportent avec patience les grands et les petits malheurs de leur existence présente, une parmi des millions d'autres qu'ils ont encore à subir. Un certain nombre essaient de sortir de la fatalité des vies innombrables en se débarrassant de toutes impuretés par le jeûne, l'ascèse, la méditation et les exercices, jusqu'à ce que le grossier caillou de leur âme soit devenu assez subtil pour traverser les murs du tunnel des réincarnations. Quelques sages, tels Nehru, et Gandhi avant lui, pleins d'une compassion infinie pour les souffrances des vivants, essaient d'aplanir le terrain que ces derniers auront à franchir pendant leur existence actuelle, pour leur épargner des blessures et des saignements. Si peu que ce soit. Ce qu'ils peuvent…

Ce que l'homme au bout du fil avait à dire à Nehru était si grave qu'il ne voulait pas courir le risque qu'un seul mot fût surpris au téléphone. Il demandait au Pandhit de venir, sans perdre une minute. Le sort du monde, *et peut-être plus*, dépendait de la diligence qu'il mettrait à venir, et à prendre, ensuite, les décisions.

Nehru raccrocha et resta quelques instants silencieux. Il était vêtu d'une tunique blanche, et portait, à la troisième boutonnière à partir du col, une rose rouge. Ses ministres le regardaient et attendaient en silence qu'il voulût bien parler. Sans regarder personne il réfléchissait, un très mince sourire demeurant sur ses lèvres, marque de sa constante courtoisie. Il souriait même en dormant, dans la nuit la plus noire, par courtoisie envers la lumière, et envers son contraire.

Enfin il regarda les hommes réunis autour de la table et s'excusa de devoir les quitter. Pour des raisons d'ordre privé il devait se rendre à Bombay sans perdre une minute. Qu'ils veuillent bien poursuivre sans lui l'examen des problèmes du Bihar. Il sortit, et ils poursuivirent, et le Bihar continua à se dessécher, et il n'aurait rien fait d'autre si Nehru était resté assis.

L'avion personnel du Premier ministre volait vers Bombay. L'homme auprès de qui il se rendait était un vieillard, un ami de son père. Nehru éprouvait pour lui autant de respect que d'admiration. C'était à la fois un savant et un saint. Il était parvenu à ce degré de purification intérieure où il lui était impossible de prononcer une parole fausse, ou inutile, ou même légère. C'était pourquoi le Pandhit venait.

Naturellement, les téléphones du gouvernement indien, comme ceux de tous les gouvernements du monde, étaient écoutés. Trois services secrets savaient déjà que Nehru se rendait à Bombay pour y entendre une communication « dont pouvait dépendre le sort du monde ». Avant même que l'avion eût décollé de New Delhi, des messages codés partaient dans toutes les directions : avertir les gouvernements, prévenir les correspondants de Bombay, se renseigner sur l'auteur du coup de téléphone, prendre les dispositions pour connaître ce qui allait être dit, se procurer tous documents, échantillons, photos, renseignements concernant l'objet de l'entretien…

Ces messages furent interceptés et décodés par d'autres espions, et à la fin de la journée tous les services secrets étaient sur l'affaire. C'est ainsi que commença une formidable et obscure bataille qui devait durer des années et faire de nombreuses victimes parmi les membres des services de renseignement. Mais bien qu'ils aient eu maintes fois la preuve de l'importance fantastique de ce qu'ils pourchassaient, à aucun moment de leur long combat, aucun des agents d'aucun pays ne sut de quoi il s'agissait.

L'avion se posa sur l'aérodrome de Bombay, dans la chaleur moite de l'hiver tropical. Nehru descendit l'escalier roulant aussitôt amené. Au troisième bouton de sa tunique blanche, la rose rouge commençait à se faner. C'était le milieu de l'après-midi. À Paris, il faisait nuit depuis longtemps. Nuit et froid. Jeanne

Corbet avait téléphoné à son mari qu'elle ne rentrerait pas cette nuit. Il savait pourquoi. Elle ne lui avait rien caché.

Elle avait vingt et un ans de moins que lui. Il l'avait remarquée alors qu'elle suivait son cours de pathologie cardiaque à la faculté de médecine. Ils s'étaient mariés, ils avaient été très heureux pendant deux ans, heureux pendant trois ans, paisibles ensuite.

Aussi intelligente que belle, et décidée à réussir, elle aurait fait son chemin sans lui, mais il lui avait ouvert les portes et épargné les piétinements. Elle était devenue son assistante. Elle aimait son travail, elle aimait bien son mari. Ils avaient un fils, Nicolas, âgé de onze ans. Depuis onze mois, elle avait un amant, dont la rencontre l'avait complètement transformée.

De son mari, elle avait reçu des satisfactions et même du plaisir, elle lui avait offert de la tendresse, de l'admiration, et même du désir. Entre elle et lui régnaient une entente et un équilibre intelligents, et s'épanouissaient des moments nocturnes où chacun trouvait son compte, mais avec Roland elle avait surgi tout à coup dans un autre univers, comme lorsque avec un avion on perce la pluie habituelle et on découvre la gloire du soleil au-dessus des nuages devenus éblouissants.

Les conséquences de ce qui se passait à Bombay au moment où elle venait de rejoindre Roland allaient s'abattre sur leur vie comme un cyclone.

Une voiture sans escorte attendait Nehru à l'aéroport de Bombay. Elle le conduisit en dehors de la ville, jusqu'à une grande et très belle maison ancienne, presque un palais. Des serviteurs ouvrirent la grille des jardins et la refermèrent derrière lui. Une allée traversait des groupes d'arbres immenses et des massifs fleuris que des jets d'eau tournants arrosaient sans arrêt. L'air sentait la terre humide, la mangue et le santal. L'allée, après avoir tranché en deux un bosquet de rhododendrons pourpres hauts comme des châtaigniers, aboutissait à un petit bâtiment moderne, sans étage, aux murs de briques ocre. Nehru le connaissait bien. Il y était déjà venu avec son père, et deux fois encore depuis la mort de ce dernier, pour s'entretenir avec celui qui travaillait en ces lieux, et dont la sagesse lui était précieuse.

Il descendit de la voiture, qui l'attendit. C'est ainsi que Jeanne Corbet put savoir plus tard, en interrogeant le chauffeur, que Nehru était resté plus de cinq heures à l'intérieur du bâtiment.

Il fut étonné, lorsqu'il arriva à la porte, de ne pas être reçu par son hôte, qui était toujours venu, les fois précédentes, l'accueillir sur le seuil. La porte était ouverte, la pièce de réception et les couloirs vides. Nehru pénétra au cœur du bâtiment par le couloir principal, au plafond duquel tournaient silencieusement les ventilateurs. Les murs étaient de céramique blanche, coupés de baies vitrées à travers lesquelles il voyait, là où d'habitude travaillaient les collaborateurs du savant, des laboratoires totalement déserts.

À mi-longueur du couloir, deux niches se faisaient face dans ses murs, abritant deux statues anciennes en bronze doré, l'une de Vishnu, le Conservateur du Monde, et l'autre de Çiva, le Destructeur aux trois yeux. À leurs pieds subsistaient quelques pétales fanés, et les baguettes odorantes étaient consumées. Nehru ôta la rose de sa boutonnière et la déposa aux pieds de Vishnu.

Il parvint enfin au bout du couloir, où se trouvait le laboratoire principal. À travers la vitre il vit deux hommes vêtus et coiffés de blanc penchés vers une petite boîte en verre dans laquelle palpitait un papillon bleu et brun. L'homme qui lui faisait face le vit et le signala à l'autre, qui se retourna vers lui et lui sourit. C'était un vieillard au visage couleur de cuir sombre illuminé par une barbe d'un blanc rayonnant. Au-dessus d'un nez assez fort, ses yeux larges étaient comme un chemin ouvert sur le cœur d'une forêt parfaite. Ils étaient source, fruit, fraîcheur, ombre, lumière et paix.

Nehru joignit les mains devant son visage et s'inclina. Les deux hommes lui rendirent son salut. Nehru voulut les rejoindre dans le laboratoire, mais la porte était fermée à clef. Le plus jeune des deux hommes, qui paraissait soucieux et fatigué, lui fit signe d'entrer dans le laboratoire contigu. Il y trouva, installé entre des tables couvertes d'éprouvettes et d'instruments, un fauteuil tourné vers la cloison vitrée qui séparait les deux pièces. Sur une tablette, à portée de sa main, était posé un poste du téléphone intérieur. De l'autre côté de la cloison, l'homme à la barbe blanche vint s'asseoir en face de lui, sur une chaise du labo. Il décrocha un téléphone et fit signe à Nehru de décrocher le sien. Quand Nehru eut porté le combiné à son oreille, l'homme commença à lui parler en anglais.

Il se nommait Shri Bahanba, et son âge était alors de soixante-dix-sept ans. Il appartenait à une famille de brahmanes riches et sages depuis des siècles. Pendant ses études en Angleterre, au temps de la Domination, il s'était passionné pour la biologie, la zoologie, la botanique, toutes les sciences de la vie sous toutes ses formes. Revenu en Inde, il consacra son temps à des recherches et des expériences sur l'élément de base de la vie, la cellule. Dans le monde entier, des savants connaissaient son nom et ses travaux. Sans être médecin, il avait cependant rendu des services à la médecine, comme Pasteur l'avait fait un siècle plus tôt. Les merveilles et les horreurs qu'il découvrait chaque jour sous son microscope l'avaient confirmé dans ses croyances, et aidé dans son chemin spirituel. Il dit en anglais à Nehru :

— Je te remercie d'être venu. Et je te remercie d'être venu vite. Je ne crois pas qu'on nous écoute, ce téléphone est coupé du standard, mes serviteurs veillent dans les jardins et ne laissent approcher personne, j'ai pris les plus grandes précautions, mais j'en prendrai une encore en abandonnant ce langage que tout le monde comprend…

Et il cessa de parler en anglais pour parler en sanskrit. Même en Inde, ceux qui savent lire la vieille langue sacrée sont rares, et ceux qui savent la parler et l'entendre encore plus. Nehru était de ceux-là. Pour exprimer certaines notions modernes, le vieil homme dut user d'images et de circonlocutions, mais Nehru comprit parfaitement ce que Bahanba avait à lui dire. Quand il ressortit, cinq heures plus tard, il s'arrêta au milieu du couloir entre les deux statues des Dieux, s'inclina, mains jointes, devant l'un puis devant l'autre, reprit la rose maintenant flétrie qu'il avait déposée devant le Conservateur, et la coucha avec déférence devant le Destructeur.

L'homme que le Service secret anglais avait mis aussitôt sur l'affaire connaissait le sanskrit, mais il ne put arriver jusqu'aux laboratoires. Intercepté par les serviteurs, il fut reconduit hors des grilles. La tâche de ceux qui font métier de découvrir les secrets d'autrui n'est pas aussi facile qu'on pourrait le croire d'après certains livres, ou le cinéma. Et, en 1955, les moyens d'écoute étaient aussi éloignés de ce qu'ils sont aujourd'hui que le char à bœufs de la fusée Apollo. Personne n'entendit ce qui fut dit ce jour-là en ce lieu. Les habitants de l'îlot 307 l'apprirent plus tard, et Jeanne Corbet l'apprit d'eux à son tour.

Elle se réveilla au milieu de la nuit. Elle avait laissé une faible lampe allumée à l'autre bout de la chambre, juste assez de lumière pour le voir dès qu'elle ouvrait les yeux. Elle le regarda. Il dormait comme un enfant, sans bruit, détendu. Sa main droite tenait encore le drap qu'il avait ramené jusqu'à son ventre, parce qu'il ne voulait pas qu'elle vît son sexe quand il était au repos, il le trouvait ridicule. Sa poitrine était large, lisse, sans un poil avec des muscles plats modelés discrètement. En décembre ils avaient pu passer ensemble quelques jours au Maroc. Ils n'étaient presque pas sortis de l'hôtel, ne quittant le lit que pour la piscine ou la terrasse. Ils ne voyaient rien d'autre, elle, que lui, et lui, elle. Le reste du monde n'était qu'un décor à peine discernable, une brume confortable et exotique, une ouate parfumée dans laquelle ils blottissaient leur amour. Ils en étaient revenus, elle avec un teint de cuivre brun, lui couleur de pain frais. Sur la poitrine plate de Roland, que la respiration soulevait à peine, ses petites pointes de sein étaient couleur de caramel. Jeanne se pencha vers la plus proche, lentement, jusqu'à ce qu'elle la sentît à peine toucher son front, pas tout à fait au milieu, juste un peu plus bas vers le sourcil gauche, en ce point aussi sensible que le cœur de la main. À la limite de l'immobilité et de la caresse elle demeura ainsi quelques secondes, résistant au désir de se poser sur lui tout entière, de le toucher avec toute sa peau. La merveille de la nudité, c'était cela, tout le corps devenait une main pour toucher et sentir l'autre corps pareillement dépouillé des carapaces, et lui aussi sensible, et gourmand, et curieux.

Mais il dormait si bien…

Elle avait soif… Elle se redressa et s'assit au bord du lit. La chambre était chaude et sentait l'amour et la peau d'orange. Ils en avaient mangé hier soir, et elle avait mis les écorces sur les radiateurs du chauffage central. Les affreux rideaux de velours prune étaient tirés devant les fenêtres. Elle commençait à les aimer, comme tous les détails de cet appartement saugrenu qu'il avait loué pour leurs rencontres. La chambre et le salon étaient surchargés de meubles Napoléon III et de lampes, bibelots et statuettes qui s'épanouissaient jusqu'aux années 30. En face du lit, entre les deux fenêtres, au-dessus d'un fauteuil grenat, une jeune femme en robe de tussor jaune pâle était accrochée dans un cadre doré. Coiffée en bandeaux blonds, elle regardait Jeanne d'un regard très doux qui la suivait partout avec indulgence et compréhension. Jeanne ne manquait pas une occasion de lui sourire. Elles se comprenaient. Jeanne se leva pour aller à la cuisine. C'était une immense pièce, carrelée de rouge, avec une hotte en verre cathédrale qui courait tout le long d'un mur au-dessus de la cuisinière à gaz et du fourneau à charbon. On aurait pu cuire ici la nourriture d'un régiment.

La haute fenêtre donnait dans la seconde cour de l'immeuble, une vieille maison de la rue de Vaugirard. Les rideaux légers étaient écartés. D'une fenêtre en face, à l'étage supérieur, un jeune vicaire insomniaque de l'église de Saint-Sulpice, qui s'était levé pour réciter une action de grâces, vit Jeanne nue, superbe et libre, aller et venir dans la pièce rouge, ouvrir l'énorme réfrigérateur, en sortir une bouteille d'eau, se verser à boire, boire, se verser encore et boire de nouveau, longuement, avec volupté, le bras bien levé et le visage un peu renversé en arrière, comme si elle buvait à une source jaillissant de la paroi d'un rocher. La lumière crue du plafond brillait sur ses épaules et sur ses cheveux lisses, d'un brun presque roux, qui lui cachaient les oreilles et les joues. Et le reflet des carreaux du sol ourlait de rose ses longues cuisses, le petit triangle d'acajou au bas de son ventre, le dessous de ses seins bien ronds et pointus, et son bras levé, plein comme une branche. Ce ne fut que lorsqu'elle éteignit que le jeune vicaire s'agenouilla pour remercier Dieu.

Elle se recoucha. Roland n'avait pas bougé. Elle tira doucement le drap, le découvrit tout entier, et à le voir si beau, désarmé auprès d'elle, confiant comme un enfant à qui personne encore n'a jamais fait peur, des larmes de bonheur lui vinrent aux yeux. Elle ne s'habituait pas, elle ne s'habituerait jamais à la joie miraculeuse de tant l'aimer. Quand elle l'attendait quelque part et le voyait arriver, c'était comme si mille soleils s'allumaient dans le ciel et transformaient toute la terre. Le trottoir devenait un tapis de pourpre, la table du café une nacelle, les gens autour de lui un ballet d'ombres ourlées d'or, et il arrivait dans cette gloire, il était le milieu du monde, il venait vers elle, il lui tendait les mains, elle sentait gonfler dans sa poitrine un nuage de lumière, elle essayait de s'en délivrer par d'énormes soupirs, il lui demandait en souriant ce qu'elle avait. Elle répondait : « Je t'aime… »

Elle se mit à rire doucement avec tendresse et reconnaissance, en regardant le sexe endormi. Il avait l'air, dans un nid de mousse, d'un oiseau épuisé à couver des œufs trop gros pour lui. Doucement, elle posa, sur le nid et ses trésors, sa main comme un autre nid. Alors l'oiseau et Roland s'éveillèrent.

Il faut se rappeler ce que fut l'activité du Pandhit Nehru pendant les mois qui suivirent. À peine de retour à New Delhi, il avait mobilisé sa diplomatie pour obtenir, rapidement, des entrevues avec les chefs d'État les plus importants du monde. Il se rendit d'abord aux États-Unis. Il devait commencer par là. Il eut deux entretiens avec Eisenhower, puis se rendit en Russie où il fut reçu par Boulganine et Khrouchtchev, en Chine où il rencontra Mao, en Europe où il vit le chancelier Adenauer, Sa Majesté Elizabeth II et le président Coty. Il se rendit secrètement à Colombey pour rencontrer de Gaulle. On se souvient de ces déplacements du Premier ministre indien. Les journaux et la télévision le montraient toujours dans les mêmes attitudes, souriant en serrant la main d'un chef d'État – Khrouchtchev l'embrassa – ou souriant en descendant de son avion. Ce fut à cette époque que les journalistes le surnommèrent *l'homme-à-la-rose*, à cause de la fleur qu'il portait toujours à la boutonnière de sa tunique, et aussi pour lui manifester la sympathie des peuples du monde entier. Tout le monde pensait, en effet, que ses voyages avaient pour but de combattre la guerre froide et d'aider à sa liquidation. Il fit tout pour le laisser croire, et peut-être d'ailleurs s'y employa-t-il, mais l'objet réel de ses rencontres était plus important, si important qu'il obtint d'hommes aussi opposés que Mao, Eisenhower et Khrouchtchev une approbation immédiate des décisions qu'il était venu leur soumettre.

Les propositions de Shri Bahanba ne pouvaient avoir d'efficacité que si elles étaient réalisées dans le secret le plus absolu, un secret de pierre et de plomb. Nehru l'obtint. Chacun de ses interlocuteurs comprit quelles seraient les conséquences de la moindre indiscrétion. Chacun comprit également que le plan Bahanba exigeait une collaboration totale et sans réticence de tous les hommes à qui Nehru était venu la demander.

Une troisième condition de réussite était l'extrême urgence des mesures à prendre. Elles commencèrent à être appliquées dès le passage de Nehru dans les différentes capitales. Dans la semaine qui suivit sa visite à Eisenhower, la Maison Blanche publia un communiqué annonçant que, devant les craintes manifestées par les gouvernements japonais et canadien, et bien que ces craintes ne fussent pas justifiées, l'état-major américain renonçait à expérimenter la bombe nucléaire souterraine à grande puissance qui aurait dû exploser le prochain mois dans une île de l'archipel des Aléoutiennes.

Cette décision était la clef du plan Bahanba, et en rendait l'exécution possible. Ce plan n'avait cependant rien à voir avec la guerre, froide ou chaude, ni avec les expériences atomiques.

Deux des fusées américaines braquées en permanence vers la Russie se virent désigner un nouvel objectif. Après le passage de Nehru à Moscou, deux fusées russes furent pointées vers le même but. Et quelques années plus tard, dès que la première fusée chinoise à longue portée fut prête à prendre son vol, elle reçut la même destination éventuelle.

C'est après ces voyages de Nehru, dès 1955, que fut installée, entre Moscou et Washington, la liaison directe qui ne fut révélée que sous la présidence de Kennedy et à laquelle on donna le nom de « téléphone rouge ». Une liaison identique, qui resta secrète, fut établie entre Moscou et Pékin et Pékin et Washington.

Le chef de chacune de ces trois grandes nations était toujours prêt, dès la moindre menace, à mettre en marche contre les deux autres toute sa puissance guerrière et à précipiter le monde dans l'enfer, mais ce que Nehru était venu dire à tous était si grave, qu'à ce niveau de peur et d'espoir les antagonismes nationaux et idéologiques ne pouvaient pas subsister.

Les services secrets qui étaient sur l'affaire depuis l'entrevue de Bombay reçurent l'ordre d'en référer désormais directement à leur chef d'État. Ils furent fréquemment utilisés pour des opérations de détail dont ils ne connaissaient pas la signification. Ils se combattirent ou collaborèrent sans savoir pourquoi. Certains agents furent liquidés pour avoir frôlé de trop près, sinon la vérité, du moins le secret. Aux États-Unis, la Maffia elle-même servit plusieurs fois d'instrument et envoya jusqu'en Europe des commandos qui croyaient travailler uniquement pour la « cosa nostra ». Jamais, d'ailleurs, le sens de l'expression « chose nôtre » ne fut si pleinement justifié.

Les visites entre chefs d'État ne s'improvisent

pas aussi vite qu'entre cousins. Bien qu'il bousculât autant qu'il pût les protocoles, Nehru ne termina les siennes qu'au mois de novembre 1955. Quand il revint définitivement à New Delhi, il restait habité par une anxiété qui ne le quitta plus jusqu'à sa mort.

À chacun de ses voyages, un avion accompagna le sien, se posa après le sien et repartit avec lui. Personne n'en vit jamais descendre aucun passager. En revanche, dans chaque pays, un ou plusieurs visiteurs montèrent à bord et redescendirent plusieurs heures après, l'air soucieux, ou très grave, ou effaré, gardant dans leur esprit l'image d'un papillon brun taché de bleu.

Quand Nehru revint de son dernier voyage, qui l'avait conduit à Berlin et à Paris, tandis que son avion atterrissait à New Delhi, le second avion, qui l'avait accompagné partout, alla se poser à Bombay.

Neuf jours plus tard, au début de la matinée, le Pandhit ouvrit la séance hebdomadaire du Conseil des ministres. À l'ordre du jour, la famine à Calcutta, et, bien sûr, toujours le Bihar. De nouveau, le téléphone sur la table sonna. Quand Nehru décrocha, il savait ce qu'il allait entendre. On lui annonça qu'un incendie avait totalement détruit dans la nuit la maison et les laboratoires de Shri Bahanba. L'incendie était certainement criminel : le feu avait pris partout à la fois, et les pompiers n'avaient pu intervenir, la conduite d'eau principale qui desservait ce quartier de la ville ayant, dans l'heure précédente, été dynamitée en deux endroits.

Surpris dans leur sommeil, Shri Bahanba, un certain nombre de ses parents, de ses collaborateurs et de ses amis, avaient péri. On n'avait pas encore pu commencer à fouiller les décombres, qui brûlaient toujours.

Nehru reposa lentement le téléphone. Bien qu'il s'attendît à la nouvelle, il était bouleversé. Le Plan devait être appliqué inexorablement. Il ne reverrait plus son vieil ami.

Le printemps de 1955 fut le second printemps des amours de Jeanne et Roland. Il leur semblait qu'ils ne faisaient que commencer à vivre. Ils plaçaient le début du monde au jour de leur rencontre, et ce jour recommençait chaque fois qu'ils se retrouvaient. Des obstacles difficiles les séparaient : les trois enfants de Roland, un garçon et deux filles, et sa femme qui n'accepterait jamais de divorcer. Lui, malgré cela, avait la certitude que tout s'arrangerait miraculeusement, un jour, bientôt peut-être, et qu'ils pourraient enfin vivre ensemble une vie sans cesse plus heureuse, plus lumineuse, pareille à un chemin qui irait vers l'horizon en s'élargissant. Toujours. Il pensait vraiment *toujours*. Il ne concevait pas que la mort pût mettre un terme à cette perfection de joie. Il aimait Jeanne avec toute sa puissance d'homme, et une fraîcheur et une naïveté d'adolescent. Il avait trente-deux ans au moment de leur rencontre, elle trente-cinq, maintenant trente-six. Il la comblait dans son cœur, l'émerveillait dans son intelligence, la bouleversait dans son corps à un point tel qu'elle croyait, quand elle reprenait conscience, que cela ne pourrait plus jamais être pareil, ce n'était pas possible. Et quand elle s'ouvrait de nouveau devant lui il l'emportait encore plus haut, plus loin, dans la lumière et la nuit rouge de la joie.

Un tel bonheur sur tous les plans était miraculeux, elle le savait. Elle savait aussi que la vie commune l'aurait peut-être menacé. Quand elle restait deux ou trois jours sans voir Roland, il lui devenait impossible, par instants, physiquement, de respirer. Si l'absence se prolongeait, elle se mettait à souffrir comme une droguée en état de manque. Mais elle savait que lui aussi souffrait, et que la souffrance des séparations était peut-être ce qui maintiendrait leur amour en pleine vie. Il n'y aurait pas entre eux de lassitude, ni de ces habitudes dont le poids peu à peu accumulé fait sombrer l'exceptionnel dans le banal, et l'asphyxie. Elle ne voulait surtout pas qu'il y eût entre eux de regrets. Il lui avait dit en septembre, après la trop longue absence des vacances, qu'il n'en pouvait plus, qu'il allait quitter sa famille pour vivre avec elle, même sans divorce. Si elle l'avait alors encouragé peut-être l'eût-il fait. Elle se tut, et il n'en reparla jamais. Elle savait qu'il adorait ses enfants et que si elle l'avait obligé à se séparer d'eux elle l'aurait, en le gagnant, perdu.

L'hiver avait été très froid, et le printemps tardif. Mais à la fin du mois d'avril il s'épanouit tout à coup comme une mariée. Jeanne et Roland combinèrent une escapade de cinq jours, juste le temps d'aller, tout près, en Normandie, voir éclater les arbres ronds de fleurs, et jaillir de la terre la foule de l'herbe nouvelle drue, émerveillée de pâquerettes, si pressée d'atteindre le ciel avant l'hiver.

Mais la veille du jour où ils devaient partir, la plus jeune fille de Roland, qui avait trois ans, commença une otite avec une grosse fièvre, et Roland resta auprès d'elle. L'occasion ne se présenta plus. Ce fut un printemps perdu, et ce fut grand dommage car ils n'en eurent plus d'autre.

Nehru venait alors de quitter Moscou. Dans les jours suivants, un médecin rescapé du « procès des blouses blanches » fut arrêté de nouveau sur l'ordre de Khrouchtchev avec toute sa famille et ses collaborateurs les plus proches, et embarqué dans un avion en direction de la Sibérie. L'avion fit escale sur un aérodrome militaire pour refaire le plein, repartit cap à l'est, s'engagea au-dessus de la mer d'Okhotsk, et ne revint pas.

Roland était très beau, grand, mince et plat, avec des cheveux d'un brun chaud, courts et frisés, des yeux de gazelle sentimentale, un nez mince un peu cassé depuis l'enfance, des cuisses, des épaules et une taille de Tout Ankh Amon. Et de longues mains à la fois très fines et fortes. Le professeur Hamblain, dans l'équipe de qui il travaillait au Centre de recherches contre le cancer à Villejuif lui disait :

— Vous avez des mains de vétérinaire, faites pour accoucher les vaches et soigner les petits chats…

Il avait traversé imperturbablement ses années d'études au centre d'un tourbillon de filles folles de lui. Elles n'avaient pas réussi à l'empêcher de travailler, ni à en faire un don Juan de Quartier latin. Il s'était accordé quelques temps avec quelques-unes, sans être jamais vraiment amoureux, mais assez cependant chaque fois pour empêcher ces aventures de ramper uniquement au niveau horizontal des coucheries.

La plus obstinée avait réussi à se faire faire un enfant. Il l'épousa. Ce fut un mariage idiot, pour elle comme pour lui. Très brune, pâle, mince, avec d'immenses yeux noirs battus, elle avait l'air d'un ange-garnement renvoyé sur la Terre pour avoir mis le bout de ses ailes dans son nez, et qui passe toutes ses nuits à pleurer le paradis perdu. En fait, quand elle se déshabillait elle révélait un bon gros derrière, et elle était possessive, mesquine, rancunière, bavarde, rabâcheuse, incapable de partager la moindre pensée de Roland à qui elle apporta, dès les premiers jours de leur vie commune, la contradiction obstinée des imbéciles. Il avait beau se baisser vers elle, il ne parvenait pas à se mettre à sa portée. Et elle lui en voulait hargneusement d'être différent.

Dans l'amour, elle retrouvait avec lui un très grand bonheur, et il lui en avait de la gratitude. Sa peau était un peu grenue, élastique, d'abord fraîche puis brûlante, et ses petits seins agressifs dressaient leur tête avant de s'alanguir comme des fleurs qui ont bu un soleil trop vif. Et les mots perdus qui s'échappaient de sa bouche, à ces moments-là, étaient les seuls qui ne cherchaient pas à le blesser. Il ne lui en voulait pas d'être ce qu'elle était. Il éprouvait pour elle de la tendresse, parfois triste, parfois amusée, et de la reconnaissance pour lui avoir fait de si beaux enfants. Il lui était resté fidèle jusqu'à Jeanne. Il continuait à lui faire l'amour quand elle en manifestait l'envie. Il se sentait coupable envers elle et ne se croyait pas le droit de la priver de la seule joie qu'il pût encore lui donner. Mais il n'y participait pas une seconde, même à l'instant où son propre corps lui échappait.

Jeanne lui demanda un jour ce qu'il en était, et il le lui dit. Elle dut faire un grand effort pour maîtriser la bouffée de jalousie sauvage qui lui inonda le cœur et la chair. Mais son intelligence et la conscience de leur amour reprirent le dessus. Elle admit ce qu'il lui avait expliqué, et n'en éprouva plus de peine. De son côté, il n'y avait pas de problème. Tout ce qui n'était pas Roland lui paraissait désormais sans consistance, aussi peu réel que les imitations de la vie que font les enfants dans leurs jeux. « Alors tu serais le mari et moi je serais la femme… » Seuls Roland et elle étaient adultes, vrais, au milieu d'une agitation fictive et sans poids. Elle s'était éloignée même de son fils. Elle ne l'aimait pas moins, mais il venait « après ». Elle savait parfaitement que si elle avait dû choisir entre lui et Roland elle n'aurait fait que semblant d'hésiter et d'être déchirée. Son choix était déjà fait. Il était fait une fois pour toutes entre Roland, et tout le reste du monde.

Il ne lui aurait donc rien coûté de mentir à son mari, ou de le réduire au désespoir. Mais il ne se passa rien de dramatique. La vérité jaillit hors d'elle-même comme, d'une ampoule, la lumière. Dès sa rencontre avec Roland, en quelques jours elle s'était transformée. Elle avait secoué comme une poussière l'âge par lequel elle s'était depuis quelques années laissée rejoindre et avait retrouvé une jeunesse plus rayonnante que celle de son adolescence. Ses yeux brillaient, son teint éclatait de joie, elle se dressait, s'affinait, ses gestes étaient plus rapides et toujours beaux, elle souriait et chantonnait sans cesse, elle réussissait son travail mieux et plus vite et avec plaisir, passait tout son temps libre à courir les boutiques, brassait les couleurs, revenait avec des vêtements comme avec des bouquets, ou rapportait une petite robe noire miraculeuse derrière laquelle elle faisait semblant de s'éteindre, en demandant à son mari :

— Comment me trouves-tu ?

Il répondit :

— Qu'est-ce qui t'arrive ?

Elle le lui dit.

Il n'était plus jamais, depuis ce moment, venu la rejoindre dans sa chambre, mais s'il était venu, aurait-elle eu le courage de le renvoyer ? Et si elle ne l'avait pas renvoyé, ne l'eût-elle pas reçu avec plus de joie qu'avant ? Elle était si fantastiquement heureuse dans son cœur et dans son corps qu'elle lui eût, peut-être, offert une part de ce festin, sans que ce dernier fût pour cela entamé ou souillé. Mais il ne vint pas. Qu'il vînt ou non n'avait aucune importance, et aucune importance ce que Roland faisait dans les nuits conjugales. Il y avait lui et elle, tout le reste n'était rien.

Le premier samedi de juin 1955, un éminent biologiste anglais, le professeur Adam Ramsay, âgé de quarante-deux ans, prit l'avion pour Bruxelles, d'où il s'embarqua dans un appareil polonais pour l'autre côté du rideau de fer. La presse du monde entier fit grand bruit autour de ce départ. Des experts militaires déclarèrent que Ramsay était un spécialiste de la guerre bactériologique. Le gouvernement anglais démentit. Effectivement, c'était faux. On apprit que trois de ses collaborateurs avaient été mis au secret avec leur famille. La vague d'arrestation comprit même la femme de ménage et le garçon de bureau de son labo, ainsi que son chauffeur personnel et la femme de ce dernier. Quant à sa propre femme, elle eut le temps de partir avec ses enfants pour la Yougoslavie, où on perdit sa trace. On pensa qu'elle avait rejoint son mari, mais personne ne signala la présence de Ramsay ni d'aucun des siens à Moscou ou dans une autre capitale socialiste.

Une indiscrétion révéla un petit fait qui scandalisa l'opinion britannique bien plus que la « désertion » du savant : au moment des arrestations, le petit chien du laboratoire, un scotch-terrier nommé Jeep, fut abattu par la police et son corps jeté dans l'incinérateur.

Le 17 juin, un avion spécial qui emportait vers le Japon une mission de savants et de médecins américains spécialistes des amibes et de l'amibiase, sous la direction du docteur Galdos, professeur à Harvard, fit escale à Hawaï et repartit à douze heures sept alors que le ciel était clair et la météo bonne. Une demi-heure après son départ le contact radio fut perdu. On ne retrouva aucune trace de l'appareil ni de ses occupants.

Nuit du 8 au 9 juillet, à Cambridge (Massachusetts). Trois heures quinze du matin. Sept voitures pénètrent dans le campus de la Harvard University et s'arrêtent autour de la maison qu'occupait le docteur Galdos, chef de la mission perdue, et où vivent encore sa femme et ses deux fils âgés de quatorze et dix-neuf ans. Une quinzaine d'hommes au moins pénètrent dans la maison et enlèvent Mme Galdos et ses fils ainsi que leurs deux domestiques noirs. La police, alertée par un étudiant à qui ce rassemblement de voitures a paru suspect, intercepte le « convoi » à sa sortie du campus. Fusillade. La police n'est pas en force. Deux policiers sont tués. Un des véhicules des ravisseurs, touché, s'écrase contre le mur d'un immeuble de bureaux. On y retrouve seulement le cadavre du chauffeur. C'est un petit gangster fiché à New York, un homme à tout faire de la Maffia.

Le 2 septembre, Nehru arrive à Paris. Aux mâts des Champs-Élysées palpitent les drapeaux de l'Inde, rouge blanc et vert, frappés de la fleur de lotus. Une traction-avant noire vient à Villejuif chercher le professeur Hamblain, patron de Roland : une personnalité de la suite de Nehru désire le rencontrer. Étonné mais intéressé, Hamblain se rend à l'invitation. La voiture l'emmène à Orly, pénètre sur l'aéroport, franchit plusieurs barrages de police et s'arrête devant un avion isolé en bout de piste, à proximité d'un car de C.R.S. Hamblain est invité à monter dans l'appareil. Au pied de l'échelle un policier français et un Indien vérifient son identité. Une heure plus tard, il redescend l'échelle, bouleversé. Le lendemain il réunit ceux de ses collaborateurs en compagnie de qui il a travaillé ces temps derniers. Il leur demande si aucun d'eux ne souffre, depuis quelques jours ou quelques semaines, de troubles de la vue. La réponse négative unanime semble le soulager énormément. Sans justifier son enquête, il ajoute que pour sa part il est très fatigué, et qu'il prend un mois de congé supplémentaire. Son assistant, Roland Fournier, dirigera les travaux en son absence. Il sort aussitôt, sans serrer la main de personne. Il semble à la fois soucieux et exalté.

Roland s'étonne. La veille encore, Hamblain lui disait qu'il ne s'était jamais senti dans une forme aussi superbe, bien qu'il éprouvât, depuis plusieurs jours, quelques troubles visuels qu'il ne s'expliquait pas. Il se proposait, si cela persistait, d'aller voir son ami Ferrier pour se faire examiner le fond de l'œil.

Hamblain est âgé à ce moment-là de cinquante-deux ans. Il est célibataire. On ne lui connaît aucune liaison. Ses collaborateurs plaisantent à son sujet et prétendent qu'il est encore vierge. Son intérieur est tenu depuis plusieurs années par une femme de ménage qui vient tous les jours. C'est une veuve sans enfants, heureuse de ce travail où elle ne rencontre aucune opposition féminine. Hamblain lui déclare qu'il l'emmène en vacances avec lui en Bretagne. On part aujourd'hui, tout de suite. Elle se récrie, elle ne peut pas partir comme ça, elle aime pas la Bretagne, elle aime pas la mer, elle va attraper froid. Il répond qu'il a besoin d'elle, pour aider ses parents, chez qui il se rend et qui sont âgés. Et qu'elle n'aura pas froid et que ça lui fera du bien. Il l'emmène presque de force, non sans qu'elle ait eu le temps, très excitée, en allant chercher ses affaires, de faire part de son aventure au boulanger et au crémier.

Roland téléphone la mauvaise nouvelle à Jeanne : l'intérim de son patron va lui prendre beaucoup de temps. Il pourra à peine la voir. Si au moins, chaque soir, en rentrant, il pouvait se retrouver auprès d'elle ! Cette situation lui est de plus en plus insupportable. Jeanne le calme et l'apaise. Ils prennent rendez-vous pour dimanche. Il dira chez lui qu'il a du travail au laboratoire.

Dans l'après-midi, Nehru a eu un entretien de trois heures avec le président Coty, puis il est rentré à l'ambassade. Il en ressort à vingt et une heures par une porte secondaire et monte dans une voiture qui l'emmène à Colombey.

Dès que Nehru l'a quitté, le président Coty convoque le chef de la branche du Service secret directement attachée à la Présidence, le colonel P… Il lui donne des instructions précises qui plongent le colonel dans la perplexité. Il ne comprend pas le but de ce qui lui est demandé et sollicite des explications. Le président répond qu'il ne peut pas lui en donner, et le prie de passer de toute urgence à l'exécution des premières mesures. Le colonel objecte que pour le second stade il ne dispose pas d'un personnel suffisant. Le président répond qu'il va y pourvoir. Le colonel sorti, il prie par téléphone le général Kœnig, ministre de la Défense nationale, de venir discrètement à l'Élysée. Il lui demande de rappeler d'Algérie et de mettre à sa disposition dans les quarante-huit heures un commando de parachutistes. Ces hommes ne retourneront jamais en Algérie et ne reverront pas leurs familles. Ils devront être peu à peu, les uns après les autres, portés disparus ou morts au combat.

Stupéfait, le général proteste, refuse, exige des éclaircissements. Il ne veut pas participer à un coup de force, il est républicain. Qu'est-ce que ça signifie ? Que vont devenir ces paras ? Que vont-ils faire ?

Le président, gravement, lui dit qu'il s'agit de quelque chose de plus important même que le salut de la France ou de la République. Il ne peut rien lui dire, mais constitutionnellement il est le chef des armées, il exige de lui l'obéissance et le silence. Il ajoute très doucement :

— Regardez-moi, ai-je l'air d'un homme qui a envie de faire un coup d'État ?

Le général Kœnig regarde le président débonnaire.

Cette hypothèse, comme celle d'une quelconque aventure, est saugrenue. Il s'incline, il fera le nécessaire.

Trois jours plus tard, un avion militaire atterrit au Bourget, venant d'Alger. Huit parachutistes de Massu et un lieutenant en descendent. Ils sont en civil. Des hommes du colonel P… les attendent et les conduisent en autocar dans une villa de banlieue dont les plaques qui portaient son nom et son numéro ont été dévissées la veille et où ils sont consignés en attendant les ordres.

Toutes les lignes téléphoniques du pavillon L, à Villejuif, celui où travaillent Roland et l'équipe du professeur Hamblain, sont mises sur écoute. Une camionnette du Gaz de France arrive un matin à huit heures avec une équipe d'ouvriers, pour « changer les conduites d'arrivée du gaz ». Avant l'arrivée du personnel du labo, deux des « employés du gaz » ont eu le temps de camoufler des micros dans toutes les pièces.

Les autres travaillent au sous-sol sans déranger personne. Toute l'équipe s'en va avec la camionnette un peu avant la fin de l'après-midi.

L'activité déployée depuis une semaine par les services secrets de la Présidence n'a pas échappé aux autres services français et aux services étrangers. Le pavillon L est bientôt le siège d'un grouillement insensé d'espions et de contre-espions dont aucun ne sait ce qu'il cherche mais soupçonne tous les autres de le savoir. Si Roland pouvait se douter de cette activité, il en serait effaré. Mieux que personne, il sait que le travail qui se fait au pavillon L n'a absolument rien de secret. C'est un travail banal et routinier d'examens et d'expériences indéfiniment répétés sur les animaux de laboratoire. Et si par bonheur on trouvait du nouveau, au lieu de le dissimuler, on le ferait savoir aussitôt aux chercheurs analogues du monde entier.

Cependant, nuit et jour, des hommes sont à l'écoute de ce qui se dit dans le pavillon L, aux domiciles de Roland Fournier et de tous ses collaborateurs, chez les deux femmes de service qui font le ménage le matin, et aussi dans l'appartement de la rue de Vaugirard, paradis baroque des amours de Roland et

Jeanne. Les « écouteurs » ont dans la tête quelques mots-clefs, qui seront le signal de l'alerte s'ils les entendent prononcer n'importe comment par n'importe qui, celui ou celle qui les prononcera n'ayant aucune idée de leur importance.

Ici intervient Samuel Frend, fonctionnaire de l'ambassade des États-Unis à Paris. Il est « attaché culturel », mais appartient en réalité à un service de renseignements militaire qui dépend directement du Pentagone. Arrivé en France avec l'armée de libération, il est resté à Paris. Profondément américain de sentiments, il est devenu très français de mœurs et de pensée. Il a fait venir auprès de lui sa femme et ses deux enfants, un garçon et une fille, et il a eu depuis deux autres garçons, nés parisiens. Il est petit et mince. Il a quarante-neuf ans, un visage un peu maigre, souriant, marqué de chaque côté de la bouche de grosses rides verticales qui expriment la bienveillance plus que les soucis. Autour de son crâne très dégarni demeure une population de cheveux châtain clair, fins, plats et sages. Ses oreilles un peu trop dégagées paraissent grandes, ses petits yeux noirs pétillent sous des sourcils courts, plus foncés que ses cheveux. Il s'habille bon marché, dans les grands magasins. Le rayon homme ne lui offrant rien à sa taille, il se fournit au rayon « jeunes gens ». Mais ce qu'il y trouve est toujours un peu étriqué. Ses manches trop courtes, son sourire, lui donnent l'air d'un homme très gentil, ce qu'il est, et un peu bête, ce qu'il n'est pas. Il s'est fait au cours des années beaucoup d'amis et a placé des antennes partout. Bien entendu les Services français connaissent la nature véritable de ses activités mais n'y attachent pas grande importance. Effectivement ce n'est pas un agent de premier plan, mais un simple fonctionnaire ordinaire du Renseignement. Il obtient de temps en temps de bons résultats parce qu'il est aimable, intelligent, et surtout curieux. Et il peut, quand il le faut, se montrer très actif, comme savent le faire les hommes menus.

Il a été informé, dans la demi-heure, de la convocation du général Kœnig par le président Coty, et il était au Bourget pour voir débarquer les huit parachutistes de Massu. De tous les agents qui surveillent ou font surveiller le pavillon L, il est le seul à savoir que le mystère qui s'y cache préoccupe le président de la République française. Les subordonnés du colonel P… eux-mêmes l'ignorent. Mais la visite du professeur Hamblain à Orly a échappé à l'attention de Samuel Frend, et il ignore le nom et l'existence de Shri Bahanba. Pour lui, l'affaire du pavillon L, si affaire il y a, est purement française. Elle pique sa curiosité, par ses implications présidentielles et militaires. Il fait surveiller la villa de banlieue où sont logés les parachutistes et plonge des radicelles de renseignement dans les divers réseaux qui grouillent autour de Villejuif. Il n'apprend rien. Rien ne se passe. Enragé, il décide d'aller interviewer le professeur Hamblain en vacances en Bretagne, en se faisant passer pour un journaliste scientifique. Une phrase, un mot peuvent le mettre sur la voie du mystère.

Mais à Quiberon il trouve la petite maison basse des parents du professeur vide et fermée. Leur voisin, un pêcheur intermittent, qui boite à la suite d'un accident et ne peut sortir que par beau temps – il cultive entre deux sorties les légumes et les touristes – le renseigne sans se faire prier. Frend a cette qualité : les gens aiment lui parler, parce qu'il les écoute avec intérêt et les approuve. Il apprend ainsi que le professeur a reçu l'avant-veille la visite d'amis anglais, arrivés à bord d'un petit yacht assez ancien, le *Sourire du Chat*, le nom était en français, drôle de nom pour un bateau, mais il avait l'air solide et confortable, comme les Anglais les aiment. Et ma foi ils sont tous repartis dessus hier matin.

— Qui, tous ?

— Le professeur, son père et sa mère, et même une femme de ménage qu'il avait amenée de Paris. Je suis allé au port les accompagner et les voir partir. Le vieux père Hamblain était pas tellement content, il a des rhumatismes, et c'est guère une saison pour une croisière. C'est un ancien instituteur, il est à la retraite. Sa femme, elle, tout ce que son fils décide, c'est pain bénit. Mais la vieille Parisienne, la bonniche, fallait l'entendre ! Elle disait à son patron « Vous êtes fou ! J'ai jamais monté en bateau ! Je vais avoir le mal de mer ! Je vais être malade ! » Lui, il riait et se moquait d'elle. Il avait l'air content comme s'il partait en voyage de noces. Sûrement pas avec cette vieille tordue !... C'est quand même une idée, d'emmener sa bonne en croisière ! Elle aurait mieux fait de rester là pour soigner la maison ! Moi ce que j'en dis, remarquez, ça me regarde pas...

— Est-ce que vous savez où ils allaient ?

— Le Portugal, puis la Méditerranée... Forcément, en cette saison on cherche le soleil, quoiqu'il y a rien à dire cette année pour le temps, voilà qu'on arrive presque aux grandes marées et on se croirait au 15 août...

Samuel Frend, de retour à Paris, envoie aussitôt son rapport au Pentagone par sans-fil codé. Il donne le signalement du *Sourire du Chat* et conseille une visite « accidentelle » en mer. Peut-être une collision. Un naufrage permettrait de « recueillir » le professeur Hamblain qui est certainement au courant de quelque chose d'énorme, *que les Anglais n'ignorent pas*. Ce détail fait bondir l'officier qui reçoit le rapport. Bien entendu, il ne sait absolument rien du plan Bahanba et de la part prépondérante qu'y prennent les États-Unis. Le Pentagone y participe, mais sans le savoir. Il donne des ordres immédiats de recherche. C'est ainsi que l'épave du *Sourire du Chat* est retrouvée le sixième jour alors qu'elle aurait pu flotter pendant des semaines avant d'être repérée. Un incendie a complètement détruit le yacht, dont il ne reste que la coque, à demi carbonisée. Aucune trace de ses sept occupants. Le commandant du sous-marin américain qui l'a trouvée demande par radio des instructions, et suit en plongée périscopique, antenne sortie, l'épave qui dérive vers le sud-ouest.

Un autre sous-marin américain, qui pour des raisons bien précises se trouve encore dans les parages, c'est-à-dire à plus de 12 000 kilomètres de l'endroit où, officiellement, il devrait être en croisière, capte le message, le déchiffre, et en envoie un à son tour à Washington.

Trois heures plus tard, le commandant du sous-marin qui a trouvé l'épave reçoit l'ordre d'incendier de nouveau ce qui reste du *Sourire du Chat*, au napalm, au lance-flammes, par tous les moyens, de façon que l'épave brûle au maximum avant de sombrer, puis d'oublier l'incident. Ni la découverte des restes du yacht ni leur destruction ne doivent figurer au livre de bord officiel ni au livre de bord confidentiel.

Lorsque, le 21 septembre 1955, Roland, qui a réussi à se libérer pour l'après-midi et la nuit, à la fois de son travail et de sa famille, rejoint Jeanne dans un restaurant martiniquais de la rue Marbeuf, il ignore donc tout de ce qui est arrivé au directeur de son service, qu'il croit en train de pêcher tranquillement la crevette, le nez rouge et les pieds glacés.

Ils mangèrent des accras, des crabes farcis et des beignets de bananes, et burent du punch. Ils allaient ainsi à la découverte des restaurants exotiques de Paris, en attendant de pouvoir découvrir ensemble le monde. Ils n'avaient ni l'un ni l'autre beaucoup voyagé, et s'en réjouissaient en pensant que tant de merveilles attendaient qu'ils viennent ensemble, un jour, vers elles. Un jour, un jour… Quand ? Ils ne se posaient pas la question. Cela faisait partie d'un avenir imprécis mais radieux. Il ne leur paraissait pas possible que les obstacles ne fussent un jour levés et qu'ils ne pussent enfin travailler, se réjouir, voyager, dormir l'un avec l'autre, sans les dissimulations et toutes les heures perdues à faire autre chose que vivre ensemble. Roland croyait à cet avenir avec la foi d'un enfant, sans se demander comment il pourrait se réaliser. Jeanne le rêvait sans y croire.

Ils sortirent du restaurant la bouche en feu et le cœur léger, et Roland proposa à Jeanne de monter au sommet de l'Arc de triomphe dont ils ne connaissaient, comme tous les Parisiens, que les pieds, vus de loin. Ils se transformèrent en touristes. Il lui parlait en allemand, qu'elle ne comprenait pas, elle lui répondait en espagnol, qu'il faisait semblant de ne pas comprendre. Ils ouvraient des yeux ronds aux devantures des Champs-Élysées, se montraient du doigt les objets exposés, faisaient des commentaires à voix forte en charabia. Tenant Jeanne par la main, Roland demanda à un agent, avec un accent moldovalaque, le chemin de la tour Eiffel, remercia plusieurs fois et entraîna dans la direction opposée Jeanne qui pouffait de rire avec la conscience délassante de se conduire d'une façon totalement idiote.

Le temps demeurait beau depuis le début de juillet. Paris était sec comme une biscotte. Les marronniers, vers la Concorde, étaient à moitié chauves à moitié roux de feuilles racornies. Vers l'Arc, les feuilles des platanes tenaient bon mais semblaient découpées dans du parchemin déshydraté. Les passants flânaient, heureux et fatigués comme en vacances. Toutes les femmes, en robes d'été, paraissaient de jeunes femmes.

Jeanne avait mis, pour cette gloire d'arrière-saison, une jupe à mi-mollets couleur chaudron, et un pull léger d'un vert pomme un peu passé. Par défi au temps, et au mauvais goût, elle avait ajouté son petit parapluie jaune paille, au mince manche doré. La ligne ajustée de la mode soulignait les rondeurs de son corps épanoui et triomphant. Et les couleurs choisies, à la limite de ce qu'il ne faut pas faire, lui donnaient l'air d'une Viennoise qui a réussi à être parisienne.

Un grand vent d'ouest commençait à souffler, faisait claquer aux mâts les drapeaux d'un président africain en visite, et soulevait sur les trottoirs de l'avenue de petits tourbillons de poussière de sous-préfecture. Par-dessus le bruit de la circulation un orage lointain se faisait entendre et des nuages blancs déchirés remontaient la Seine en s'effilochant.

Quand Roland et Jeanne furent en haut de l'Arc, parmi les familles étrangères béates, ils virent arriver le grain. Il débouchait du mont Valérien, il avait la forme d'un dos de tortue gigantesque et la couleur de la cendre de charbon. Il avançait à toute vitesse vers la ville en torchant sous lui les banlieues avec d'immenses serpillières de pluie. Vers l'ouest, la ligne droite des avenues de la Grande-Armée et de Neuilly, jusqu'à la Défense, étaient déjà plongées dans le crépuscule, et les feuilles arrachées montaient des arbres vers les nuages en rafales dorées. Vers l'est, face à l'autre visage de l'Arc, le ciel était encore bleu, et les trottoirs des Champs-Élysées papillotaient des couleurs des femmes. Il y eut un superbe éclair fracassé de tonnerre, et une herse de pluie ratissa le sommet de l'Arc. Les familles se mirent à l'abri en poussant des cris internationaux. Jeanne, ravie, se blottit contre Roland et déplia au-dessus d'eux son parapluie jaune. Le vent le lui demanda. Elle ouvrit la main. Il s'envola en direction de la Concorde, fleur de lumière précédant le nuage gris. Le cortège du président noir remontait les Champs-Élysées vers l'Inconnu. Au creux du V des gardes motocyclistes, le président, debout dans une voiture découverte, saluait les Parisiens qui le trouvaient beau. Le rideau de pluie fouetta sa voiture en même temps que le manche du parapluie de Jeanne se posait dans sa main. Il trouva que la France faisait bien les choses.

Jeanne et Roland, debout dans les bras l'un de

l'autre, immobiles et seuls en haut du monument, les yeux fermés, perdus dans le déluge, l'écoutaient ruisseler sur eux et sur le monde. Une heure plus tard ils étaient ensemble, seuls, dans les bras l'un de l'autre, nus dans leur lit de Vaugirard, tous rideaux tirés, un feu flambant dans la vieille cheminée bourgeoise, et poursuivaient leur voyage en explorant ce pays toujours le même et toujours inconnu que chacun d'eux était pour l'autre.

À l'extérieur, au-delà des sûres et tièdes défenses, d'énormes tonnerres se succédaient sans interruption, dans toutes les épaisseurs et toutes les directions de nuages proches ou lointains, estompés par le bruit énorme de l'eau sur les murs et les toits. Au centre exact de la sphère du bruit et de l'air et de l'eau et des pierres et du feu, il y avait eux deux, qui n'entendaient plus rien, qui ne savaient plus rien, qui ne pouvaient plus rien connaître que chacun l'autre en soi et autour et ensemble, et au centre exact de l'énorme bruit sombre du monde le chant de bonheur de Jeanne naquit et monta et brûla comme un noyau de lumière. Il était la Tour, il était l'Arc de triomphe, elle était la Ville écartelée de joie sous la pluie.

Au bout d'un fil, deux oreilles les écoutaient et un visage virait du blême à l'écarlate.

Le lendemain ils ne purent pas se voir. Il lui téléphona deux fois. Le surlendemain à dix heures du matin il lui téléphona qu'il la retrouverait l'après-midi à cinq heures trente rue de Vaugirard.

Sans le savoir, au cours de la conversation, il prononça la phrase clef, qui fut entendue par tous les services secrets à l'écoute. C'était une phrase assez banale, et aucun des écouteurs n'y prêta attention, sauf les deux hommes du colonel P… branchés l'un sur le téléphone, l'autre sur un micro, et qui savaient que ces mots étaient le signal de l'alerte. Le colonel prévenu mit aussitôt en application les mesures particulières qu'il avait élaborées d'après les directives générales présidentielles. Entre quinze heures trente et seize heures, quatre ambulances entrèrent dans le Centre de recherches de Villejuif et en ressortirent avant seize heures quinze.

Un homme de Samuel Frend les suivit jusqu'au Bourget mais ne put approcher du hangar dans lequel elles pénétrèrent et dont la porte se referma sur elles.

À seize heures vingt, une sorte d'explosion molle secoua le pavillon L qui en une seconde fut transformé en une fantastique et unique flamme. La chaleur était si grande que toute partie métallique fondit. Malgré les efforts des pompiers, au milieu de la nuit, le pavillon brûlait encore.

Alerté par l'officier qui dirigeait la lutte contre le feu, le colonel des pompiers de Paris vint sur les lieux et ne put que constater l'extraordinaire intensité de la chaleur dégagée, et le fait que l'eau, au lieu de combattre les flammes, semblait les aviver. La neige carbonique n'atteignait même pas le foyer. Le colonel ne connaissait aucune substance susceptible de brûler ainsi, mais il avait entendu dire que l'Armée, dans son arsenal secret, possédait des bombes incendiaires inédites. Se pourrait-il que… ? Mais alors pourquoi ? Et pourquoi là ? Il décida de faire son devoir, c'est-à-dire un rapport…

Un peu avant l'aube, les flammes s'éteignirent. Dans la nuit, les pans de murs restés debout rougeoyaient comme d'énormes braises. La chaleur qu'ils irradiaient cuisait les visages à vingt mètres de distance. Aucun des occupants du pavillon n'avait pu fuir. Il y avait peu d'espoir d'en retrouver quoi que ce fût.

L'homme de Samuel Frend surveilla en vain toute la nuit le hangar du Bourget. Les ambulances en étaient ressorties aussitôt par l'autre porte, qui n'était pas sous son regard.

Frend, lui-même, tandis que brûlait le pavillon L, était aux trousses d'une cinquième ambulance, dans laquelle il avait vu monter les trois derniers parachutistes de la villa sans nom, revêtus de blouses blanches. L'un d'eux s'était mis au volant, et le véhicule, après être entré dans Paris par la porte

Champerret, avait franchi la Seine et pris la rue de Vaugirard.

Jeanne s'était déshabillée, baignée, parfumée, et avait mis la robe de chambre de velours mordoré que Roland aimait. Lorsqu'il en écartait les pans pour découvrir son corps qu'il ne se lassait pas de regarder, il lui disait qu'elle avait l'air d'une amande dans un abricot.

Elle avait disposé tout le nécessaire pour le thé sur la table basse en fausse laque chinoise Napoléon III, mais elle pensait en souriant qu'une fois de plus lorsqu'ils penseraient enfin à le boire, le thé serait froid et trop infusé…

Elle attendit sans s'inquiéter jusqu'à six heures. À six heures un quart elle appela le pavillon L et obtint le signal « pas libre ». Il en fut de même cinq minutes, puis dix minutes, puis quinze minutes plus tard. Elle cessa d'appeler de peur que Roland, essayant de la joindre, ne trouvât lui aussi la ligne occupée. À sept heures, elle appela six fois de suite à une minute d'intervalle et obtint toujours le même signal. Elle composa le 13, numéro des réclamations, et à la troisième sonnerie raccrocha, car on venait de sonner à la porte…

Roland ne sonnait jamais. Mais il avait peut-être oublié sa clef… Jeanne se précipita et ouvrit.

Elle se trouva en face de deux hommes petits, trapus, cheveux tondus, blouses blanches, qui poussèrent la porte et entrèrent. Elle crut qu'il s'agissait de collaborateurs de Roland, qu'il lui était arrivé quelque chose et qu'il l'envoyait chercher. Avant qu'elle ait eu le temps de réfléchir sainement, un des deux hommes passa derrière elle et rabattit le haut de sa robe de chambre, lui paralysant les bras et dévoilant ses superbes seins dansants, pendant que l'autre lui appliquait sur le visage un tampon d'anesthésique.

Elle en connaissait bien, professionnellement, toutes les odeurs, et identifia un des plus efficaces et des plus brutaux, que son mari redoutait toujours de voir utiliser sur un de ses malades. Son réflexe pour détourner la tête en fut deux fois plus rapide. Elle se débattit et se mit à hurler. L'homme qui lui faisait face, ébloui par ce qu'il voyait d'elle, et ahuri par ses cris, perdit son sang-froid, lâcha son tampon et se mit à lutter avec elle à bras-le-corps, à grand plaisir. Elle le mordit sauvagement à la joue. Il hurla à son tour. Sous la fenêtre, dans la deuxième cour, l'avertisseur à trois notes de l'ambulance retentit trois fois, tandis que se rapprochaient les sons des avertisseurs à deux notes d'au moins deux cars de police.

— Nom de Dieu ! Les flics ! Tu entends ? Il faut l'emmener ! Qu'est-ce que tu as fait du tampon, andouille ? Fourre-le-lui dans la gueule !

Comme l'homme mordu se baissait pour ramasser l'anesthésique, Jeanne le frappa du genou en plein visage, lui écrasant le nez. Il se redressa en jurant et amorça un coup terrible de karaté, qu'il stoppa à mi-course. Les ordres étaient d'éviter absolument la violence. Il essaya de la prendre par les genoux et de la soulever, elle le frappa du pied au cou et le renversa, se dégagea de la prise de son deuxième agresseur en s'arrachant à sa robe de chambre, courut à l'autre bout de la pièce, ouvrit la fenêtre et, à demi cachée par le rideau, appela à l'aide. Dans la grande cour pavée, autour de la fontaine-nymphe-pompadour de marbre qui en marquait le centre, l'ambulance tournait à toute vitesse, poursuivie par un car de police. Un autre car bloquait le passage vers la première cour. L'ambulance tournait, le car roulait derrière, les moteurs ronflaient, les avertisseurs couinaient, toutes les fenêtres s'ouvraient, tout le monde criait, personne ne fit attention aux appels de Jeanne, sauf les deux hommes qui l'avaient attaquée et qui ne voyaient plus que son derrière rose drapé dans le rideau prune, et la silhouette de son bras gauche levé qui s'agitait. Ils prirent la fuite, dégringolèrent l'escalier et tombèrent dans les bras des agents. Ils se défendirent comme des fauves. Mais ils n'étaient pas armés. Ils avaient reçu des ordres. Cette mission leur paraissait complètement con. Ils n'y comprenaient rien.

Le colonel P..., casque aux oreilles, avait suivi de l'ouïe toute l'opération. Blême de rage, il se demandait qui avait alerté la police. Maintenant il allait falloir faire relâcher ces trois idiots, étouffer le scandale, arrêter les rapports, perdre un temps fou... Et recommencer ! Cette bonne femme était encore en circulation !... Il réfléchit. Après tout elle n'avait pas, elle, prononcé la phrase clef... Il suffisait de continuer à écouter... Il y avait des micros aussi à son domicile conjugal. Elle ne dirait peut-être jamais les mots... On n'aurait peut-être pas à intervenir... Heureusement qu'à Villejuif tout s'était bien passé...

Parmi les badauds qui s'agglutinaient devant la porte cochère, un petit homme mince regardait avec un intérêt un peu enfantin. Il réussit à se glisser derrière les agents, à entrer dans la première cour, passa à côté des agents qui se battaient contre les deux hommes en blouse blanche, grimpa l'escalier, entra dans l'appartement, trouva Jeanne en train d'enfiler une robe, lui montra une carte tricolore, se présenta : « Commissaire Frend », ajouta : « Vous l'avez échappé belle ! », répondit évasivement à ses questions, lui jeta un manteau sur les épaules, la pria de l'accompagner, croisa avec elle dans l'escalier les agents qui grimpaient quatre à quatre, fit un geste de la main par-dessus son épaule en leur disant « là-haut… », poussa doucement Jeanne vers la rue, la fit monter dans sa voiture noire qui attendait à quelques mètres, et démarra aussitôt.

C'était lui qui avait alerté la police, dès qu'il avait vu l'ambulance prendre la rue de Vaugirard. De son émetteur de bord, il avait parlé sur la longueur d'ondes de la Préfecture et donné directement des ordres aux voitures de police. Il espérait que le choc entre les agents et les paras créerait quelque gâchis dans lequel il pourrait pêcher des informations.

Au moment de sortir de l'appartement, il avait ramassé et mis dans sa poche le tampon d'anesthésique. Au feu rouge de la rue de Rennes il l'appliqua sur le visage de Jeanne qui ouvrait la bouche pour lui poser une question. Suffoquée par la surprise, elle en respira un bon coup avant de se dégager. Il n'insista pas et jeta le coton par la portière. Il ne voulait pas avoir à la transporter. Elle était à demi inconsciente, luttait contre le sommeil et le brouillard. Arrivé à destination, il l'aida à sortir de la voiture arrêtée dans la cour d'un immeuble privé de la rue Boissy-d'Anglas. Il la fit entrer dans un appartement du rez-de-chaussée, suivre un long couloir, descendre un escalier, prendre un ascenseur, et aboutit enfin avec elle dans son petit bureau, au cœur de l'ambassade des États-Unis. Lorsqu'elle fut assise dans un fauteuil et ne bougea plus, il s'essuya enfin le front, et soupira. Il avait pris des risques énormes. Jamais jusqu'alors il ne s'était permis de telles initiatives. Il espérait que l'affaire était aussi importante qu'il le soupçonnait. Sinon…

Il sortit dans le couloir et revint avec deux gobelets de carton pleins de café très chaud. Cette femme savait quelque chose. Il fallait qu'elle le lui dise. Il n'était pas question de dormir…

— Voilà, vous savez qui je suis, vous savez où vous êtes, vous savez qui a essayé de vous enlever, vous savez pourquoi, moi je ne le sais pas et je vous demande de me le dire…

Elle ne le savait pas. Elle ne savait rien. Elle secouait la tête, encore à moitié sous l'influence de la drogue et surtout de la succession ahurissante des événements incompréhensibles. Mais une angoisse grandissait en elle comme un poignard qui devient une épée : Roland ! Qu'était-il arrivé à Roland ?

Trois quarts d'heure plus tard, de l'intérieur de la voiture noire elle regardait flamber le feu d'enfer du pavillon L, et les pompiers, les policiers, les curieux, s'agiter en silhouettes obscures sur le fond mouvant de la lumière.

Elle regardait le feu, et Frend la regardait. Il lui avait dit, en lui montrant les flammes : « Il est là… », dans l'espoir que la douleur, la haine, le désir de vengeance lui arracheraient enfin la vérité. Il la regardait, elle sanglotait à grands hoquets espacés, comme un enfant, et ses larmes qui reflétaient l'incendie coulaient sur son visage en gouttes de feu.

Il demanda à voix basse :

— Pourquoi ?…

Elle secoua lentement la tête, en signe négatif. Elle ne savait pas, elle ne savait rien. Il en fut cette fois convaincu. Elle n'en demeurait pas moins en danger. Il lui offrit de la ramener à l'ambassade, où elle serait en sécurité. Elle fit de nouveau « non » de la tête. La sécurité n'avait aucune importance. L'épée et le poignard lui déchiraient la poitrine à chaque respiration, le monde n'était plus que feu et ténèbres, douleur et mort. Elle ferma les yeux et ne bougea plus. Elle respirait à peine. Elle s'enfonçait lentement dans le néant.

Il fit marche arrière avec délicatesse pour dégager la voiture et reconduisit Jeanne rue de Varennes, où le professeur Corbet avait son hôtel particulier ouvert sur de merveilleux jardins. Frend l'accompagna, la guida comme une aveugle, jusqu'aux mains de son mari.

— Elle vous dira qui je suis et ce qui lui est arrivé… Elle a été victime d'une tentative d'enlèvement. Elle est à demi droguée et fortement choquée. Je crois qu'il serait bon qu'elle dorme. Demain sans doute elle vous parlera… Veillez sur elle, et ne laissez rien de dangereux à sa portée…

Il se tut quelques secondes, puis ajouta, pour que son avertissement fût pris au sérieux :

— Fournier est mort…

Paul Corbet ne s'étonna pas qu'un étranger semblât au courant des relations de Roland Fournier avec sa femme. Il ne pensa qu'à ce que devait éprouver celle-ci : plus que du chagrin, plus que de la douleur, le manque brutal et absolu de tout, comme un astronaute dont le vaisseau s'est désintégré dans le vide total de l'espace.

Il la coucha, lui fit lui-même une piqûre sédative, et convoqua une infirmière qu'il installa auprès d'elle. Le petit Nicolas était déjà couché. Ainsi lui fut épargné le choc d'une rencontre avec un fantôme blême qui avait le visage de sa mère.

Frend passa une partie de la nuit à recevoir les rapports de ses agents et à rédiger le sien, qu'il expédia aussitôt. Il rentra chez lui pour embrasser ses enfants avant leur départ pour leurs différentes écoles et prendre un petit déjeuner parisien, café au lait et croissants chauds, ces sublimes et horribles croissants à la margarine qu'il mangeait avec volupté et qui lui allumaient dans l'estomac un feu semblable à celui du pavillon L.

Suzan, sa femme, n'était pas plus grande que lui, mais toute ronde, et ronde d'humeur, charmante, avec mille courtes frisettes rondes autour de la tête. Ses cheveux étaient d'un blond artificiel exquis, mais on avait tendance à les voir roses, comme elle tout entière. Samuel Frend l'aimait beaucoup, et lui était infiniment reconnaissant de mettre si peu de complications dans sa vie professionnellement bien assez compliquée. Colin, leur fils aîné, avant de partir pour la fac des sciences, les embrassa tous les deux sur le sommet du crâne. À dix-neuf ans, il mesurait un mètre quatre-vingt-douze, mais ne pesait que soixante-neuf kilos. Il marchait un peu penché en avant. Il était blond et faisait penser à un épi sous le vent. Son père et sa mère se demandaient chaque jour comment ils avaient pu construire un enfant si grand. Lui accusait Suzan de l'avoir trompé avec la tour Eiffel. Elle rougissait chaque fois, et lui rappelait que Paul avait été conçu à New York ! Alors, répondait-il, c'est avec le gratte-ciel Rockefeller... Elle le frappait de ses petits poings ronds et le priait de cesser ses plaisanteries françaises. À son avis, c'était tout simplement les vitamines.

Le meilleur moyen de communiquer avec quelqu'un dont le téléphone est écouté et le courrier surveillé est tout simplement le bon vieux pneumatique. Un peu après quinze heures, Paul Corbet, qui avait annulé ses rendez-vous et son cours de la journée, reçut un pneu adressé à sa femme. Elle dormait encore, après une deuxième piqûre. Il décacheta le pli. C'était un message de Samuel Frend. Il le donna à lire à Jeanne dès qu'elle se réveilla. En un instant elle retrouva le goût et la joie de vivre. Le message disait :

« Roland Fournier n'est pas mort. Je peux vous en donner la preuve. L'incendie n'était qu'un camouflage. Je ne sais pas où est Fournier, mais si vous voulez m'aidez, à nous deux nous le trouverons... »

Il lui révélait que l'hôtel de la rue de Varennes était truffé de micros et les trois lignes de téléphone écoutées jour et nuit. Il lui conseillait de ne parler de choses importantes ou confidentielles avec son mari qu'en voiture ou dans le jardin. Il lui donnait rendez-vous le lendemain à quinze heures. Il la ferait prendre par une voiture.

Il pleuvait à verse. Jeanne et son mari se couvrirent d'imperméables et, sous un grand parapluie, se promenèrent pendant près d'une heure dans les allées détrempées du jardin d'automne. Les feuilles mouillées, rousses, dorées, tombaient des arbres et se collaient au grand parapluie noir. Paul Corbet écoutait le récit incroyable que lui faisait sa femme, posait de temps en temps une question pour obtenir des précisions, respirait l'odeur de la terre mouillée, de l'air humide, des écorces trempées. Lorsqu'il se rappelait ce moment, dans les années qui suivirent, les odeurs et les bruits de la pluie lui revenaient si présents qu'il en avait l'impression d'être mouillé.

Il s'étonnait que la police ne fût pas encore venue interroger sa femme. Sur l'incendie de Villejuif il n'avait lu dans *Le Figaro* que quelques lignes qui n'en laissaient pas soupçonner l'importance.

Il avait décidé, dès la première minute, d'aider Jeanne. Dès qu'ils furent rentrés dans la maison, sans se préoccuper des écoutes téléphoniques, il appela le commissariat principal du 6e arrondissement, se fit connaître, déclara que sa femme avait été la veille l'objet d'une tentative d'enlèvement, et demanda où en était l'enquête.

Il y eut un silence, des chuchotis, des passages de lignes, puis une voix courtoise l'informa qu'il n'y avait pas d'enquête, parce qu'il n'y avait pas eu tentative d'enlèvement… Les faux infirmiers étaient en réalité de vrais infirmiers, qui venaient chercher une malade agitée, et qui s'étaient tout simplement trompés d'adresse…

Paul Corbet raccrocha. Puis il releva la tête vers le plafond, regarda les quatre murs de son bureau et dit à très haute voix :

— Merde ! À tous ceux qui écoutent, merde !... J'ai l'intention de tirer cette histoire au clair ! N'espérez pas m'arrêter par la peur du scandale !...

C'était un homme solide, qui paraissait dix ans de moins que son âge. Haut, large, les cheveux gris coupés très courts, l'air d'un ancien rugbyman bien qu'il n'ait jamais fait de sport, faute de temps. Engagé volontaire en 1915, à l'âge de dix-sept ans, dans l'infanterie, il avait été blessé trois fois. Sa troisième blessure lui fut infligée par un éclat d'obus qui se ficha dans l'os temporal gauche et dont l'extrémité aiguë faisait saillie à l'intérieur du crâne. Le chirurgien exténué qui l'opéra sur la paille d'une grange, sans anesthésie, en pleine bataille de la Somme, après vingt autres dans l'après-midi, arracha l'éclat d'obus comme une dent, emportant en même temps un morceau d'os et peut-être quelques traces de matière cervicale. Paul Corbet y avait gagné des crises d'emportement, et des moments de génie. Quand il combinait les deux, rien ne lui résistait. C'est ainsi que, sans appui, sans protection, il était devenu un des professeurs les plus écoutés, un des praticiens les plus riches, et un des cinq plus grands cardiologues du monde. Sous ses courts cheveux, près de l'oreille gauche, une cicatrice rose en forme de triangle s'enfonçait à la pression du doigt comme la fontanelle d'un nouveau-né.

Cette histoire était folle. Il ne l'éclaircirait pas avec des sous-fifres. Il appela le cabinet du président du Conseil, Edgar Faure. Ce dernier, qui se portait comme un chêne, venait le voir chaque mois de janvier pour se faire examiner le cœur.

On lui répondit que « M. le Président était occupé ». Il gueula :

— Je suis son médecin ! Je dois lui parler à l'instant !

Interloqué et craignant Dieu sait quelle embolie, le fonctionnaire passa la communication.

Edgar Faure était effectivement occupé. Il fut surpris par l'intrusion vocale du professeur Corbet mais intéressé puis passionné par ce qu'il entendait. En cinq minutes, Corbet l'avait mis au courant de l'essentiel, et Edgar Faure lui promettait qu'il allait faire tout le nécessaire pour éclairer ces mystères. Il le rappellerait le lendemain.

À peine le président du Conseil avait-il raccroché que son téléphone bourdonnait de nouveau : le président de la République lui faisait savoir qu'il serait heureux de le recevoir cet après-midi même.

Un garde républicain motocycliste apporta à dix-sept heures rue de Varennes un pli écrit de la main du président Coty, qui priait courtoisement l'éminent professeur de bien vouloir se rendre à l'Élysée le même soir à vingt et une heures. Le président s'excusait du dérangement causé par cette invitation impromptue, mais précisait que l'objet en était important.

Jusqu'alors, Corbet n'avait cru qu'à moitié les affirmations de Frend, rapportées par sa femme, sur la responsabilité du Service secret de la Présidence dans les événements de la veille. Cela tenait par trop du roman-feuilleton. Il n'en avait d'ailleurs pas parlé à Edgar Faure. Mais cette invitation ébranlait ses doutes. À moins que le président n'ait tout simplement des inquiétudes pour son cœur ? Il espérait revenir avec toutes les explications, mais il prit quand même sa trousse…

Il ne partit qu'après s'être assuré que Jeanne s'était enfermée à clef dans sa chambre. Il lui avait confié son revolver.

Jeanne l'attendit paisiblement. Après l'agonie qu'elle avait traversée lorsqu'elle avait cru à la mort de Roland, tout maintenant lui paraissait simple et magnifique. Roland était vivant ! Où qu'il fût, elle le retrouverait, ils se retrouveraient, il ne pouvait pas en être autrement. Roland était vivant ! Elle respirait avec volupté, elle écoutait battre son cœur, elle écoutait battre la pluie sur le jardin, et murmurer la radio qui, sur la table de chevet, son œil vert allumé, murmurait les nouvelles : le Foreign Office venait de publier un communiqué où il reconnaissait que Burgess, Mac Lean, et Ramsay, « passés à l'Est », étaient des agents soviétiques.

Roland était vivant ! Comment avait-elle pu croire qu'il était mort ! C'était absurde, Roland ne pouvait pas mourir, leur amour ne pouvait pas mourir, la mort est noire, nulle. Et leur amour était le soleil, la danse, la joie, la force, et mille couleurs plus chaudes et plus douces que le rouge et le bleu… Roland mon amour, nous allons nous retrouver…

Paul Corbet rentra après moins d'une heure d'absence, décontenancé.

— Il ne m'a rien expliqué… Il m'a demandé d'arrêter mes recherches, de ne pas faire de scandale… Il m'a assuré que personne ne te voulait de mal ! C'est la meilleure !… Il m'a fait jurer le secret sur ce qu'il allait me dire, mais il ne m'a rien dit ! Sauf qu'il s'agissait du bonheur ou du malheur du monde…

— Mais qu'est-ce que je viens faire, moi, dans le malheur du monde ?

— C'est ce que je lui ai demandé… Il s'est levé de son bureau, il a levé les bras au ciel, tu sais comme il est grand, j'ai cru qu'il allait toucher le plafond !… Il avait l'air consterné : « Je ne peux rien vous dire ! Ne me demandez rien ! Ne faites rien ! Ne parlez plus de tout cela à personne ! Je vous donne l'assurance qu'on ne touchera plus à Mme Corbet… »

— Et Roland ! Lui as-tu demandé où est Roland ?

— Même réponse : « Je ne peux rien vous dire, je ne sais rien… » J'ai l'impression qu'il trouve qu'il en sait déjà trop, et qu'il donnerait sa place à l'Élysée pour ne pas savoir ce qu'il sait… Il m'a demandé ma parole de ne pas chercher à en savoir plus long… Au nom de la France et du monde entier… Tu sais comme il a facilement le trémolo… Mais il était visiblement bouleversé.

— Tu lui as promis ?

— Oui… Si c'est une affaire d'État ou pire encore une affaire d'États, au pluriel, il vaut mieux ne pas nous en mêler…

En même temps qu'il répondait, il montrait successivement le plafond, les murs, et ses oreilles, pour faire comprendre à Jeanne qu'il parlait pour les écouteurs invisibles. Elle fit signe qu'elle avait compris.

— D'ailleurs j'ai subordonné ma promesse à l'assurance du président que tu ne risquais plus rien. Je le dis pour ceux qui écoutent… Si on te laisse tranquille, je resterai tranquille, sinon… Sais-tu ce qu'il m'a dit au moment où je le quittais ? Il m'a serré la main pendant trois minutes en me remerciant de me montrer compréhensif, et il a ajouté : « Si toutefois… si les circonstances… si on était obligé de s'en prendre de nouveau à Mme Corbet, je vous en prie, dites-lui bien de ne pas se défendre, et de se laisser faire !… »

Le lendemain matin, dans le jardin, où le soleil brillait sur les feuilles éparses encore mouillées des pluies de la nuit, Paul Corbet fit part à sa femme de ses intentions et de ses craintes. Il avait donné sa parole *pour lui*, mais elle, Jeanne, n'était pas engagée par sa promesse. Et il lui procurerait toute l'aide qu'il pourrait. Elle le remercia. Son attitude ne la surprenait pas. Au niveau d'intelligence qui était le sien, l'égoïsme, les préjugés, la jalousie, n'existent plus. Et il lui avait donné mille fois la preuve que son amour pour elle n'avait qu'un but : la rendre heureuse, quel que fût le visage qu'elle donnait à son bonheur.

— Le rendez-vous de cet après-midi est peut-être un piège, dit Paul. Rien ne nous prouve que ce pneu soit bien de Frend. Tu ne connais pas son écriture. Cette voiture qui doit venir te chercher est peut-être tout simplement un moyen de réussir ce qu'ils ont raté avant-hier… Je t'accompagnerai…

Mais la voiture ne vint pas…

Jeanne, fiévreuse, sentait minute après minute s'effacer l'espoir qui la soutenait depuis vingt-quatre heures. Elle restait persuadée que Roland n'était pas mort, mais Frend avait promis *une preuve*...

Elle attendit deux heures puis n'y tint plus, appela un taxi et se fit conduire à l'ambassade des États-Unis, où on lui déclara qu'il n'existait dans le personnel aucun fonctionnaire du nom de Simon Frend. Elle connaissait bien Douglas Dillon, l'ambassadeur. Ils s'étaient souvent rencontrés dans des manifestations de la vie parisienne. Elle demanda à le voir. Il était là, et la reçut avec chaleur. Il ne recevait pas souvent d'aussi gracieuses visites pendant son travail à l'ambassade. Qu'est-ce qui lui valait cette joie ? Jeanne comprit qu'il n'était au courant de rien. Elle lui dit qu'elle était venue voir un ami, Samuel Frend, et qu'on lui avait répondu qu'il n'existait pas ! Douglas Dillon eut l'air étonné, décrocha son téléphone, posa des questions, écouta une longue réponse en hochant la tête, dit « Well » et raccrocha.

— Ma chère amie, dit-il, effectivement il n'existe pas, ou plutôt il n'existe *plus*... Je veux dire en tant que membre de notre ambassade… Il a été rappelé à Washington… Il est parti cette nuit… Non, non, il ne reviendra pas, je ne crois pas, il a emmené sa famille. Sa carrière en Europe est terminée…

Le lendemain, Jeanne partit pour Washington.

C'est ainsi que commença cette incroyable quête, qui devait durer dix-sept ans… Jamais, dans les histoires de l'amour, on ne rencontra une telle obstination et une telle foi. D'autres amoureuses ont attendu, pendant toute une vie, le retour d'un amant aventureux ou d'un mari disparu, mais Jeanne ne fut pas une femme qui attend en haut d'une tour en regardant l'horizon. Elle parcourut le monde, affronta les périls, trouva des fragments de piste, les perdit, se heurta à une conspiration mondiale du silence, fut prise, presque étranglée, dans les nœuds immondes des services secrets qui défendaient une vérité qu'elle devait ignorer mais qu'ils ne connaissaient pas eux-mêmes, échappa par miracle à la catastrophe du Boeing qui fit cent deux victimes aux Philippines, revint des Indes avec une amibiase que le professeur Lebois, ami de son mari, réussit à guérir totalement mais qui la porta pendant six mois aux limites extrêmes de la maigreur et de l'épuisement, tua à Londres à coups de revolver deux des trois voyous qui tentaient de l'enlever, et blessa le troisième qui fut arrêté. Pas plus que les ravisseurs de Paris, ceux de Londres n'étaient armés.

Elle s'élançait avec violence contre les murs du mystère, comme une panthère captive depuis deux jours. Elle se blessait, elle arrachait des lambeaux aux murs du silence, mais trouvait, derrière, d'autres épaisseurs de silences. Parfois, épuisée, elle rentrait auprès de son mari pour reprendre des forces. De loin ou de près, il l'aidait de son argent, de son intelligence et de ses relations. Avec étonnement, à chaque retour, elle le retrouvait vieilli, et son fils grandi. En son absence, Nicolas quittait l'enfance et devenait adolescent. Elle lisait dans ses yeux, quand il la revoyait, de l'amour, de la crainte, de l'admiration, et des interrogations qu'il n'osait dire. Il savait qu'elle parcourait les nations et se battait à la recherche d'un secret dont on ne pouvait même pas dire le nom. Elle était son héros, Galaad en guerre contre le Malin et les sortilèges, vers le Roi blessé et le sang de Dieu. Il devenait très beau, grand et mince au contraire de son père, avec un regard bleu d'Irlandais perdu. Parfois, après un échec de plus, et un nouveau retour au logis pour y panser ses plaies, elle sentait peser sur elle la tentation d'abandonner et de vivre enfin en repos, entre ce garçon qu'elle avait fait et qui l'adorait et cet homme qui lui avait tant donné et qu'elle retrouvait chaque fois un peu plus défait par la vieillesse inexorable. Mais elle ne pouvait oublier Roland, qu'on lui avait arraché, elle ne pouvait oublier ce goût incomparable qu'ont toutes les choses de la vie pour ceux qui connaissent un véritable amour, partagé de cœur et de corps. Elle vivait comme un plongeur qui sait que l'air est là-haut, au-dessus de la surface. Elle se sentait en suspens, en sursis. Elle se débattait, se battait, pour trouer cet énorme poids de l'absence, pour arriver au moment ineffable où elle crèverait la surface, où elle retrouverait Roland et la vie.

Elle subissait, en plus, l'attraction du mystère énorme, dont elle s'approchait parfois à le toucher, et qui lui échappait au dernier geste qu'elle tentait pour le saisir. Mystère qui concernait, elle en était maintenant certaine, l'humanité tout entière, et dont la défense avait lié, par-dessus les antagonismes les plus violents, les chefs des plus grandes nations.

Elle séjournait à Londres depuis deux mois quand eut lieu contre elle la nouvelle tentative d'enlèvement. Elle cherchait à retrouver les traces des « amis » anglais qui étaient venus chercher le professeur Hamblain à Quiberon. Tout ce dont elle avait réussi à s'assurer était que le *Sourire du Chat* n'était inscrit sur aucune liste d'armement ni d'assurances. Ce nom ironique et les indications qui l'accompagnaient avaient dû être substitués en mer au véritable état civil du bateau.

Au moment où elle entrait dans un taxi pour retourner à son hôtel, après une heure de plus passée dans les bureaux de la Lloyd's, deux hommes montèrent derrière elle dans la voiture qui démarra pleins gaz. Elle avait prévu cette agression sous toutes les formes possibles et s'était entraînée à y résister de toutes les façons. Elle n'éprouvait absolument aucune crainte. Elle tira à travers son sac les six balles du revolver qui s'y trouvait et abattit les deux hommes. Le chauffeur blessé à l'épaule perdit le contrôle du taxi qui alla s'arrêter brutalement contre un autobus en station.

En moins de quatre heures, le commissariat du quartier fut dessaisi de l'affaire pour Scotland Yard, et Scotland Yard pour un bureau particulier du ministère de l'Intérieur. Le lendemain matin, Jeanne reçut à son hôtel la visite d'un homme aux cheveux gris, vêtu de gris, orné d'une brève moustache rousse, qui la pria de bien vouloir le suivre…

— Où ?…

— Hum… hum… il ne m'est pas possible de vous le dire…

— Comment pouvez-vous penser que je me rendrai à une telle invitation après ce qui vient de m'arriver ?

— Hum… Well ! Puis-je vous affirmer que vous ne risquez rien ?

— Vous pouvez affirmer tout ce que vous voudrez… Mais je n'ai aucune raison de vous croire…

— Hum… Vous avez parfaitement raison… C'est regrettable… Me permettez-vous de me retirer ?

Au moment où il s'en allait, elle lui déclara qu'elle l'accompagnait. Elle ne pouvait pas laisser passer cette occasion de savoir peut-être quelque chose de plus. Son revolver, pièce à conviction, avait été retenu par la police. Elle en prit un autre dans sa valise et le mit ostensiblement dans la poche de son tailleur, devant l'homme qui souriait poliment.

Une voiture noire très banale les attendait. Elle les conduisit au palais de Buckingham, et trois minutes après son arrivée Jeanne était reçue par la reine, sans témoin, après avoir abandonné son arme entre les mains de l'homme à la moustache rousse.

Avec une exquise courtoisie, Elizabeth lui avait parlé « comme une femme parle à une autre femme ».

Elle lui avait dit qu'elle comprenait parfaitement les motifs de son action et de son obstination. Mais elle lui affirmait que ses recherches n'aboutiraient jamais, et qu'elles pouvaient être nuisibles à une grande quantité d'êtres humains. Elle ne désirait certainement pas être nuisible à ses semblables ?

Non, elle ne désirait pas...

Alors elle allait renoncer ? Toutes les femmes, même celles qui semblaient au-dessus des autres, peuvent avoir parfois des, hum..., des douleurs sentimentales... Quand l'intérêt général est en jeu, il faut savoir oublier ses propres tourments...

— Je regrette, dit Jeanne, je ne renoncerai pas...

— Je m'en doutais, avait dit la reine gravement. Mais je devais vous le demander... Puis-je me permettre de vous donner un conseil ?

— J'en serai infiniment honorée...

Et Elizabeth II, reine d'Angleterre, avait eu à peu près les mêmes paroles que René Coty, président de la République française, pour lui recommander, si elle était l'objet d'une nouvelle tentative d'enlèvement, de ne pas se défendre, et de se laisser emmener...

En se rendant du palais de Buckingham au bureau de son avocat londonien, dans la voiture noire, mais sans l'homme à la moustache rousse, Jeanne réfléchissait à ce conseil tandis qu'une image singulière hantait sa mémoire : celle du sac à main de la reine, un sac noir de belle qualité mais de forme assez peu élégante, dont Elizabeth ne s'était pas séparée une seconde, le gardant à la main comme si ce fut elle qui eût été en visite... Jeanne chassa de son esprit ce détail saugrenu. Elle allait, cet après-midi même, être confrontée avec le chauffeur blessé. Elle espérait qu'il répondrait aux questions des enquêteurs anglais. Mais quand elle arriva au bureau de son avocat, ce dernier lui apprit que le blessé avait été enlevé à l'infirmerie de la prison par deux faux policiers, munis de papiers en règle et qui venaient le chercher justement, prétendaient-ils, pour la confrontation…

Alors Jeanne décida de suivre le conseil qui lui avait été donné deux fois et, si on cherchait de nouveau à s'emparer d'elle, de se laisser faire, quels que fussent les périls. Mais elle attendit en vain cette nouvelle occasion, elle ne fut plus l'objet d'aucune tentative d'enlèvement.

Tout au début de ses recherches, quand Jeanne décida, au lendemain de l'incendie de Villejuif, de partir pour Washington afin d'y retrouver Samuel Frend, elle eut un échantillon des difficultés auxquelles elle devait se heurter sans arrêt par la suite.

Il lui fallut trois mois pour retrouver la trace de Frend, et quand elle put enfin le rejoindre, à l'ambassade américaine de Montevideo où il avait été nommé, il fit semblant de ne pas la connaître, et nia l'avoir déjà rencontrée. Avec un air innocent dont, certainement, il n'attendait pas qu'elle fût convaincue, mais qui lui laissait entendre qu'il était bien inutile d'insister.

Pendant deux semaines elle essaya vainement de le rencontrer de nouveau, puis elle apprit qu'il ne faisait plus partie du personnel de l'ambassade… C'était le scénario de Paris qui se répétait.

Elle rentra en France et commença une enquête sur place, aidée d'un détective privé, nommé Poliot, inspecteur de la PJ en retraite, asthmatique, rond de tête et de ventre, qui se déplaçait dans Paris sur une bicyclette aussi vieille que lui. Il pinçait le bas des jambes de son pantalon avec des pinces de fer qui les transformaient en ailes de papillon, et le même chapeau melon lui servait de parapluie depuis vingt ans. Il savait merveilleusement faire bavarder les concierges et les fournisseurs.

Il lui apprit que la femme de Roland Fournier, folle de chagrin, n'avait pu supporter de rester à Paris. Elle était partie pour la Corse, chez ses parents, avec ses trois enfants. Poliot, grâce à la concierge, avait pu entrer dans son appartement. Il l'avait trouvé vidé, nettoyé, gratté, lessivé, astiqué, repeint, refait à neuf par le nouveau locataire qui n'avait pas encore emménagé. Dans ce désert aseptique, Poliot n'avait pu dénicher un grain de poussière capable d'aiguiser sa curiosité.

Mais il rapportait une information curieuse : le camion qui transportait vers le port de Nice, à destination de la Corse, les meubles de Mme Fournier et tous les livres et dossiers de son mari, avait pris feu entre Pierrelatte et Orange et brûlé comme une poignée de phosphore, ne laissant que cendres et ferrailles tordues.

Le feu, comme à Villejuif…

Jeanne rencontra le feu pour la troisième fois lorsqu'elle se rendit à Quiberon, après avoir appris la disparition en mer du patron de Roland. Le même voisin qui avait renseigné Samuel Frend lui montra les ruines noircies de la maison des parents du professeur Hamblain : elle avait brûlé entièrement dans la nuit du septième au huitième jour après le départ du *Sourire du Chat*. Le pêcheur boiteux hochait la tête en tanguant autour de Jeanne immobile, comme une barque autour d'un phare par une mer agitée.

C'était vraiment une fatalité, une vraie fatalité… Eux perdus en mer, et la maison qui brûle… S'ils étaient restés, au lieu de se noyer, ils auraient brûlé… Des coups pareils, c'est pas souvent que ça arrive, mais ça arrive… Un peu après la guerre de 14, l'oncle de l'adjoint au maire avait péri en mer avec son fils, en même temps que sa femme se tuait en tombant d'un pommier. La mer, quand elle vous en veut, elle sait bien vous trouver, même si vous êtes pas embarqué…

De retour à Paris, Jeanne reçut un nouveau rapport de Poliot : le frère du professeur Hamblain, son unique parent, avait fait emporter tout ce que contenait l'appartement, meubles, livres, dossiers, tapis, tableaux… Poliot avait visité l'appartement, et l'avait trouvé remis à neuf comme celui de Fournier, et visiblement par la même entreprise, qui avait utilisé la même peinture crème, de même apparence et de même odeur, et tout décapé et astiqué avec le même soin.

Légalement, le professeur Hamblain n'étant pas encore considéré comme mort, ce déménagement était insolite sinon illégal. Poliot avait pris l'initiative d'aller interroger le frère du professeur. Il ne l'avait pas trouvé. Le professeur n'avait pas de frère. Ses meubles et ses dossiers, enlevés de l'appartement, avaient disparu Dieu sait où…

Pendant les six premiers mois de son enquête, Jeanne fut surveillée étroitement, suivie partout et sans cesse écoutée. Elle s'en rendit compte très vite. Ses suiveurs ne cherchaient pas à se dissimuler, mais si elle les abordait pour les interroger ils se dérobaient et disparaissaient. Quand elle franchissait une frontière, les agents du pays qu'elle quittait la passaient comme un relais à ceux du pays où elle arrivait. À la fin du sixième mois, ses suiveurs disparurent. Ses déplacements continuèrent d'être contrôlés et signalés, mais ses paroles ne furent plus épiées : ceux qui avaient donné l'ordre de l'écouter savaient que désormais elle n'avait plus la possibilité de prononcer la phrase clef.

La tentative d'enlèvement de Londres n'eut lieu qu'un an plus tard. Ce fut donc pour une autre raison qu'on essaya, à ce moment-là, de s'emparer d'elle. Cette raison, Jeanne la connut en arrivant au bout de ses recherches. Et quand elle apprit à quoi elle avait résisté, créant ainsi l'irréparable et l'abominable, le mortel regret qui lui glaça le cœur ne pouvait avoir d'équivalent que chez les damnés plongés pour l'éternité dans le désespoir absolu de l'enfer.

La femme et les enfants de Roland Fournier, désormais fixés en Corse, au village de Santa Lucia di Moriano, sur la côte est, étaient l'objet d'une surveillance aussi serrée, mais plus facile, que celle qui s'exerçait sur Jeanne. Elle se relâcha également au bout de six mois, ni les enfants ni leur mère n'ayant plus la possibilité de prononcer les mots d'alerte. Pour la femme de Roland, il n'y avait pas de mystère : son mari était mort. Son violent chagrin s'était rapidement calmé. Elle touchait une pension d'un montant trop élevé, mais qu'elle croyait normal. Elle fit la connaissance, en juillet 1957, d'un pharmacien de Bastia, Dominique Cateri, en vacances à Moriano. Il était veuf, et riche. Il avait une cinquantaine d'années et une calvitie que le soleil bronzait. Il était chargé de l'exécution d'un plan qui la concernait, en liaison avec la Maffia italienne avec laquelle il avait déjà fait plusieurs bonnes affaires à Marseille et à Paris.

Le 17 juillet, en fin d'après-midi, elle se rendit dans le studio que Cateri avait loué près de la plage pour les vacances et coucha avec lui pour la première fois. Elle fut très heureuse. Ce plaisir lui manquait beaucoup depuis la mort de Roland.

Quand elle revint chercher ses enfants qu'elle avait laissés jouant au bord de la mer, on lui apprit qu'ils étaient partis en promenade sur un gros canot à moteur tout rouge, superbe, avec « des amis ». On ne revit jamais le canot ni les enfants.

Elle épuisa son nouveau chagrin et épousa le pharmacien, qui était devenu amoureux de sa joie en amour. Jeanne, au cours de son enquête, la vit à Bastia en 1967 trônant à la caisse de la pharmacie. Elle était de nouveau veuve, elle avait beaucoup grossi. Elle portait un gros diamant à l'annulaire de la main gauche, par-dessus ses deux alliances. Son caractère s'était adouci.

Le feu…

Il apparaissait à chaque tournant de cette histoire. Jeanne le rencontra pour la quatrième fois grâce à une lecture que fit son mari. Celui-ci, revenant de Téhéran où il avait été appelé en consultation, lisait dans l'avion le dernier numéro d'une revue médicale anglaise, *The Lancet*. Trois pages consacrées à Shri Bahanba, à l'occasion du dixième anniversaire de sa mort, rappelaient les circonstances dramatiques de celle-ci, et les travaux et les mérites du grand savant indien.

Paul Corbet fut frappé par la ressemblance de l'incendie de Bombay avec celui de Villejuif, et par la parenté des travaux de Bahanba avec ceux de Hamblain et de son équipe.

Quand il arriva à Paris, Jeanne était repartie une fois de plus, et il dut attendre son retour pour lui communiquer l'article du *Lancet*. Elle cherchait, à cette époque, à s'introduire dans les milieux américains informés des travaux de préparation de la guerre bactériologique. Elle savait, comme tout le monde, que, dans le monde entier, les laboratoires militaires préparent une Apocalypse auprès de laquelle la guerre atomique totale ferait l'effet d'une partie de bridge. Elle avait cherché à Paris, à Londres, à Munich, à Milan, à Zurich, sans rien trouver qui pût se rattacher aux événements de Villejuif. Elle avait eu par un agent français revenu de Varsovie des informations sur ce qui se passait dans les laboratoires soviétiques. Rien de plus, semblait-il, qu'en Europe, sauf peut-être pour les quantités. Bien que la quantité, dans ce domaine, comptât pour peu de chose : un demi-litre du poison sécrété par le bacille botulique, par exemple, suffirait à faire périr l'humanité entière dans les affres raffinées de la paralysie respiratoire, toute l'humanité noyée dans l'air, après avoir vomi et répandu ses tripes en diarrhées de sang. Or ce n'était pas par demi-litres mais par hectolitres que le poison existait depuis longtemps, prêt à servir, dans tous les arsenaux. Il n'y avait là rien de nouveau. Aux États-Unis, peut-être…

À Washington, à Denver, à Houston, même à New York, Jeanne enquêta, toujours sur ses gardes, mais sans se cacher. Le petit noyau de gens très sérieux qui travaillaient à la guerre chimique et bactériologique était enveloppé d'un nuage d'espions et de contre-espions tourbillonnant comme des moustiques au-dessus d'un étang. Jeanne entra en rapport avec les uns et les autres, faisant savoir clairement qu'elle cherchait, non des secrets, mais un homme. Elle rencontra des savants, des escrocs et des crapules, des imaginatifs délirants et de petites larves puantes prêtes à inventer n'importe quelle information extravagante pour la vendre aux enchères. Le mélange de nouvelles sensationnelles et contradictoires créait une confusion qui constituait la défense la plus efficace des secrets, s'il y en avait. Jeanne connut peu à peu la plupart des hommes de « renseignement » qui grouillaient autour du Pentagone et de ses annexes, et qui se connaissaient tous entre eux. Elle ne leur faisait pas concurrence, elle n'était pas dangereuse, et elle avait le chèque facile. Ils lui disaient volontiers ce qu'ils savaient, et inventaient ce qu'ils ne savaient pas, pourvu qu'elle payât. Mais parce qu'elle recevait des informations de tous les bords elle se rendit compte que cette activité de fourmis aveugles était futile et grotesque, que tous ces agents et contre-agents ne faisaient que jouer entre eux, se renvoyant et se disputant des fétus de paille et des haillons, aucun d'eux ne sachant rien de plus que ce que tout le monde pouvait savoir.

Une fois encore elle rentra à Paris, épuisée, en proie à une hépatite virale contractée au cours d'une série de piqûres de calcium vitaminé, destinées à l'aider à tenir le coup. Pendant qu'elle se soignait elle eut tout le temps de méditer sur l'article du *Lancet*, et sur ce qu'il révélait de commun entre les travaux des laboratoires de Bombay et de Villejuif. Dès qu'elle put reprendre son activité, elle alla consulter les collections du *Figaro* et de *France-Soir* pour comparer les détails de l'incendie de Villejuif avec celui de Bombay. Mais les journaux français étaient extrêmement succincts dans leurs comptes rendus. Il lui fut seulement confirmé qu'à Paris comme à Bombay on n'avait retrouvé aucun survivant. Mais on ne parlait pas non plus de cadavres.

Ce fut en feuilletant les collections qu'elle trouva ce qu'elle ne cherchait pas : la photo de Nehru en visite à Paris vingt jours avant l'explosion de Villejuif. L'article du *Lancet* disait que le « regretté Bahanba » était un ami personnel du Premier ministre de l'Inde…

Jeanne ne voyait pas quelle signification elle pouvait tirer de ce qui n'était peut-être qu'une coïncidence, mais elle était décidée à aller au fond de toutes les coïncidences, de toutes les apparences, de tous les faux-semblants, jusqu'à ce qu'elle trouvât quelque chose qui ne fût enfin ni faux ni semblant.

Roland je te cherche depuis l'éternité. Et pourtant il me semble que c'est hier, tout à l'heure, que j'étais dans tes bras. Et tout à coup tu n'étais plus là... Tout à coup j'étais nue, écorchée de toi, saignante de toute ma chair comme une bête accrochée au croc de l'abattoir.

On me disait que tu étais mort, on me montrait les flammes où tu brûlais, ce n'était pas possible, si tu avais été mort tout se serait arrêté comme un film qui se casse et dont les personnages deviennent tout à coup immobiles, fantômes plats qui n'ont jamais vécu. Tu n'es pas mort, puisque je vis...

Dans les premières années de ma quête, j'attendais, j'espérais un signe de toi, si bref, si incompréhensible fût-il, un simple trait tracé sur un papier perdu, je l'aurais reconnu et j'aurais su ce que tu voulais dire. Et si tu avais voulu l'envoyer tu y aurais réussi, même prisonnier dans une prison de ciment sans porte ni fenêtre. Si je n'ai rien reçu c'est que tu t'es volontairement enfermé dans le silence, au sein d'un mystère que tu te refuses à percer, au cœur d'un secret plus grand que ton amour.

Puisque tu ne peux pas revenir vers moi, puisque tu refuses de m'appeler, c'est donc à moi, même si tout ce qui existe se dresse entre nous, d'arriver jusqu'à toi...

Je t'aime comme au premier jour, comme au dernier jour où nous fûmes ensemble, le jour de la grande pluie sur Paris, tu t'en souviens ? Au-dehors il y avait la tempête, et au-dedans il y avait nous, et au-dedans de nous il y avait moi dans tes bras, et au-dedans de moi il y avait toi.

Je t'aime.

Je t'écris cette lettre et je vais la brûler pour que tu la reçoives à travers les distances et les murailles. Je viens vers toi. Je viens...

Jeanne n'attendit pas d'être complètement guérie pour repartir. À Bombay, accablée de chaleur, malade, obstinée, sollicitée par mille mendiants dont la moitié mourait de faim et l'autre moitié faisait semblant, elle remonta peu à peu, à travers les stratifications de l'oubli et du mensonge, vers ce qui restait de souvenir véritable des faits. Elle recevait tant de réponses ahurissantes, sans rapport avec ce qu'elle demandait, n'importe qui lui disait n'importe quoi avec tant de facilité, pour recevoir quelques roupies ou plus souvent, très simplement, pour lui faire plaisir en ne laissant pas ses questions sans réponse, qu'il lui était impossible de discerner dans ce ruisseau d'eaux troubles les quelques pépites de vérité qu'il charriait.

Quand elle retrouva le chauffeur de la voiture qui avait conduit Nehru de l'aéroport de Bombay au laboratoire de Shri Bahanba, elle crut tout d'abord qu'il mentait. L'homme était devenu, depuis, un important fonctionnaire à casquette, tamponneur de passeports à l'arrivée des voyageurs aériens. Il refusa dignement toute gratification. Alors elle le crut. Nehru était mort depuis deux ans. Bahanba et ses collaborateurs avaient péri – c'était la version officielle – dans l'incendie du laboratoire, dix mois après la visite de Nehru. Elle ne pouvait donc avoir confirmation de cette visite que par des témoins secondaires. Après des semaines de recherches, elle retrouva la trace du pilote de l'avion personnel de Nehru. Il avait abandonné la vie active et parcourait l'Inde à pied, de temple en temple, en mendiant son riz. Elle eut la grande chance de le rejoindre, après plusieurs mois, dans l'ashram de Shri Aurobindo, à Pondichéry. Un soir, dans la paix des jardins, assis en lotus sous un arbre dont elle ignorait le nom, il parla d'une voix calme. C'était un homme sans âge aux longs cheveux gris qui rejoignaient une maigre barbe de même couleur. Ses yeux très noirs, très doux, étaient une source de paix. Il était nu jusqu'à la taille, et chacun de ses os se dessinait sous une mince couche de muscles modelés par les postures du yoga. Oui, il avait conduit le Pandhit à Bombay. Il l'avait reconduit le soir même à Delhi, et dans les mois qui suivirent à New York, à Moscou, à Pékin, à Londres, à Paris, à Berlin. Partout, le Pandhit avait rendu visite aux chefs d'État… L'homme lui révéla également l'existence du deuxième avion qui avait accompagné le sien partout. Il ne savait pas qui se trouvait à bord…

Et ses yeux, le ton de sa parole et l'équilibre de son corps disaient que tout cela n'était qu'une agitation vaine, et que le seul voyage qui compte est celui qu'on fait sans bouger, à l'intérieur de soi-même.

Après tant d'années de recherches acharnées, désordonnées, dans toutes les directions, après tant de fausses pistes, de vraies pistes interrompues, d'obstinations sans résultats et de résultats sans intérêt, ces quelques phrases entendues dans la douceur d'un jardin où s'endormaient les oiseaux, payèrent Jeanne de toutes ses fatigues. Ces noms, et ce voyageur qui les unissait les uns aux autres, c'était enfin une route jalonnée sur laquelle elle allait pouvoir avancer. Avant de s'y engager, elle prit enfin, pour la première fois, le temps de se reposer. Elle resta cinq semaines à l'ashram, reconstruisant ses forces morales et physiques, puis repartit pour Bombay où elle pensait, maintenant, que se situait l'origine de toute l'affaire.

Elle retrouva le nom d'une assistante biologiste qui avait quitté le laboratoire deux mois avant l'incendie pour devenir fonctionnaire à Delhi. Jeanne partit pour Delhi et s'enfonça dans l'administration indienne comme dans un édredon. La multiplicité des bureaucrates n'avait d'égale que leur bonne volonté. Elle ne savait exactement à quel service s'adresser. Elle prospecta tous ceux qui touchaient à la science et à la santé publique. Personne ne savait rien, mais avec une extrême serviabilité. Un après-midi, alors qu'elle posait pour la millième fois la même question, à un homme vêtu d'un costume blanc léger, assis derrière un petit bureau sous un grand ventilateur, l'homme lui répondit en souriant que la femme qu'elle cherchait était sa propre sœur, qu'elle appartenait au même service que lui, et qu'elle faisait actuellement une tournée de propagande dans les campagnes en faveur de la contraception.

Jeanne la rejoignit le surlendemain dans un village, à quarante kilomètres environ au nord-ouest de Calcutta. C'était le jour du marché. L'équipe de propagande avait dressé sur la place une tente militaire qu'un peintre avait enluminée de dessins naïfs aux couleurs vives représentant des scènes de la vie des Dieux.

De nombreuses jeunes femmes et quelques hommes pénétraient dans la tente et sortaient à l'autre bout. Les femmes emportaient un collier « Ogino » qui leur permettait de compter leurs jours stériles et leurs jours féconds. Elles étaient ravies, elles croyaient qu'il leur suffisait de mettre le collier autour du cou pour ne pas avoir d'enfants. Aux hommes on promettait un transistor s'ils se laissaient stériliser. Le chirurgien opérait quelques mètres plus loin, sous une tente sanitaire marquée de la Croix-Rouge.

Les paysans assis à l'ombre du banian avaient étalé leurs fruits et leurs légumes sur des chiffons et des journaux aux caractères étranges. Des mouches bourdonnaient dans les marchandages et la musique. Des singes se promenaient parmi les acheteurs et les vaches. De temps en temps, un d'eux chipait une mangue ou un radis, s'enfuyait en criant comme s'il était poursuivi, et allait manger son larcin au bord d'un toit.

Voici ce qui s'était passé dans le laboratoire de Shri Bahanba la veille de la visite de Nehru, d'après le récit que fit à Jeanne Corbet l'ancienne assistante du savant :

Elle travaillait, ce jour-là, le 16 janvier 1955, dans la pièce contiguë à celle où se trouvait son maître. Vers neuf heures trente du matin, elle vit à travers la cloison vitrée le premier assistant de Bahanba entrer dans le labo de celui-ci et s'adresser à lui d'un air soucieux. Elle n'entendait pas les paroles. Elle vit l'assistant poser une main sur ses yeux, puis la pointer vers un grand bouquet de fleurs, aller vers le bouquet et y prendre un certain nombre de fleurs qu'il brandit en revenant vers Bahanba et qu'il posa finalement sur une table.

Toutes ces fleurs étaient des fleurs rouges.

La jeune laborantine vit à ce moment le visage de Bahanba. Il exprimait un bouleversement surprenant chez cet homme parvenu si près de la sérénité parfaite. Il alla d'abord vivement fermer la porte du labo qui était restée entrouverte, ferma hermétiquement les fenêtres, revint vers son assistant qu'il fit asseoir, lui examina les yeux et l'intérieur des mains puis s'assit devant lui et se mit à lui parler. Ce fut alors le visage de l'assistant qui exprima la stupéfaction, puis la joie, puis la peur. À un certain moment, comme pour détruire les objections que l'assistant semblait exprimer, Bahanba se leva, alla chercher sur une étagère une petite boîte de verre et vint la lui montrer. La biologiste vit ce qu'elle contenait : c'était un papillon vivant, aux ailes brunes tachées de bleu. L'assistant eut alors l'air accablé.

Bahanba reposa la boîte sur l'étagère et resta immobile quelques minutes, debout, réfléchissant, les yeux fermés. Son assistant le regardait sans dire un mot. Bahanba rouvrit les yeux, se retourna vers lui, et lui parla longuement, calmement. Il avait retrouvé toute sa sérénité.

Par le téléphone intérieur, il appela l'une après l'autre chaque pièce du bâtiment et informa le personnel que son assistant et lui-même, à cause d'un travail en cours, devraient pendant quelque temps demeurer nuit et jour dans leur laboratoire. Pour des raisons qu'il ne pouvait expliquer, il devait interrompre momentanément l'activité du centre de recherches. Il priait les chercheurs et leurs collaborateurs de se considérer comme en congé à partir de ce soir. Il faisait confiance aux chefs de labo pour prendre d'ici là les mesures nécessaires à l'égard des petits animaux et des cultures microbiennes en cours. Personne, absolument personne, ne devait pénétrer dans les bâtiments à partir de demain matin.

La laborantine fut étonnée, comme tout le monde, mais fit le nécessaire. Elle sacrifia un certain nombre de souris porteuses de tumeurs ou d'infections et les porta à l'incinérateur. Elle ne savait que faire de celles qui étaient saines. N'étant pas assurée qu'il resterait quelqu'un au labo pour en prendre soin, elle se décida finalement à leur donner la liberté. Il y en avait deux grises et une blanche. Elle s'en souvenait bien. Elle les avait laissées tomber dans l'herbe, par la fenêtre. Elles étaient nées et avaient vécu dans des boîtes. L'espace les effraya. Elles se blottirent contre le bas du mur. La jeune femme leur fit « pchit ! pchit ! » avec des gestes de la main pour les éloigner. Elles ne bougèrent pas. Elles ont dû être mangées dès le crépuscule. Il y avait des chats dans le jardin. Et aussi des mangoustes. Et des serpents. Sans parler des oiseaux de nuit.

La laborantine détruisit les cultures bactériennes qui risquaient de devenir dangereuses, en plaça d'autres en congélateur pour un temps indéterminé.

Quand elle s'en alla, elle croisa des serviteurs qui apportaient deux lits de camp, des fauteuils et des vivres.

La semaine suivante elle reçut une lettre de licenciement, avec une indemnité. Elle trouva un emploi dans l'administration. Elle apprit la mort de Bahanba par les journaux.

Elle gardait de ces événements un souvenir très vif. Elle put donner à Jeanne quelques précisions sur les travaux que poursuivait Bahanba à cette époque. Il s'agissait de recherches sur les substances ou les micro-organismes susceptibles de provoquer dans les cellules la production d'anticorps contre le cancer. Il n'y avait là rien de particulier. Dans le monde entier, des équipes travaillaient dans la même direction. Elle avait remarqué que, depuis plusieurs mois, Shri

Bahanba s'enfermait par moments dans des silences d'une extrême gravité, comme quelqu'un qui doit résoudre un problème intérieur d'une grande importance. Elle pensait qu'il se trouvait à un moment capital de son évolution spirituelle. Non, il n'était pas malade. Il paraissait, au contraire, plus que jamais, en excellente santé.

En 1963, Samuel Frend se trouvait en poste au Mexique. Au mois de mai, il eut à s'occuper, dans le cadre banal de son activité, d'un touriste américain qui cherchait à obtenir, par l'ambassade soviétique à Mexico, un visa pour Cuba et l'URSS. Cet homme lui avait été signalé par le FBI comme un petit suspect sans envergure. Les visas qu'il demandait lui furent refusés, et il rentra aux États-Unis. Il devait devenir fantastiquement célèbre quelques mois plus tard, le 22 novembre, à Dallas. Son nom était Lee Harvey Oswald.

Frend n'aurait attaché aucune importance à ce personnage si, dans les derniers jours de son séjour à Mexico, il n'avait vu surgir dans son sillage quelqu'un qu'il avait déjà rencontré plusieurs fois, en particulier à Paris lors de l'incendie de Villejuif, et, à Paris encore, au moment de la conférence au sommet entre Eisenhower, Khrouchtchev, Macmillan et de Gaulle. Il lui connaissait trois noms mais lui en avait donné un quatrième : dans ses rapports il le nommait Summer (été) parce qu'il avait eu affaire à lui pour la première fois un 21 juin, à Varsovie.

Summer avait l'apparence d'un personnage secondaire de comédie américaine, avec un petit ventre, un visage rond souriant, un crâne rose et chauve entouré d'une couronne de cheveux blancs. Il portait des vêtements mal ajustés. Il donnait l'impression d'être un gentil grand-père à petits chiens, avec des morceaux de sucre dans ses poches. C'était en réalité un des hommes les plus dangereux du monde, toujours prêt à organiser n'importe quoi contre n'importe qui, vol, meurtre, enlèvement, scandale, avec efficacité. Il louait ses services à l'Est ou à l'Ouest, ou à des particuliers. La Maffia elle-même faisait parfois appel à lui, bien qu'il n'en fît pas partie. Il se faisait payer excessivement cher, mais les résultats justifiaient ses prix.

Frend s'était étonné de le voir rôder autour de Villejuif lors des événements de 1955. S'il n'avait pas vu lui-même à l'œuvre les hommes du colonel P…, c'est sans doute à Summer qu'il aurait attribué l'incendie.

Lors de la conférence de Paris de 1960, le Pentagone, qui continuait à considérer Eisenhower comme un général bien plus que comme le président des États-Unis, se fit un souci énorme pour sa sécurité. Les services militaires n'accordaient aucune confiance au FBI ni aux autres gorilles « civils ». Ils entourèrent le président de leurs propres hommes et le firent précéder à Paris par une équipe que dirigeait Samuel Frend. Il avait été choisi à cause de sa grande connaissance de la capitale française, et chargé de « déminer le terrain ».

Il arriva trois mois avant la date de la conférence, et s'installa aux Champs-Élysées, dans les locaux d'une firme cinématographique. Il retrouva avec une joie nostalgique l'atmosphère parisienne, renoua ses anciens contacts et en établit de nouveaux. Il vit peu à peu arriver de tous les coins du monde des agents de toutes obédiences ou sans obédience, bien déterminés à connaître, transmettre, interpréter, amplifier, gommer, falsifier, acheter, vendre, tout ce qui se dirait ou ne se dirait pas, se chuchoterait ou s'écrirait dans les couloirs de la conférence, les accords secrets et les désaccords profonds, les intentions et les rétentions.

Une grande conférence est une occasion de plaisirs subtils pour les importants diplomates, d'avancement pour les petits, et une aubaine pour les agents des services secrets. Comme une vache morte sur la boue desséchée du Bihar. Chacun y arrache à son tour, selon son rang ou son habileté, son lambeau de nourriture. Et il reste un squelette de plus sur le grand désert de l'entente internationale.

Frend fit expulser, par l'intermédiaire de l'ambassade américaine qui les signalait à la police française, quelques petits chacals, plutôt pour justifier sa présence à Paris que par crainte pour son président. Le 2 mai, il acheta à un agent allemand, qui l'avait obtenu sur l'oreiller d'un diplomate roumain homosexuel, un renseignement étrange : Khrouchtchev allait arriver à Paris porteur d'un objet auquel il attachait une si grande valeur qu'il le gardait constamment sur lui, dans la poche intérieure de son veston. Ses rivaux du Kremlin avaient vainement tenté de le lui faire dérober. Trois tentatives infructueuses avaient provoqué des colères terribles de K. On ne savait pas si ceux qui avaient cherché à s'approprier l'objet en connaissaient la nature exacte ou seulement l'importance.

Le 5 mai, Frend reçut, par un de ses contacts, de la part d'un certain Mr Smith, une invitation à déjeuner au *Grand Véfour*. Dans l'homme qui l'attendait à une table fleurie il reconnut Summer. Ils firent un repas sublime arrosé d'une bouteille inoubliable. Il faisait un temps exquis. Les pigeons du Palais-Royal volaient sous la galerie couverte et se reflétaient dans les glaces du plafond. Mr Smith proposa à Frend de lui vendre, pour la somme de 500 000 dollars, un objet extêmement important que Monsieur K. transportait constamment avec lui dans la poche de son veston.

Frend n'émit aucun doute sur la possibilité pour Mr Smith de faire subtiliser ledit objet. Il suffisait de mobiliser les dix ou quinze meilleurs pickpockets du monde, de les disséminer en des lieux différents et de provoquer un incident, une bousculade, une émeute si nécessaire, pour donner à l'un ou à l'autre l'occasion de s'approcher de K. et d'agir. Sans doute tout cela était-il déjà organisé. Mais Frend chercha à en savoir plus long sur l'objet lui-même. Mr Smith ne put rien lui dire, il ne savait rien. Frend le crut : si Mr Smith avait su, il en aurait profité pour augmenter ses prix.

Frend déclara qu'il ne disposait pas d'une telle somme, et qu'il devait transmettre l'offre à un échelon supérieur. Mr Smith lui accorda un délai de deux jours avant de faire des offres ailleurs. Ils convinrent de se retrouver le surlendemain à la même table.

En réalité, Frend avait un budget suffisant pour traiter le marché. Mais cette affaire, si elle l'intéressait énormément, ne le concernait pas. L'objet en question n'était certainement pas une arme avec laquelle K. se proposait d'attenter à la vie d'Eisenhower. Et la mission de Frend à Paris consistait uniquement à veiller sur la sécurité du président. Il passa donc l'affaire, dans l'heure suivante, à son collègue en poste à l'ambassade. Or depuis cinq mois, dans le bureau de ce dernier, trois micros clandestins avaient été installés. Ils transmettaient tout ce qui s'y disait à un magnétophone, dissimulé dans une armoire métallique fermée à clef, dans un bureau de l'étage supérieur. Le fonctionnaire américain qui occupait ce bureau avait été manipulé par les services du colonel P… et travaillait pour eux.

Le colonel P…, qui était passé du service du président Coty à celui de De Gaulle[1], fut informé le soir même du marché proposé par Mr Smith aux Américains et informa à son tour le Général. Celui-ci lui donna l'ordre d'empêcher ce vol à tout prix. Que Khrouchtchev aille se faire dépouiller ailleurs ! Pas de scandale à Paris pendant la conférence !

Le surlendemain, dès les hors-d'œuvre, Frend annonça à Mr Smith que son offre était acceptée et lui remit, en acompte, pour sceller le marché, une enveloppe contenant un chèque certifié de 500 000 francs suisses, au porteur, sur une banque de Lausanne.

À la table installée juste sous la glace carrée du plafond, un homme chauve mangeait des asperges. Son crâne luisait en bas, et en haut dans la glace.

1. Pour établir la vérité exacte, il faut préciser que le colonel P… était déjà au service de De Gaulle alors qu'il servait – d'ailleurs honnêtement et efficacement – le président Coty.

Mr Smith dit que c'était une singulière idée de venir chez Oliver pour y manger des machins cuits à l'eau. En souriant de volupté il se pencha vers son poulet au homard, et à la troisième bouchée, fondant de bonheur, il se laissa aller à quelques confidences. Il dit à Frend qu'il les lui livrait à titre de primes. C'était le dernier état des renseignements qu'il avait obtenus sur l'objet contenu dans la poche de M. K. Il ne savait toujours pas ce que c'était, mais d'après les recoupements qu'il avait pu faire, il soupçonnait que ledit objet n'était pas sans rapport avec l'incendie de Villejuif, la destruction à Bombay du laboratoire d'un biologiste nommé Bahanba, *et la raison pour laquelle la reine d'Angleterre ne se séparait jamais de son sac à main...*

Eisenhower et de Gaulle savaient certainement de quoi il s'agissait. Macmillan peut-être aussi. Et la conférence de Paris avait sans doute une raison secrète plus importante que ses raisons officielles.

Maintenant que Mr Smith soupçonnait tout cela, il regrettait de n'avoir pas demandé davantage, mais un marché est un marché, il ne reviendrait pas sur ses conditions. Il se mit d'accord avec Frend sur les modalités de la livraison de l'objet, et du paiement du solde de la somme due.

Krouchtchev arriva à Paris le 14 mai, et coucha à l'ambassade soviétique sous la protection des portes blindées et des policiers russes. Le lendemain matin, en se réveillant, il constata que l'étui de cuir, pas plus grand que le quart d'un paquet de cigarettes, qui ne quittait jamais la poche intérieure de son veston, n'était plus là…

Sa fureur ébranla les murs de l'ambassade. Il fit

fouiller tout le monde et tous les meubles, fouilla lui-même l'ambassadeur, et, bien entendu, ne trouva rien. Il se rappela que, la veille au soir, il n'avait pas pensé à vérifier, en se déshabillant, si l'étui était toujours dans sa poche. Or dans la journée il s'était promené dans Paris, avait serré des mains, était même entré dans une épicerie de la rue de Bourgogne. Il avait parlé avec les vendeuses, tâté les fruits, plaisanté, marchandé…

C'était là qu'il avait dû être dépouillé, par un des agents anglais ou américains qui avaient accompagné Eisenhower et Macmillan à Paris. Ils le lui paieraient…

Le 16 au matin, à la première séance, il fracassa la conférence, sous la mauvaise raison qu'un avion espion américain avait été abattu au-dessus de l'URSS. Ce n'était de toute évidence qu'un prétexte. Les vols des avions U2 au-dessus de l'Union soviétique, à 100 000 pieds d'altitude, hors de portée de la chasse et de la DCA, se poursuivaient régulièrement depuis 1956, et Khrouchtchev et toutes les autorités soviétiques étaient parfaitement au courant. Le fait d'avoir enfin réussi à en abattre un et mis au point le missile qui rendrait désormais ces vols impossibles constituait au contraire une victoire qui aurait dû emplir Khrouchtchev de satisfaction et d'orgueil. Son humiliation et sa rage, qu'il eut beaucoup de peine à maîtriser devant les journalistes, avaient donc une autre raison, qu'Eisenhower ignora toujours, que Macmillan ne soupçonna pas – contrairement à ce que supposait Mr Smith il n'était pas « dans le secret » – que de Gaulle devina aussitôt et dont il eut confirmation quelques heures plus tard, dès que la liquidation de la conférence lui laissa le loisir de convoquer le colonel P…

Le 17 mai à quinze heures, Frend, qui avait deviné les raisons de l'éclat de Khrouchtchev, arrêta sa voiture dans une allée du parc de Saint-Cloud et, comme convenu, attendit Mr Smith qui devait lui remettre l'objet. Mr Smith ne vint pas, ni le lendemain, ni le surlendemain, ni dans les huit jours qui suivirent. Et Frend, dont la mission était terminée, rentra aux États-Unis avec la conviction que Mr Smith s'était finalement décidé à vendre l'objet plus cher, ailleurs. Ce manque de parole le surprit un peu, pas trop. Il faut toujours s'attendre à tout, de tout le monde, et dans ce métier plus qu'ailleurs.

De Gaulle, à dix-sept heures quinze, le 16 mai, put enfin regagner son bureau et recevoir le colonel P… à qui il demanda d'un ton glacé s'il avait bien, comme il lui en avait donné l'instruction, protégé K. contre toute tentative de vol. Le colonel P…, au comble du désarroi, prêt à se suicider, déclara que ses hommes n'avaient pas quitté Khrouchtchev d'un pas. Dès qu'il mettait les pieds hors de l'ambassade soviétique ils l'accompagnaient partout, doublant les gardes du corps soviétiques, les agents de la PJ et ceux de la DST. Khrouchtchev s'était déplacé dans Paris comme un astre entouré d'une flottille de satellites, visibles et invisibles. Aucun d'eux n'avait rien vu, rien remarqué.

Une autre équipe avait surveillé « Mr Smith ». Pas une seconde il n'avait été hors de vue, même dans son appartement du Ritz. Il ne s'était jamais approché de Khrouchtchev. Les événements de ce matin avaient fait craindre au colonel que quelque chose se fût quand même produit… Il avait alors agi avec une brutalité dont il s'excusait mais il y a des moments où…

— Bien ! dit de Gaulle. Poursuivez !…

— Je me suis moi-même rendu au Ritz avec mes meilleurs hommes. J'ai arrêté Smith. J'ai fouillé méticuleusement son appartement et me suis fait ouvrir son coffre. Il a protesté, appelé son avocat, son ambassadeur…

— Lequel ?

— L'ambassadeur d'Angleterre, mon général.

— Il a envoyé quelqu'un ?

— Il est venu en personne ! Je ne l'ai pas laissé entrer… Ni Me Tixier-Vignancour. J'ai emmené l'homme. Il est au secret, à Vincennes, avec deux de mes gardes avec lui dans sa cellule. Je vous ai apporté les seuls objets qui m'ont paru offrir quelque intérêt parmi tout ce que j'ai examiné. Personnellement, je n'en vois aucun qui justifie la colère de Khrouchtchev… J'en suis à me demander s'il a vraiment…

— Montrez ! dit de Gaulle.

Le colonel P… ouvrit sa serviette de cuir noir et en sortit, les posant au fur et à mesure sur le bureau devant le général de Gaulle : un poste émetteur miniature dissimulé dans l'enveloppe d'un paquet de cigarettes Craven, une poupée japonaise électronique, grande comme le pouce, qui parlait et marchait – peut-être pouvait-elle faire autre chose ? – un petit rouleau de bande magnétique, trois microfilms, un carnet plein de notes chiffrées et un étui de cuir rouge, large, épais et long comme deux doigts de la main.

De Gaulle regarda le tout, prit l'étui, l'ouvrit. Sur l'objet qu'il contenait était collée une étiquette. Sur l'étiquette étaient tracés à la main trois caractères cyrilliques. De Gaulle avait appris un peu de russe en prévision d'une visite à l'Est. Il sut aussitôt ce que désignaient les deux lettres et le chiffre, referma le coffret et le reposa sur la table, parmi les autres objets.

— Mon général, je vous demande de me donner carte blanche pour faire parler cet individu…

— Ça n'offre aucun intérêt… Expulsez-le. Mettez-le dans un avion qui l'emmène le plus loin possible… Et présentez vos excuses à l'ambassadeur de Grande-Bretagne… Et emportez ces bricoles…

Au moment où le colonel P…, après avoir replacé dans sa serviette les microfilms et la poupée, posait la main sur l'étui, de Gaulle dit :

— Non, laissez-moi ça…

Il pensait qu'en ne réussissant pas à empêcher Khrouchtchev d'être dévalisé, et en se conduisant au Ritz comme un gendarme de chef-lieu de canton, P… avait sans doute épargné à l'Occident et au monde une aventure inimaginable. Mais il avait fait cela sans le vouloir, malgré lui, en ratant tout… Bête comme un militaire… Mais il n'y a quand même qu'eux qui soient efficaces… Il méritait une sanction… Et une récompense… De Gaulle décida de le mettre à la retraite. Après l'avoir fait nommer général.

Le 17 juillet 1960, Samuel Frend reçut à Minneapolis, où il se trouvait en vacances, une lettre signée Smith. Son correspondant s'excusait de n'avoir pas été en mesure de livrer la marchandise commandée. Il en avait été empêché par l'intervention d'un tiers. Il n'aimait pas qu'on le mît dans l'impossibilité de tenir ses engagements, et qu'on pût faire ainsi douter de la sécurité des marchés qu'il passait…

« J'ai le regret de vous informer que le colonel P… que vous connaissiez bien, a trouvé la mort dans un accident d'automobile, hier après-midi, du côté de Chambéry… La marchandise que j'aurais dû vous livrer est maintenant entre les mains de celui qui était son supérieur direct. Je regrette de vous dire qu'elle m'est inaccessible. Je considère donc cette affaire comme terminée, malheureusement pas de la façon que nous souhaitions. J'espère que cela ne vous empêchera pas de me faire confiance, éventuellement, une autre fois. Je pense que vous ne vous attendez pas à ce que je vous rembourse les arrhes que vous m'aviez versées à la commande. Ils ne couvrent même pas les frais que j'avais engagés dans cette malheureuse affaire… »

Ce fut cet homme-là, Mr Smith, que Frend aperçut, à sa grande surprise, en conversation avec le falot Lee Oswald, le 13 mai 1963, à Mexico. Il fut mis au courant, par ses services, d'un autre rendez-vous, mais n'eut pas le temps d'organiser une écoute : Smith rentra en Europe et Oswald aux États-Unis sans que Frend ait réussi à savoir quel marché ils avaient conclu.

Il signala cette rencontre au FBI. qui la nota sur la fiche d'Oswald. Ce ne fut pas suffisant pour le faire surveiller particulièrement au moment du voyage de Kennedy à Dallas. On sait comment, d'une fenêtre du dernier étage du *Texas School Book Depository* il put en toute tranquillité tirer sur le président.

Bouleversé par l'assassinat d'un homme qu'il admirait, et pensant qu'il tenait peut-être un des fils qui conduisaient aux véritables instigateurs du meurtre de Kennedy, Frend rappela à ses supérieurs les rencontres Smith-Oswald à Mexico et demanda l'autorisation de suivre l'enquête dans cette direction. Le Pentagone répondit négativement. Frend se fit alors mettre en congé illimité et partit pour Dallas où il mena une enquête personnelle. Il retrouva la trace indiscutable du passage de Mr Smith et acquit, à mesure que se déroulaient les événements dramatiques que l'on sait, la conviction, sinon les preuves, que Smith avait organisé non seulement l'assassinat de Kennedy par Oswald, mais aussi celui d'Oswald par Ruby, et la mort de Ruby dans sa prison. Frend envoya rapports sur rapports à ses supérieurs, sans susciter la moindre réaction : cette affaire n'était pas du ressort du Pentagone. Le FBI, pour des raisons que Frend ne parvenait pas à comprendre, ne réagissait pas davantage. La raison était simple : le FBI recevait des milliers de dénonciations et d'explications, et faute de pouvoir les vérifier toutes, ne tenait compte d'aucune et s'en tenait aux faits de l'enquête.

Alors Frend se décida à envoyer un rapport au président Johnson lui-même, faisant état, pour la première fois, des soupçons qui lui étaient venus que la mort du président Kennedy était liée au sabotage de la conférence de Paris et à d'autres événements inexpliqués dont il faisait un bref exposé.

Huit jours plus tard, Frend, qui avait alors repris son poste à l'ambassade de Mexico, reçut une lettre personnelle du président Johnson le convoquant pour le lendemain. Enfin ! Il prit l'avion direct pour Washington. Une voiture de la Présidence l'attendait à l'aéroport. Il y monta, la voiture démarra, et n'arriva jamais à la Maison Blanche.

Le fils aîné de Samuel Frend, enquêtant quelques mois plus tard sur la disparition de son père, s'entendit affirmer, par les services présidentiels, qu'aucune voiture n'avait été envoyée ce jour-là à l'aéroport.

Paul Corbet reçut la dernière lettre de sa femme le 17 mai 1972. Au cours de l'année 1971, les recherches de Jeanne Corbet avaient abouti à la certitude que seuls quelques chefs d'État étaient au courant du grand secret. Le président Pompidou ne savait rien. Jeanne s'en était assurée au cours d'une entrevue qu'il lui avait accordée. Il avait paru très intrigué par deux ou trois questions qu'elle lui avait posées, mais sans doute, à la réflexion, avait-il pensé qu'elle avait le cerveau un peu dérangé.

S.M. Elizabeth II avait refusé, avec une extrême grâce, dans une lettre écrite à la main par sa secrétaire, et portant sa royale signature, de la recevoir de nouveau.

Paul avait alors obtenu de l'ancien président Johnson, qu'il avait soigné quelques années auparavant, qu'il voulût bien recevoir sa femme.

Voici la lettre de Jeanne à Paul, telle qu'elle la lui écrivit :

Paul, nous ne nous reverrons plus. Je suis arrivée au bout de ma quête. Le président Johnson a été très effrayé quand j'ai commencé à le questionner et qu'il s'est rendu compte de tout ce que je savais. Il m'a déclaré qu'il ne pouvait rien me dire, mais il a téléphoné devant moi au président Nixon, et m'a obtenu un rendez-vous immédiat. J'ai couché au ranch. C'est un endroit extraordinaire, mais je n'avais guère l'esprit à regarder autour de moi. Le lendemain un hélicoptère m'a conduite à un aéroport, je ne sais pas lequel. J'ai été reçue par deux hommes jeunes qui m'ont paru être des officiers en civil. Ils ne m'ont laissé aucun loisir. Avec courtoisie, ils m'ont conduite vers un Boeing dans lequel nous nous sommes embarqués. Nous étions seuls à bord. À Washington, où nous avons atterri, ils m'ont accompagnée jusqu'à la Maison Blanche. Le président Nixon m'a reçue aussitôt. Il a été extrêmement gentil, cordial, il savait à peu près tout de mes recherches, il m'a dit en souriant qu'il n'avait jamais rencontré une femme aussi obstinée. Puis il a cessé de sourire et il a dit : « Obstinée et finalement dangereuse... » Il a répété : « Dangereuse... » Il m'a dit brusquement : « Vous voulez le rejoindre ? » Je suffoquais, je n'arrivais pas à répondre. Il a ajouté : « Mais de l'endroit où il est, si vous décidez d'y aller, vous ne reviendrez jamais... » J'ai pu dire enfin : « D'accord... » Voilà, c'est tout. Je ne sais rien de plus. Je suis seule dans un petit bureau de la Maison Blanche. On va venir me chercher dans quelques instants pour m'emmener je ne sais où. J'ai demandé si je pouvais t'écrire. Le président m'a dit qu'il se chargerait lui-même de te faire parvenir ma lettre. Je dois la lui remettre avant qu'on m'emmène. Je suis persuadée que même si je n'avais pas accepté la proposition qu'il m'a faite je ne t'aurais pas revu. J'étais arrivée trop près du cœur du problème. Dans quelques minutes je vais partir vers Roland, et je ne te reverrai jamais plus. Je n'ai pas de remords, car, que ce moment arrive enfin, tu l'as voulu avec moi, pour moi. Mais j'ai de la peine. Tu le sais. Malgré mon bonheur. Pourquoi faut-il que pour retrouver Roland je te perde ? Tu diras ce que tu trouveras bon de dire à Nicolas. Il y a longtemps qu'il n'a plus besoin de moi, alors que tu lui es si précieux. Je crois qu'il sera heureux avec Suzanne. J'espère que cette lettre te parviendra, mais bien que je n'aie rien à trahir puisque je ne sais rien, je crains d'en avoir quand même trop écrit. Je prie celui ou ceux qui liront ces lignes, pour décider si elles doivent ou non te parvenir, de me laisser au moins te dire ma reconnaissance et mon amour. Jeanne.

Tandis que Jeanne s'éloignait de la Maison Blanche en compagnie des deux officiers de la US Air Force en civil qui l'y avaient conduite, le président Nixon, assis à son bureau, lisait avec quelques difficultés la lettre qu'elle lui avait remise. Il ne possède qu'une connaissance très fragmentaire du français. Il prit des ciseaux et tailla dans la lettre comme dans un dessin à découper. Il la relut ensuite en fronçant les sourcils. Il ne pouvait avoir recours à aucun traducteur. Alors il se décida et donna trois grands coups de ciseaux, puis brûla dans un cendrier les parties du message qu'il avait retranchées.

Dans la deuxième partie des années 60, un certain nombre de savants et de techniciens de disciplines de pointe, appartenant aux nations les plus diverses, furent soustraits à leurs activités.

À Meudon, Eugène Libert, astronome, rentrant chez lui à bicyclette le 7 septembre 1966, après une nuit d'observation, n'arriva pas à son domicile.

À Detroit, le 3 mars 1967, Albury King, chimiste, spécialiste des alliages d'aciers spéciaux, fut aperçu pour la dernière fois montant dans un autocar à destination de Ann Arbor. Il n'avait aucune raison de s'y rendre, et en fait il ne s'y rendit pas.

Le 29 août 1969, le biologiste hollandais L. Groning, le seul au monde à avoir réussi à maintenir en vie pendant quatorze jours un chimpanzé à la température de zéro degré, revenant de vacances en Yougoslavie, entra en Allemagne fédérale à Schärding, et n'en ressortit nulle part.

Ainsi disparurent ou furent considérés comme ayant péri dans des accidents, un ingénieur américain travaillant pour la NASA au perfectionnement des cellules solaires, un pépiniériste allemand, toute une équipe russe qui poursuivait des recherches sur la nature de la gravitation, un hôtelier suisse, deux architectes, des ouvriers, en tout une centaine de personnes, hommes et femmes, chacun étant un des meilleurs dans sa spécialité. Le physicien japonais Kinoshita, atteint d'un cancer généralisé, fut retiré par sa famille de l'hôpital où il agonisait alors qu'il ne lui restait que quelques jours à vivre. Le cercueil qui fut déposé une semaine plus tard dans son tombeau ne contenait qu'un sac de terre.

Ces disparitions n'attirèrent pas particulièrement l'attention. Il disparaît chaque année dans le monde des dizaines de milliers de personnes qu'on ne retrouve jamais.

Onze jours après le passage de Jeanne Corbet à la Maison Blanche, son mari reçut dans une enveloppe sur laquelle il reconnut l'écriture de sa femme, deux fragments de papier découpés aux ciseaux. Il y lut ceci :

Dans quelques minutes je vais partir vers Roland et je ne te reverrai jamais plus.

... te dire ma reconnaissance et mon amour. Jeanne.

Le 22 juin 1972, alors que l'éminent cardiologue se promenait dans son jardin de la rue de Varenne, après avoir pris son petit déjeuner, il fut terrassé par une crise cardiaque et tomba en murmurant « Mon Dieu… ». Ce fut le jardinier qui le trouva une heure plus tard. Il avait succombé. Il allait avoir soixante-quatorze ans.

Nicolas, le fils de Paul et de Jeanne, est marié, et sa femme est enceinte.

Nicolas est médecin, sa femme, Suzanne, aussi. Il est interne à l'hôpital Broussais et prépare l'agrégation. Il n'a pas le génie de son père et il n'aura plus son appui. Mais il est aussi obstiné que sa mère.

Il croit que celle-ci est morte aux États-Unis d'une hémorragie intestinale. Un certificat de décès et une urne de cendres sont arrivés de Wilmington, près de Philadelphie, en juillet 72.

Les îles Aléoutiennes sont les sommets crevant la mer d'une longue chaîne de montagnes sous-marines qui relient l'Alaska à l'URSS par un invisible mur en forme d'arc. Cette digue immergée dresse, de l'Amérique à l'Asie, un barrage colossal entre les eaux tièdes du Pacifique et les eaux froides de l'Arctique qui ont réussi à se glisser par le détroit de Béring. Elles espèrent aller enfin réchauffer le long des plages californiennes leurs molécules glacées depuis le commencement des âges. Elles n'y parviendront jamais.

Le froid et le chaud se livrent bataille à la hauteur des îles dont le chapelet s'étire au milieu des tempêtes hurlantes venues du nord, des coups d'épaules énormes donnés par la masse tiède du sud, et des remous de la brume née de leurs affrontements, déchirée ou stagnante. Les Aléoutiennes sont situées, de l'autre côté du monde, à peu près à la latitude du Danemark ou du haut de l'Écosse. Au mois de juin, le jour y est interminable et blanc. La brume, illuminée d'en haut par le soleil perpétuel, couvre l'eau et les terres émergées d'un manteau de lumière traversé par les oiseaux de mer qui crient comme des chiens perdus et ne se couchent plus. L'avion qui transportait Jeanne attendait depuis cinq jours sur une base militaire d'Alaska qu'une éclaircie voulût bien se produire au-dessus de l'îlot 307. Jeanne ne savait pas où elle allait, ne savait pas où elle était. Elle n'avait pas reçu le droit de descendre de l'avion, qui n'avait pas de hublots. Elle n'entendait que le bruit du vent et des moteurs des autres appareils qui atterrissaient ou décollaient. Ses repas lui étaient servis et ses désirs exaucés, dans la mesure du possible, par un sous-officier cordial et bourru qui l'avait prise en charge six jours plus tôt sur le terrain militaire secret où elle avait suivi un mois d'entraînement de parachutiste. L'avion était un appareil de largage, peu confortable, dont la partie arrière comportait une couchette et un lavabo un peu spartiates. Jeanne avait posé quelques questions au sous-officier. D'abord son nom. Il avait répondu : « Mon nom c'est Walter. Vous pouvez m'appeler Walt. » Qu'est-ce qu'on attendait ? « Météo… » Où on était, où on allait ? Il avait répondu avec satisfaction : « Secret militaire ! » Ce secret l'emplissait, le nourrissait, le gonflait. Il était heureux de ne rien pouvoir dire, et plus heureux encore de ne rien savoir. S'il en avait appris davantage il serait redevenu ordinaire. Il devait aider Jeanne à sauter quand il recevrait le signal. Il ne voulait pas en connaître plus long.

Enfin, le mardi matin, il annonça que la météo était bonne et qu'on allait sans doute partir. Il revint une heure plus tard, et déclara que ça y était. Il boucla la porte, les moteurs se mirent à gronder, puis s'arrêtèrent. Le téléphone qui communiquait avec la cabine de pilotage grelotta et clignota. La porte entre la cabine et la carlingue était condamnée. Walt décrocha le téléphone, dit « yes », écouta, dit « well », et raccrocha.

— Contrordre, dit-il à Jeanne. Faut attendre…

— Attendre quoi ?

— Attendre…

Il était militaire, il avait l'habitude des contrordres. Il s'assit et se mit placidement à manger un sandwich. Jeanne se força à devenir aussi calme que lui. Mais elle ne put manger.

Vers onze heures, le téléphone grelotta et clignota de nouveau. Walt décrocha de nouveau, dit de nouveau yes et well et raccrocha.

Au moment où il se tournait vers Jeanne pour lui annoncer « on part », le premier moteur démarra. Un quart d'heure plus tard, l'appareil fonçait sur la piste comme s'il était poursuivi par des chiens d'enfer.

À l'altitude désignée, il mit le cap sur l'îlot 307.

Une petite éclaircie de trois mille kilomètres, que la pression chaude repoussait doucement vers le nord, atteignit l'îlot 307 de son bord nord-ouest déchiqueté, et l'engloba. L'îlot se situait presque à la pointe de l'archipel, vers le milieu de l'arc du massif sous-marin. Quand le ciel bleu l'entoura, les sirènes et les cornes de brume se turent, et les vaisseaux de guerre qui montaient la garde en rond autour de lui s'écartèrent au maximum de leurs consignes. C'était un troupeau gris de bâtiments de l'US Navy, de tous tonnages, répartis en trois cercles concentriques. Par bonne visibilité, les trois cercles de chiens de garde tournaient lentement autour de l'îlot, les deux premiers dans le sens des aiguilles d'une montre, le troisième, composé des bâtiments les plus rapides, en sens contraire. Par temps de brume, trop fréquent au gré des responsables de la veille, qui en devenaient enragés, les trois cercles se resserraient et réduisaient leur allure, navigant au radar et hurlant de toutes leurs sirènes. Les collisions étaient fréquentes, généralement sans gravité.

L'escadre de garde était commandée par l'amiral D.H. Kemplin. Il avait pris son commandement le 1er mars et espérait être bientôt relevé, car il ne pouvait plus supporter la tension nerveuse perpétuelle et la monotonie atrocement vide de sa tâche. Les consignes, émanant directement du président des États-Unis, et répercutées à tous les commandants d'unités, étaient de détruire *par le feu*, après sommations, toute personne tentant de quitter l'île et ayant franchi la double ligne du réseau de bouées rouges qui l'entourait à environ cent mètres au large comme une frontière en pointillés. Ces bouées étaient munies de radars, de sonars, et de détecteurs à infrarouge. Les bâtiments de l'escadre avaient été dotés de lance-flammes de longue portée et de grande puissance. Les ordres étaient de détruire non seulement le fugitif, mais aussi son embarcation et tout ce qu'elle contenait. Devait être traité de la même façon tout animal, objet, débris flottant, en provenance de l'île. Les deux vedettes rapides qui patrouillaient entre les trois cercles de navires avaient reçu un canon-laser qui pouvait vaporiser la mer, au point d'impact, à trois mille degrés. Et du petit porte-avions *Algonquin*, un des plus anciens de la Navy, qui croisait au large, et qui avait été doté d'un système ultra-moderne d'appontage sans visibilité, décollaient à tour de rôle des hélicoptères et des avions tous-temps, qui tournaient au-dessus des bouées vingt-quatre heures sur vingt-quatre et quelle que fût la météo. Ils étaient bourrés de napalm.

L'amiral pensait que pesait sur lui la responsabilité de la sécurité d'un centre militaire ultra-secret de recherches atomiques. Les officiers et les matelots, et tous ceux qui de près ou de loin connaissaient l'îlot 307 et sa situation particulière partageaient la même croyance. C'était en effet dans les profondeurs de cet îlot qu'aurait dû avoir lieu l'explosion souterraine qu'Eisenhower avait annulée après la visite de Nehru. L'opinion des équipages était que des savants étaient en train de préparer là une nouvelle arme qui allait reléguer la bombe H au rang de pétard.

De temps en temps deux ou trois « chalutiers » soviétiques s'approchaient des bâtiments américains, sans prendre la peine de camoufler leur infrastructure de détection ultra-moderne. L'escadre vit même arriver, plusieurs fois, une grande « jonque » chinoise, sorte d'étonnant bateau de pêche à voiles et à moteurs qui, d'après la façon dont elle tenait tête au gros temps, était certainement autre chose que ce qu'elle paraissait. Ces « curieux » furent immédiatement signalés à Washington, d'où, dans les minutes suivantes, arriva l'ordre de *ne pas s'occuper* de ces bâtiments.

Aucune tentative sérieuse de franchir les bouées, de l'île vers le large, n'avait jamais eu lieu. Pourtant, lorsqu'il faisait beau, on voyait parfois sortir d'un chenal qui s'enfonçait dans un tunnel, une, ou deux, ou même toute une flottille de barques blanches, surmontées d'une sorte de couvercle qui les rendait absolument hermétiques. Les couvercles étaient transparents, mais polarisés, et il n'était pas possible de voir qui était à l'intérieur. Elles jouaient sur l'eau comme une bande de canards blancs, tournaient, allaient, venaient, bouclaient le tour de l'île mais à deux reprises seulement une d'elles essaya de franchir la première ligne de bouées, plus par jeu ou par inadvertance, semblait-il, que dans une véritable intention de gagner le large. Au premier avertissement lancé par les haut-parleurs, elle regagna les eaux permises.

La Flotte montait la garde, inlassablement, depuis dix-sept ans, contre un danger qui semblait ne pas exister. Il ne se passait rien, mais l'alerte devait être permanente, et des exercices constants empêchaient les équipages de sombrer dans l'inattention. De temps en temps, une bonne collision dans la brume créait enfin un incident qui permettait à chacun de laisser gicler ses humeurs.

Ce mardi matin, quand l'amiral Kemplin vit enfin partir en grandes écharpes déchirées la brume qui noyait son escadre depuis une semaine, il jura de soulagement, et se fit aussitôt transporter à bord du T.T. 314, un bâtiment de transport qui attendait depuis quatre jours de pouvoir débarquer sa cargaison, et dont l'arrivée, le vendredi précédent, en pleine purée de pois, n'avait pas rendu la situation plus agréable…

Le bâtiment fit face à l'île, s'approcha au plus près des bouées, et stoppa. C'était la procédure habituelle. Sur l'île, la porte de la colline s'ouvrit.

L'amiral, une fois de plus, regardait la terre, dans l'espoir d'apercevoir enfin quelque chose d'inhabituel. Vue de la passerelle du transport, l'île offrait l'aspect d'un petit plateau rocheux, dominé en son centre par une double colline grise dont le profil rappelait le dos d'un chameau. Vue du sud, la colline ressemblait à la moitié d'une poire, côté queue, celle-ci figurée par la grande antenne complexe qui dominait tout le paysage.

Les deux bosses grises du chameau avaient été réunies, dès avant 1955, par un ensemble architectural de ciment blanc, qui devait servir à la fois de superstructure aux installations souterraines, et de lieu d'habitation aux membres de la mission atomique et peut-être aussi, par l'épaisseur de son béton, de rempart contre les fuites accidentelles de radiations, et même de test de résistance à l'explosion.

Kemplin, qui avait « débarqué » en Algérie quand il était jeune officier, trouvait que, vue de l'ouest, d'où il la regardait, cette construction, solidement ancrée de part et d'autre dans les rochers des deux bosses, rappelait une petite ville arabe, en plus compact. C'était un composé désordonné, mais non sans harmonie, de cubes et de sphères qui se compénétraient et se superposaient jusqu'à l'altitude des sommets de la colline, sans rue, sans portes, et sans fenêtres. La seule ouverture visible, assez grande pour laisser passer de front trois camions, était située au pied de la bosse nord, face à l'ouest. Elle était fermée par un bloc de ciment qui roulait sur des rails pour ménager une entrée plus ou moins grande. Une large route asphaltée reliait la porte au petit port construit sur l'épaulement d'un cap rocheux, à l'abri des vents du nord. Au sud du port s'étendait une plage de gravier noir sur laquelle était échouée une vieille péniche de débarquement.

Le bloc de béton glissa, ouvrant la porte de la

colline, et l'habituelle caravane de camions, de jeeps et de grues en sortit et se dirigea vers la plage. Les véhicules, peints de couleurs vives, étaient, comme chaque fois, ruisselants. On eût dit qu'ils sortaient de la mer. Ils étaient conduits par des hommes en combinaisons blanches hermétiques surmontées de casques sphériques transparents à système respiratoire autonome.

L'avant du transport s'ouvrit et s'abaissa comme un pont-levis. Une énorme péniche gonflable à fond plat roula jusqu'à la mer. Elle était chargée de caisses métalliques soudées, de toutes dimensions, bien arrimées.

Son moteur lancé, son gouvernail fut bloqué en direction de l'île, et elle fonça vers le rivage, bousculant les bouées. Personne n'était à bord. Elle s'échoua en toussant sur la plage où les hommes blancs l'attendaient. Une grue la tira au sec cependant qu'une autre commençait déjà à transborder son chargement dans un camion. Comme tous les véhicules de l'île, les grues fonctionnaient sans bruit. Leurs moteurs étaient sans doute électriques. Ou peut-être, supposait Kemplin, peut-être atomiques, pourquoi pas ?

De ses mains gantées, sans plus y penser, il se donnait des gifles sur le visage et sur le cou. Les moustiques étaient la plaie de l'été aléoutien. Si on respirait un peu fort, on en recueillait plein les narines.

Deux autres péniches avaient suivi la première. Il y avait maintenant sur elles tout un grouillement d'hommes de l'île en train de les dépecer, comme des fourmis blanches découpant des hannetons avant d'en transporter les morceaux dans les profondeurs de la fourmilière. De temps en temps, l'un d'eux s'arrêtait et faisait vers le transport un grand signe d'amitié, auquel les matelots répondaient par des gestes analogues et des plaisanteries. L'avant du bâtiment se referma lentement. Les trois péniches vides ne regagneraient pas le bord. Elles seraient dégonflées et transportées à l'intérieur de ce que les officiers et les marins avaient pris l'habitude de nommer « la Citadelle ». Rien ne revenait jamais de l'île.

Le transport fit demi-tour et mit cap au sud, tandis que la vedette qui avait amené l'amiral le ramenait vers le destroyer qui battait sa marque. La vedette contourna l'île par le nord.

L'extrémité de la colline s'enfonçait à pic dans la mer, dont le fond était en cet endroit d'environ deux mille mètres. À cent mètres au-dessus de l'eau s'ouvrait dans la paroi du rocher une sorte d'égout suspendu, égout ou plutôt cratère, car il ne rejetait que des déchets incandescents, matières informes portées à des températures considérables, qui, au bout de leur longue chute, faisaient encore bouillir la mer. La paroi de la colline, le long de leur trajectoire, était devenue noire.

Au mois de janvier 1969, au cours d'une brève journée d'hiver, un matelot de garde, qui regardait vers l'île à la jumelle, avait vu s'entrouvrir la grande porte de la colline, et en sortir *un enfant*. Ou plutôt *une* enfant. Il en était sûr malgré la distance. C'était une fille. Elle était nue et dorée comme si elle revenait d'un été en Floride, avec de longs cheveux blonds presque blancs et des seins nouveaux qui lui poussaient.

Elle fit quelques pas au-dehors en courant, s'arrêta,

leva le visage puis les mains vers le ciel, et se mit à danser sur place une sorte de danse de joie. Deux hommes *sans combinaison* sortirent vivement de la Citadelle, et ramenèrent l'enfant à l'intérieur. Elle se laissa faire en riant.

Le 22 novembre 1963, lorsque le vice-président Lyndon Johnson prêta serment à Dallas dans l'avion de Kennedy assassiné, et devint président des États-Unis, il connaissait l'existence de l'îlot 307 et de sa garde perpétuelle. Il croyait lui aussi qu'il s'agissait d'un secret d'état-major. Kennedy n'eut pas le temps de le détromper et de lui passer le fardeau de la vérité.

Le lendemain de son installation, le chef du service secret de la Maison Blanche dévoila à Johnson l'emplacement d'un coffre installé d'une façon insoupçonnable dans le bureau du président. Le policier n'en connaissait pas la combinaison. Celle-ci, pensait-il, lui serait dévoilée par quelqu'un qui ne saurait pas de quoi il s'agissait. En fait, dans la semaine qui suivit, deux généraux, deux sénateurs, et le président de la Cour Suprême, lui apportèrent chacun une enveloppe, qu'ils avaient reçue de Kennedy, avec la mission confidentielle, s'il mourait de façon subite avant la fin de son mandat, de la remettre à son successeur. Chacun de ces personnages ignorait la démarche des autres.

Lyndon Johnson se trouva, après avoir ouvert les

enveloppes, devant cinq groupes de deux lettres, accompagnés de numéros d'ordre qui lui permirent de reconstituer la combinaison du coffre. Il l'ouvrit et y trouva un cahier empli de chiffres tracés de la main de Kennedy. Il connaissait bien son écriture. Quelques lignes sur la première page précisaient que le code de ce message lui serait remis, sous la forme d'un livre inattendu, par une femme qui ne signerait que de son prénom.

Parmi les messages de condoléances et de vœux qu'il reçut des chefs d'État, celui que lui remit l'ambassadeur de Grande-Bretagne de la part de sa souveraine, était signé de son nom de reine, Elizabeth, et accompagné d'une bible *catholique*. Le président Johnson ne comprit pas tout de suite. Quand il y pensa, cela lui parut stupéfiant. Il essaya. La bible était bien la clef.

Le message du coffre était composé de groupes de trois nombres. Le premier désignait la page, le second le rang de la ligne à partir du haut, le troisième le rang du mot dans la ligne. C'était le plus classique et le plus simple des codes, et aussi le plus difficile à déchiffrer. Il fallait savoir quel livre était la clef, et pouvoir en disposer. De cette édition de la bible catholique en langue anglaise, imprimée en Espagne au XVIIIe siècle, il ne restait qu'une dizaine d'exemplaires dans le monde. Kennedy, bien entendu, en avait possédé un. Sa veuve l'avait emporté, avec tous ses objets personnels.

Soir après soir, le président Johnson déchiffra le message. Il était relativement court, mais chercher les mots l'un après l'autre dans l'océan d'un livre est un long travail. Et il avait bien d'autres choses à faire. Quand il comprit enfin de quoi il s'agissait, il passa une nuit blanche, et arriva au bout. Ce fut de ce jour qu'il perdit son optimisme un peu simple. Le problème l'angoissait, le poursuivait nuit et jour dans ses pensées et tous ses autres problèmes. Lorsqu'il renonça à se représenter à la Présidence, ce ne fut pas à cause du Viêt-nam, mais parce qu'il ne se sentait plus capable de porter la responsabilité du plus grand péril et du plus grand espoir du monde.

L'îlot 307 était cet objectif vers lequel demeuraient pointées en permanence deux fusées atomiques américaines et deux russes. Et une chinoise.

— Nous sommes encore loin ? demanda Jeanne.

— Je ne sais pas, dit Walt.

Il lui tendit un hot-dog froid entre deux tranches de mie que la moutarde avait détrempées. Elle remercia avec un sourire en faisant « non » de la tête. Il le mangea. Elle se demandait si c'était dans cinq minutes ou dans cinq heures qu'elle tomberait du ciel vers celui qu'elle avait tant cherché. Son bonheur noyait son impatience. Elle éprouvait une sorte d'immense calme ensoleillé, un bien-être chaud, tranquille, sans remous, sans limites. Après s'être battue et battue encore contre les ronces, les cailloux, les talus, les à-pic, les souches, les fondrières, elle se trouvait tout à coup au centre d'une grande plaine plate, lumineuse, sans obstacles, toute couverte de douceur dorée. C'était fini, plus de bataille, c'était la paix. Elle arrivait, dans cinq minutes, ou dans cinq heures…

Au début, lorsqu'elle avait su, tout à coup de façon certaine, qu'elle allait retrouver Roland, elle avait failli perdre son équilibre, comme un tireur à la corde quand la corde se rompt. Les premières heures passées dans une chambre militaire, elle ne savait où, après sa visite à la Maison Blanche, avaient été des heures folles. Elle avait ri, sangloté, s'était roulée sur son lit, frappé la tête à deux poings, mordu les poignets. Elle avait parlé toute seule, à elle-même, à Roland, essayant de le convaincre, de se convaincre, que c'était vrai, que la grande bataille de la séparation était vraiment bien terminée, que ce rendez-vous où elle l'avait en vain attendu allait enfin avoir lieu et leur couple séparé se refermer sur lui-même, pour toujours.

Alors était venue la peur. Jeanne avait réalisé brusquement à quel point elle avait physiquement changé. La bataille avait fait d'elle un combattant, sec et dur. Au contraire de tant de femmes qui, avec l'âge, deviennent rondes et molles et se mettent à pendre, elle s'était contractée, sa douce chair s'était repliée en muscles autour de ses os, la peau de son visage s'était plissée en petites rides sèches autour des yeux, en grands sillons autour de la bouche, elle avait perdu les rondeurs, les vallons et les collines, les douces courbes innombrables qui font d'un corps de femme, pour l'homme qui en est amoureux, un paysage qu'il n'en finit pas de découvrir et que chaque mouvement rend nouveau comme au jour de la création.

Au milieu de la nuit, prise de panique, elle se leva, arracha le pyjama militaire qu'on lui avait donné, et courut vers le lavabo. C'était un lavabo militaire, surmonté d'un miroir militaire, c'est-à-dire juste assez de miroir pour permettre à un militaire de voir ses joues et son menton quand il se rasait. Jeanne se regarda par morceaux, de haut en bas, monta sur une chaise, se tordit pour essayer de se voir de dos, et ce qu'elle ne put pas voir, elle le tâta…

Les épaules ?… Oui les épaules étaient assez belles, bien droites, sans empâtement à la base du cou. Mais les clavicules…

Les seins ? Oh mon Dieu ! Les seins qu'il avait tant aimés, les seins dansants, tendres, flexibles, juste assez abondants pour ne pas être débordants, juste assez généreux pour ne pas être chiches… Ils avaient perdu leur substance, ils s'étaient rétractés, ils… Non ils ne pendaient pas. Pour pendre il en aurait fallu davantage… Mais pourtant ils… Elle se redressa et leva les bras, et elle vit dans le miroir une poitrine de vieille fillette… Elle se mordit les lèvres pour ne pas pleurer, elle continua son inventaire, c'était mieux, plus bas, le ventre plat, les hanches minces, pas un cheveu blanc dans le pubis, les longues cuisses. Un derrière de garçon… Non… De vieux garçon… Elle avait cinquante-trois ans…

Elle se jeta sur son lit en sanglotant, se calma peu à peu, puis sourit, puis se mit à rire. Pour lui aussi le temps avait passé. Il allait avoir cinquante ans dans trois semaines. Il était peut-être devenu le quinquagénaire français classique, avec une brioche et une calvitie rose… Elle se laissa aller au fou rire, elle en avait besoin. Il serait comme il serait, quel qu'il fût devenu il serait beau, il serait merveilleux. Elle venait vers lui telle que les années, les épreuves et les maladies, et aussi son courage et son obstination l'avaient faite. Elle était ainsi, elle aurait pu être autrement, elle était toujours la même. Car à l'intérieur d'elle-même absolument rien n'avait changé. Il la reconnaîtrait comme elle le reconnaîtrait, même s'il était devenu très vieux, borgne et cul-de-jatte. Ils se retrouveraient dès le premier instant, comme s'ils s'étaient quittés la veille. Mais la veille où ils s'étaient quittés était à l'autre bord d'un trou immense. Ils allaient avoir tellement, tellement de choses à se dire… Jusqu'à ce que le trou fût bouché… Cela leur prendrait peut-être toute la fin de leur vie, vers laquelle ils iraient paisiblement ensemble, la main dans la main, lui avec sa brioche et sa calvitie, elle avec son derrière zéro et ses seins virgules. Elle s'endormit.

Cela se passa très vite. Une lampe s'alluma près du téléphone, Walt grogna, dit « On y est », se leva et alla ouvrir la porte. Il accrocha au câble de la cabine l'extrémité de la sangle du parachute que Jeanne avait endossé dès le départ et qu'il avait vérifié deux fois. Il le vérifia une troisième fois, conduisit Jeanne devant l'ouverture, la lampe clignota, il cria « Go ! » et avança la main pour la pousser, mais elle avait déjà sauté.

Elle se reçut et boula comme on lui avait appris à le faire, décrocha son parachute bleu et rouge, se releva, ôta son casque protecteur, cracha un gravier, et regarda devant elle. Elle se trouvait sur une plage grise, la mer était bleue, il faisait chaud. Elle vit au large deux vaisseaux de guerre qui se déplaçaient sans hâte. L'avion qui l'avait amenée virait au-dessus d'eux. Son ronronnement était le seul bruit qui se mêlât au froissement des courtes vagues sur la grève. À sa gauche, sur les galets, un énorme crabe courait de profil le long de la carcasse rouillée et vide d'une péniche de fer. Il trouva un trou d'ombre sous la ferraille et s'y glissa à reculons de trois quarts.

Jeanne se retourna et vit, entre les deux bosses de la colline, se dessiner sur le ciel bleu la citadelle blanche. Entre la colline et la mer s'étendait un paysage désert de rochers gris que coupaient les rubans plus pâles de la route et d'une courte piste d'avions. Pas un arbre, pas un brin d'herbe, pas un être humain. À quelques pas devant elle une jeep vide, jaune vif, semblait l'attendre. Elle eut l'étrange impression d'être tombée dans un univers peint par

Dali ou De Chirico, et de faire elle-même partie du tableau. Elle ne bougeait plus, elle devenait minérale. Alors la jeep lui parla.

— Jeanne…

C'était la voix de Roland.

Elle cria :

— Oui !

— Je suis heureux… Monte dans la jeep… Il n'y a qu'une pédale, c'est facile, tu verras… Comme dans les autotamponneuses… tu appuies, ça démarre, tu relèves le pied, ça s'arrête… Ramasse ton parachute et mets-le dans la jeep… Ne laisse rien traîner… Tu y es ?… Bien… Prends la route, et dirige-toi vers la grande porte que tu vois. Elle va s'ouvrir, ne descends pas de la jeep, entre directement.

La grande porte de ciment se referma derrière elle avec un bruit de lourde mécanique douce. Elle releva le pied, la jeep s'arrêta. Elle se trouvait dans un grand hall en béton brut aux lignes élancées d'église gothique. Le béton était peint en blanc, à la chaux, comme une maison espagnole. Des projecteurs dissimulés l'inondaient de lumière. Sur le mur du fond, en face d'elle, au-dessus d'une porte de cuivre fermée, était peinte en plusieurs couleurs et plusieurs langues une paraphrase du vers de Dante :

VOUS QUI ENTREZ ICI

GAGNEZ TOUTE ESPÉRANCE

— Viens, je t'attends… dit doucement la voix de Roland.

Et la porte de cuivre s'ouvrit.

Jeanne descendit de la jeep, chercha nerveusement des yeux un miroir pour se donner un dernier coup de houpe, de peigne, de n'importe quoi, elle était affreuse, elle en était sûre ! fatiguée, malmenée, fagotée ! Ah ! puis zut ! Elle passa ses doigts dans ses cheveux courts, avança de trois grands pas et franchit la porte. Elle sentait et entendait battre son cœur.

Elle se trouva dans un simili-salon de style 1900 délirant. Peints à même les murs, des lis tordus et des roses-spaghetti encadraient des miroirs et quelques meubles militaires, eux-mêmes déguisés à la mode de la Belle Époque. À terre, dissimulant en partie le ciment, était étendue une immense peau blanche d'ours polaire.

La pièce était vide.

L'élan de Jeanne fut coupé net. Elle se plaignit, presque gémissante.

— Roland ! Où es-tu ?…

— Je suis là… Je te vois…

— Tu me regardes ! Sans te montrer ! Tu crois que c'est bien ?

Elle se cacha le visage dans ses mains, comme une nudité…

— Pardonne-moi, il fallait que je te prévienne, avant de me montrer. J'ai voulu d'abord te voir…

Elle entendit un long soupir qui sembla venir de partout autour d'elle et emplir la pièce de toute l'immense tristesse qu'un cœur humain puisse éprouver devant l'absurdité et l'injustice du monde. La voix de Roland reprit, basse, hésitante, comme coupable :

— Tu vas éprouver une grande surprise… qui te sera sans doute très désagréable…

Toutes les craintes qui avaient successivement habité Jeanne pendant ces années de recherches lui retombèrent à la fois sur les épaules et sur le cœur. Quelle atroce maladie, quel mal abominable avait frappé ceux qu'on avait ainsi isolés au bout du monde, comme ne l'avaient jamais été les lépreux ni les pestiférés ?

— Roland !…

Elle se reprit, respira, et parla tranquillement, sans exaltation ni tremblement.

— … Tu sais que je t'aime… Quoi qui te soit arrivé…

La voix de Roland l'interrompit.

— Non… non…, ce n'est pas ce que tu crois… Prépare-toi à un choc… J'arrive…

Elle entendit s'ouvrir une porte sur sa gauche. Elle y fit face. Un pan de mur vert tendre et mauve pivota, et Roland entra.

Alors toute l'attente et l'angoisse prirent fin d'un seul coup. La joie éclata en elle comme une bombe de lumière. Roland bien portant ! Roland intact ! Roland beau ! Roland tel qu'elle l'avait quitté !

Elle se jeta dans ses bras en sanglotant, toutes les digues de patience et de courage brisées, emportées par le bonheur. Roland, toi, toi…

Et puis, brusquement, sa raison analysa ce que ses yeux avaient vu… ROLAND TEL QU'ELLE L'AVAIT QUITTÉ !…

Elle s'écarta de lui, le regarda, regarda le miroir sur le mur, vit entre des contournements blêmes de lis et de roses une vieille femme défigurée, pleurarde, ridicule, près d'un homme superbe, éclatant de jeunesse. TEL QU'ELLE L'AVAIT QUITTÉ. Pareil à l'image qu'elle avait gardée de lui dans sa mémoire, année après année, la dernière image de la dernière minute où elle l'avait vu. Mais dix-sept ans, depuis, avaient passé sur elle. Et, dans ces dix-sept ans, *Roland n'avait pas vieilli d'une journée*.

Elle ne pouvait détacher son regard du couple qui, de la glace, la regardait. Couple invraisemblable, dérisoire, monstrueux. Roland, oui, Roland c'était bien lui, intact, Roland de leurs amours, Roland merveilleux, Roland dans ses bras, Roland sur elle, Roland dans ses mains, Roland dans sa chair, dans son âme, ROLAND TOUJOURS LE MÊME…

Mais elle, où était-elle ? Qu'était-elle devenue ? Où était-elle partie, elle ronde et pleine, douce à la main et aux lèvres comme une pêche que la bouche ne blesse, comme une rose, comme le ciel rond de l'aurore ? Qui était cette vieillarde qui la regardait ? Cette centenaire, cette momie des sables desséchés ?

Hier encore, dans le miroir militaire, elle se regardait, elle se trouvait convenable, plutôt épargnée par l'âge, mais à côté de lui maintenant, à côté de lui *intact*, c'étaient des millénaires qui tout à coup lui étaient tombés dessus…

Elle se remit à pleurer, avec des sanglots de petite fille. Elle ne cherchait pas à comprendre pourquoi il était ainsi épargné. Quel était le secret. Ça n'avait plus d'importance. Aucune, aucune importance. Il n'y avait qu'une chose : l'horreur de cette image dans le miroir. Elle s'en écarta avec un frisson, elle chercha la porte par laquelle elle était entrée, elle ne la trouva pas, elle avançait la main tendue, les yeux voilés de larmes, elle cognait le bout de ses doigts aux lis et aux roses peintes, elle gémissait.

— Je veux partir… Je veux m'en aller… m'en aller… Je veux m'en aller…

— Personne ne peut s'en aller… dit doucement Roland.

Roland fit lui-même une piqûre à Jeanne. Il l'avait conduite à travers la citadelle vers la chambre qui lui était attribuée. Ils s'étaient déplacés à pied, par des couloirs lumineux animés comme des rues, des escaliers et des carrefours éclatants de blancheur, qui auraient, s'il les avait connus, confirmé l'amiral Kemplin dans sa conviction que tout cela avait été construit par un architecte ayant connu la Casbah d'Alger. Lorsqu'on levait la tête, tout ce qu'on voyait, voûtes et plafonds de formes diverses, ronds, obliques, carrés, pointus, engagés les uns dans les autres avec des décrochements et des renforcements, tout était peint en bleu de ciel d'été, en bleu de joie. Et par l'effet de quelque projection adroite, des nuages s'y déplaçaient, et même des vols d'oiseaux avec leurs cris.

Jeanne ne regarda pas les plafonds, vit à peine ce qu'elle traversait. Elle se rendit compte, malgré tout, qu'elle se déplaçait dans une foule dense d'hommes et de femmes de tous âges et de toutes races. Avec beaucoup d'enfants nus ou portant un bout d'étoffe de couleur, une fleur, un bijou, une dentelle, pour s'orner et non pour s'habiller.

Au bout d'une ruelle ils arrivèrent sur une placette un peu surélevée où coulait une fontaine provençale auprès d'un laurier-rose. Le ciel rond était peint en bleu pâle, avec un petit nuage très blanc qui en faisait lentement le tour. Sa position dans le ciel indiquait aux familiers du lieu quelle heure il était.

Roland poussa une porte, qui chanta comme une source et un rossignol. Il voulut montrer en détail à Jeanne les lieux où elle allait vivre, mais elle regardait ce qu'il lui désignait avec le regard d'une bête blessée par une balle, qui perd à chaque seconde son sang, sa chaleur et sa vie. Il la fit s'étendre sur un lit très doux, voulut la déshabiller, mais elle se rétracta avec un réflexe effrayé. Il lui dit :

— Demain je t'expliquerai tout. Maintenant, il faut que tu dormes, que tu élimines le choc que tu as subi… N'aie pas peur, tout va bien…

Il était vêtu d'un pantalon vert pâle et d'une sorte de veston de même couleur à fermeture magnétique, sans col, mais abondamment pourvu de poches. De l'une d'elles, il tira une seringue pleine, dans son emballage de plastique.

— C'est pour dormir. Tu veux bien ?

Elle fit « oui » de la tête. Elle le regardait avec des yeux immenses, fixes, pleins d'interrogation et d'angoisse. Il la piqua à la cuisse, à travers l'étoffe de son pantalon. Puis il s'assit au bord du lit, lui prit la main, l'éleva avec douceur jusqu'à ses lèvres et la baisa.

Elle ferma lentement les yeux, sans cesser de le regarder, et dormit trente heures.

— Maître, je ne sais pas ce qui m'arrive !… Depuis deux jours je vois dans l'obscurité !… Pas n'importe quoi… Seulement ce qui est rouge… La nuit, tout ce qui est rouge semble allumé !

Acharya, l'assistant de Bahanba, regardait son maître de ses grands yeux affolés, comme un enfant qui a peur regarde son père qui peut, qui doit le rassurer, qui peut, qui doit être capable de tout expliquer.

— Tenez, ces fleurs…

Il prit dans un bouquet sur une table toutes les fleurs rouges et les tendit à Bahanba.

— … Fermez les rideaux, baissez les volets, éteignez, je continuerai de les voir… Si vous les déplacez dans le noir, je pourrai vous dire exactement ce que vous en faites…

Bahanba n'eut pas besoin de se livrer à l'expérience. Ce symptôme, ce phénomène de la nuit lumineuse de tous les rouges, depuis le pourpre jusqu'à l'orangé, depuis le rose pâle jusqu'à l'écarlate, il le connaissait bien lui-même et il en savait la cause et la signification.

Il s'était consacré, depuis plusieurs années, à la

lutte biologique contre le cancer, ce qu'on nomme aujourd'hui l'immunologie, ce qu'un langage plus simple, mais pas très exact, qualifie de vaccin anticancéreux.

Il avait expérimenté des corps chimiques, des broyats de cellules, puis des bactéries, et il en était arrivé au virus, le tout sans résultats encourageants.

Au début de 1954, il inocula à un lot de souris blanches un virus « végétal » atténué et irradié aux rayons X. Quinze jours plus tard, il leur injecta du broyat de sarcome, une des formes les plus agressives du cancer. Aucune des souris ne développa de tumeur.

Leur sang, injecté à d'autres souris en quantité infime, les rendit à leur tour rebelles au cancer.

Examinant sous tous ses aspects le sang des souris immunisées, Bahanba n'y remarqua rien de particulier, jusqu'au jour où il vit que ses globules blancs se teintaient légèrement en bleu au colorant international L3. Il ne parvint pas à isoler l'anticorps que ce sang devait certainement contenir, ni à y retrouver « son » virus. Il envoya un échantillon du « sang bleu » à son correspondant et ami le docteur Galdos, de la Harvard University. Il le priait, sans oser mentionner les résultats qu'il avait obtenus, de regarder ce sang au microscope électronique. Harvard en possédait un surpuissant qui faisait l'envie de tous les labos du monde.

Une lettre de Galdos accompagnait les photos, obtenues par cet engin, qu'il lui envoya deux semaines plus tard. Il lui demandait où il avait trouvé « ça ». « Ça », c'était un semis de minuscules pyramides régulières, faites de quatre triangles égaux. Bahanba ne fut pas étonné, car il faut s'attendre à tout de la part des virus. Le « sien » avait changé de forme.

Tel qu'il l'avait utilisé, il était très connu, et se présentait sous l'aspect de cubes, réunis en chapelets par leurs angles. En passant d'une forme géométrique à six faces à une à quatre faces, le virus avait également réduit ses dimensions dans la proportion de 100 à 1. C'est pourquoi il n'avait pas pu le retrouver avec les microscopes dont il disposait. Il remercia Galdos et le pria de patienter. Il serait le premier à savoir, si ses espoirs se confirmaient.

Ils se confirmèrent. Bahanba donna à son virus le nom de JL3. C'était l'initiale du prénom de sa femme, J, à laquelle il portait autant de vénération que d'amour, suivie de la désignation, L3, du colorant auquel était sensible le sang « infecté ».

Le JL3 rendit toutes les souris réfractaires à *toutes les formes de cancer* que le savant et son aide essayèrent de leur inoculer.

Bahanba fit alors ce que font les vrais chercheurs, ceux qui sont plus avides de vérité que de gloire : il envoya une ampoule scellée, contenant du JL3, à un certain nombre d'autres chercheurs dans le monde, à Paris au professeur Hamblain, à Londres à Adam Ramsay, aux États-Unis bien entendu à Galdos, et à ses correspondants habituels de Moscou, de Munich et de l'Université de Pékin. Une note accompagnait l'ampoule, disant que Shri Bahanba avait obtenu avec le virus JL3 des résultats « qui permettaient quelques espoirs » dans l'immunologie du sarcome et de diverses autres tumeurs chez la souris. Il priait ses correspondants de tester à leur tour le JL3 et précisait avec minutie de quelle façon et dans quelles conditions il l'avait utilisé.

Acharya le pressait de faire une communication au monde médical. Mais Bahanba, de peur de susciter un espoir prématuré, adopta l'attitude de prudence qui convenait. Il attendrait que ses résultats fussent confirmés par ceux de ses correspondants. À ce moment, il faudrait essayer le JL3 sur l'homme. Si les essais étaient positifs, alors on pourrait annoncer au monde que la plus terrible des maladies était enfin vaincue.

Mais Bahanba n'attendit pas pour faire un essai sur l'homme.

Afin d'être plus libre et de ne pas susciter d'objection de sa part, il envoya Acharya faire une retraite de quelques mois dans un ashram de Bénarès et, le soir de son départ, se fit à lui-même une injection de JL3.

La nuit qui suivit fut étrange. Il avait travaillé tard et sentait peser sur ses épaules l'âge et la fatigue. En regagnant sa maison familiale il s'attarda dans les jardins, goûtant la fraîcheur nocturne tiédie par les parfums, écoutant les mille bruits des batailles obscures pour la vie. En passant devant la lanterne d'or à la flamme perpétuelle qui brûlait devant un autel vide, symbole de l'Incréé, il cueillit une rose, posa avec respect ses vieilles lèvres sur ses pétales gorgés de jeunesse, la respira longuement et l'emporta. Il monta directement dans sa chambre et déposa la rose dans un petit vase, devant Çiva.

Et quand il éteignit, dans le noir, *il vit* la rose.

Il vit le point rouge entre les sourcils de Çiva, la poudre rouge répandue sur les pieds de la statue, le galon rose pâle des rideaux, une tunique rouge jetée sur un fauteuil comme une flamme, les entrelacs et les courbes des motifs rouges du tapis, les visages et les mains des personnages d'une tapisserie pendue au mur, et tout une foule de points, de traits, de lignes, de traces rouges un peu partout dans la chambre, qui peuplaient la nuit d'une délicate et fantastique structure rouge, dans les trois dimensions. Il attribua au JL3 cette soudaine sensibilité au rouge dans la nuit, et se demanda si elle persisterait. Le lendemain matin, dans la lumière du jour, tout était redevenu normal. Pour se rendre au laboratoire, il prit la rose de la nuit, et la plaça sur son oreille gauche.

Arrivé au labo, il emplit d'eau un ballon de verre au col étroit qui lui avait servi la veille, y mit la rose, et la posa sur la table où il travaillait, afin de pouvoir de temps à autre s'y réjouir les yeux et l'âme. Elle était particulièrement belle, avec un cœur orangé encore clos.

Bahanba voulut savoir si la vision nocturne des souris était également modifiée. Le soir, il en enferma quelques-unes, qui avaient reçu le JL3 depuis plusieurs semaines, dans une cage avec un mélange de graines rouges et de graines noires. Puis il éteignit. Le lendemain matin, il restait des graines noires, mais toutes les graines rouges avaient été mangées.

Pour lui, la nuit avait été pareille à la précédente. Il s'était promené dans les jardins, et toutes les fleurs rouges s'étaient offertes à lui en foule de lumière. Les rhododendrons arborescents peuplaient l'obscurité de gerbes d'artifices de tous les rouges, qui semblaient accrochées au ciel, légèrement balancées par la brise de nuit. C'était un spectacle d'une beauté suffocante, et Bahanba se réjouit de participer au cycle de la création, même au prix des inévitables souffrances. La « réalité » matérielle n'était qu'un théâtre infini d'illusions, mais la beauté de ces illusions était réelle.

Le dix-septième jour après s'être inoculé le virus, il se greffa sur la cuisse gauche un fragment de carcinome humain en pleine évolution. Après une courte période d'inflammation, le morceau de tumeur s'enracina solidement, et jeta des pseudopodes dans toutes les directions. Ce qui n'était d'abord qu'une horrible petite araignée noire sur la peau brune de la cuisse devint volumineux et dodu comme une prune. Shri Bahanba en conclut que le virus qui protégeait la souris était incapable de protéger l'homme. Et que lui-même allait sans doute mourir d'une mort pénible. Même en procédant rapidement à l'ablation du carcinome, il avait peu de chances d'échapper à une récidive ou à des métastases.

Le jour où il décida de procéder à cette ablation, il lui sembla que le carcinome était moins gonflé et moins dur que la veille. Il remit l'opération au lendemain, puis au surlendemain… Au bout de trois semaines, la tumeur, complètement desséchée, tombait de lui comme une feuille morte.

Alors Bahanba, en pensant aux innombrables souffrances que Brahma allait lui permettre, par cette découverte, d'épargner à ses frères les hommes, ferma les yeux et remercia Cela-qui-est, sous toutes ses formes divines. Il ne s'attribuait à lui-même aucun mérite. La propriété inattendue de cette souche d'un virus banal était due à l'intensité et la durée exactes d'irradiation qu'il lui avait fait subir. Une microseconde de plus ou de moins et le miracle n'aurait pas eu lieu. C'était le hasard seul qui avait décidé de la durée nécessaire. Mais le hasard est un des noms innombrables de Celui qui n'a qu'Un Nom.

Lorsque Bahanba rouvrit les yeux, son regard se posa « par hasard » sur une étagère. Il y avait transporté machinalement le ballon de verre dans lequel il avait disposé la rose orange et rose de sa première nuit. Quand avait-il porté le ballon et la fleur de la table à l'étagère ? Le même jour ? Le lendemain ? Il ne s'en souvenait plus. C'était à un moment où le petit récipient l'avait gêné. Il y avait des jours et des jours. Et, depuis, il n'avait plus regardé de ce côté-là. Ou, s'il avait regardé, préoccupé par ses recherches, il n'avait pas *vu*. Ce qu'il vit lui parut si étonnant qu'il pensa s'être trompé. Il s'approcha et prit le vase entre ses mains pour mieux le regarder. Il n'y avait pas de doute… C'était plus qu'étonnant, c'était incroyable. Ce ne pouvait être qu'un effet secondaire du JL3. Ce ballon de verre en avait contenu, à une dilution extrême. Tous les récipients et instruments qui servaient à contenir, transporter ou utiliser des cultures microbiennes, étaient ensuite trempés dans un bain d'acide avant d'être rincés, afin qu'aucun germe pathogène vivant ne fût emporté par les eaux d'évacuation. Mais celui-ci, Bahanba l'avait utilisé dans la nuit, puis posé sur la table avant de l'emplir d'eau le lendemain matin pour y tremper la tige de la rose. Il n'avait pas subi le bain d'acide. Le JL3 s'était de toute évidence répandu dans l'eau qu'il y avait mise. Il ne restait plus maintenant que quelques millimètres de cette eau au fond de la sphère transparente. Mais au-dessus…

Bahanba s'assit et réfléchit longuement à la signification de ce qu'il venait de voir. Il parvint à maîtriser toute émotion, pour permettre à sa raison de travailler clairement, d'admettre un fait même s'il était incroyable, et d'en tirer des conclusions.

Il fallait, scientifiquement, répéter l'expérience. Bahanba demanda à ses jardiniers de lui apporter un papillon vivant. Ils lui en apportèrent un bouquet palpitant. Il les remit en liberté, sauf un, qu'il enferma dans une boîte de verre, avec une fleur dans le calice de laquelle il avait versé du miel dilué avec de l'eau contenant du JL3.

Quand Acharya revint de Bénarès, Bahanba avait acquis une certitude, et pris les précautions qui s'imposaient à son esprit, et qui firent pousser à Acharya des cris de protestation et de regret. Mais le respect et la foi que son maître lui inspirait le firent taire, quand celui-ci lui eut affirmé qu'il fallait agir ainsi, qu'il ne pouvait rien lui expliquer, et qu'il devait le croire.

Bahanba avait tué et incinéré les souris immunisées, et détruit à l'acide toutes les souches du JL3. Il avait écrit à ses correspondants, leur demandant de détruire par le feu ou par l'acide le contenu de l'ampoule qu'il leur avait envoyée, ainsi que les animaux sur qui son contenu avait pu être déjà expérimenté, cette souche virale *s'étant révélée excessivement dangereuse*.

Il acquit peu à peu la conviction que sa recommandation avait été suivie, même en Chine, d'où il reçut une lettre tardive. Personne ne semblait avoir eu le temps de pousser l'expérimentation assez loin pour s'être rendu compte des conséquences réelles de l'inoculation du JL3. Bahanba put donc penser, rassuré, que le virus qu'il avait artificiellement créé n'existait plus nulle part sauf dans un petit placard dont il possédait seul la clef, et où il avait enfermé le ballon et la cage de verre. *Et dans son propre sang.*

Et voici qu'Acharya venait, en lui parlant de ses nuits rouges, de lui révéler sans le savoir qu'il était lui aussi porteur du JL3. Il ne pouvait l'avoir acquis que d'une seule façon, et ce mode d'acquisition présentait pour le monde un tel danger que Bahanba ne pouvait plus en garder le secret. Et pourtant, s'il faisait connaître ce qu'il savait, le danger, non seulement ne serait pas conjuré, mais deviendrait inévitable. Ce secret, il fallait donc le partager avec les plus hauts responsables, les seuls qui pussent prendre les mesures nécessaires, *et avec eux seulement*.

Il mit aussitôt au courant Acharya qui, d'abord éperdu, accepta rapidement toutes les conséquences de la situation. Ils passèrent la nuit à travailler et à méditer, et le lendemain matin, Bahanba téléphona au Pandhit Nehru.

Quand Nehru eut pris place en face de Bahanba, de l'autre côté de la cloison vitrée, et porté le combiné du téléphone à son oreille, le savant, dont le visage était pareil à un vieux fruit tombé dans la neige, commença à lui parler en anglais, puis en sanscrit. Il dit :

— Voici : j'ai acquis l'immortalité. ET ELLE EST CONTAGIEUSE.

II

COMME LE PAPILLON ET LA ROSE

Quand Shri Bahanba, rouvrant les yeux, regarda vers l'étagère, il y vit le ballon de verre qu'il y avait posé plusieurs semaines auparavant, et, au-dessus du col de ce ballon, fraîche comme au premier jour, *la rose qu'il y avait mise à tremper.*

Il prit le ballon dans ses mains pour s'assurer que c'était la même rose, ou plutôt pour s'assurer du contraire, car il ne pouvait croire ce qu'il voyait. Un domestique ou une laborantine avait sans doute remplacé la rose fanée. Mais il reconnut son cœur doré, et le dessin de ses pétales. C'était bien la même. Il se rappelait plus facilement le visage d'une fleur que celui d'une femme. Pour être scientifiquement sûr de ne pas se tromper, il fit absorber du JL3 à un papillon thaumantis diores, *aux ailes brunes tachées de bleu, dont la durée de vie, bien connue, ne dépassait pas trente heures. Il enferma dans un placard de fer dont il possédait seul la clef le ballon de verre avec sa rose – dans lequel il rajouta de l'eau – et la cage de verre contenant le papillon.*

Quatre semaines plus tard, la rose et le papillon étaient toujours vivants et vigoureux. Le papillon avait vécu de vingt à trente fois la durée normale de sa vie. Transposé à l'échelle humaine, cela représentait de mille à deux mille ans d'existence.

C'est ainsi que Shri Bahanba sut qu'il était immortel. Il s'était injecté du JL3, et, comme le papillon et la rose, sauf accident, empoisonnement, manque d'eau, d'air ou de nourriture, il allait vivre interminablement, sinon éternellement. Il voulut en être certain, et savoir pourquoi. Il revint à ses souris.

Celles qu'il avait traitées au JL3 se portaient à merveille, se montraient vives, gaies, alertes. Il leur inocula tous les germes nocifs dont il disposait dans son laboratoire, y compris la peste et le charbon. Aucune ne mourut. Aucune, même, ne fut malade. Bahanba en conclut que le JL3 avait provoqué la création par leur organisme d'un anticorps universel qui les rendait réfractaires à toutes les maladies. Et l'exemple du papillon et de la rose montrait que cet anticorps protégeait également les organismes vivants contre celle des maladies qui est la plus terrible : le vieillissement.

Dans le règne vivant, la mort est une absurdité illogique. Elle semble avoir été surajoutée à l'œuvre de vie, par un accident ou une intervention étrangère. Tout est prévu par la nature pour qu'un organisme vivant, parvenu à son point parfait de développement, s'y maintienne d'une façon définitive. Or il ne s'y maintient pas. Arrivé au sommet de lui-même, il commence, lentement, puis de plus en plus vite à glisser sur la pente qui le conduit à sa destruction. Chez l'être humain, le vieillissement commence dès l'âge de dix-huit ans. Alors qu'ils sortent à peine de l'adolescence et qu'ils s'imaginent n'avoir encore rien commencé, l'homme et la femme sont déjà au bout de leur vie intacte. Déjà, sans le savoir, ils engagent le combat perdu contre la maladie dont nul ne guérit.

L'homme normal ne doit pas être malade. L'homme normal ne doit pas vieillir. La fantastique organisation de son corps vivant a reçu, à l'origine, la science et le pouvoir de lutter victorieusement contre toutes les agressions pathologiques, quelles qu'elles soient. Mais il semble qu'au cours des temps son mécanisme de défense se soit, ou ait été, mystérieusement bloqué. Les vaccinations le débloquent en partie, rendant le corps de nouveau capable de se défendre seul pendant une certaine durée contre certains microbes, par exemple ceux de la variole ou du tétanos. Ce que Shri Bahanba avait trouvé, c'était, semblait-il, le moyen de rendre l'homme de nouveau vainqueur de tout, comme à l'heure de sa création.

Scientifiquement, Bahanba n'aurait de certitude absolue en ce qui concernait l'action du JL3 sur le vieillissement humain que lorsqu'il aurait dépassé de façon déraisonnable la durée habituelle de la vie. Il ne pouvait pas attendre cent ans pour prendre une décision. Cette décision était déjà formulée dans son esprit.

Hindouiste et croyant, il pensait que la mort est nécessaire. Elle n'est qu'une porte entre deux vies. C'est seulement après avoir passé une infinité de portes que l'âme humaine se trouve nettoyée, purifiée, libérée, et peut alors rejoindre Dieu. Supprimer la mort, c'était fermer ces portes, condamner les âmes incarnées à rester à tout jamais prisonnières de la matière, des illusions et des douleurs. C'était le bagne pour l'éternité.

En dehors de toutes croyances, que se passerait-il si les propriétés du JL3 étaient divulguées ? Ou bien les gens au pouvoir, arguant du danger de donner l'immortalité à tout le monde, restreindraient ou interdiraient l'emploi du vaccin, c'est-à-dire se le réserveraient. Alors s'instituerait une effrayante iné-

galité, celle de la vie et de la mort, qui susciterait les plus sanglantes révolutions.

Ou bien, au nom de l'égalité et de la justice, l'humanité entière serait vaccinée en quelques années et, la non-mortalité des adultes s'ajoutant à la non-mortalité infantile, la densité de la population deviendrait telle que la mort prendrait abominablement sa revanche par la famine, l'assassinat des vieillards et des enfants, l'empoisonnement général par les déchets, et l'asphyxie.

Bahanba était indien. Il connaissait de ses yeux et dans son cœur les effets de la surpopulation et du manque d'aliments. Il avait vu à Calcutta les camions ramasser chaque matin dans les rues les cadavres d'enfants morts de faim. Contre cette agonie-là le JL3 ne pouvait rien. Il ne pouvait que la rendre universelle. Tous les stocks de bombe H du monde feraient moins de ravages que l'immortalité.

C'est pourquoi, dès qu'il fut certain que le JL3 avait été partout détruit comme il l'avait demandé, son soulagement fut immense.

Or voici que son assistant Acharya, qui n'avait pas reçu d'inoculation du vaccin, présentait tout à coup, après avoir travaillé auprès de lui pendant trois semaines, le premier symptôme de l'injection par le virus. Ou bien il avait été injecté, avant son départ, par les souris, ou, depuis son retour, par Bahanba lui-même. Conclusion identique : l'immortalité était contagieuse...

Quand le virus était injecté dans l'organisme, sa présence se trahissait immédiatement par le symptôme de la « nuit rouge ». S'il était reçu par contagion il pouvait rester jusqu'à deux mois à faire du tourisme dans le corps avant de l'attaquer et d'amener la modification de la vision nocturne. Dans les deux cas, le « malade » ne devenait contagieux qu'après le onzième mois.

Mais Bahanba ignorait alors tout cela. La seule chose dont il fût certain était que tous les savants étrangers à qui il avait envoyé le JL3 et qui l'avaient manipulé, ainsi que leur personnel, pouvaient avoir été injectés, même s'ils avaient pris des précautions. Ainsi, en plusieurs endroits du monde, des foyers de désastre étaient-ils peut-être en train de s'allumer, avant de se propager à toute l'espèce humaine, sinon à toutes les espèces vivantes. Bahanba eut la vision d'une terre submergée par un fantastique déchaînement de vie animale et végétale, hommes, plantes et bêtes se chevauchant et s'entretuant pour la place et la nourriture, jusqu'à l'inanition, l'asphyxie et l'écroulement.

Il fallait immédiatement opérer l'ablation de ces foyers d'infection. On ne pouvait prendre aucun risque. Toute personne ayant subi ou ayant pu subir la contagion devait être retirée de la circulation avec ou sans son consentement, et transportée dans un endroit du monde où elle pourrait être isolée de façon totale. Cela ne pouvait être fait, dans chaque pays concerné, qu'avec l'appui de la plus haute autorité et dans un secret absolu. Ce fut la raison de la « croisade » de Nehru. Dans le deuxième avion qui suivait le sien, Bahanba, reclus au sein d'un compartiment étanche, recevait ses correspondants, s'entretenait avec eux par interphone, les interrogeait et leur révélait ou non les propriétés du JL3, pendant que Nehru exposait la situation au chef de l'État visité.

Les hommes politiques mettaient plus longtemps à comprendre que les savants, mais dès qu'ils avaient compris ils réalisaient aussitôt l'énormité du danger. Le plus facile à convaincre fut Eisenhower. Il ne comprit peut-être pas très bien, mais en tant que général et président il pensa qu'il n'était sans doute pas impossible de tirer du JL3 une arme quelconque. Il valait mieux le garder au chaud sur un territoire américain que le laisser partir ailleurs. Il offrit l'îlot 307, annula l'explosion atomique prévue, consigna sur place l'équipe qui y travaillait et envoya la Navy monter la garde.

Alors commencèrent les disparitions et les enlèvements. Roland Fournier avait lui-même donné le signal de son enlèvement en disant à Jeanne, au téléphone, qu'il avait eu, la nuit précédente, des troubles de la vue. Quand Bahanba partit à son tour, avec ses collaborateurs, ses parents et ses domestiques susceptibles d'avoir été contaminés, il emportait le papillon et la rose. Le papillon avait alors vécu plus de sept cents fois la durée normale de sa vie. Ce qui représentait cinquante mille ans de vie humaine.

La rose était plus âgée.

III

COMME LE PARADIS

Bahanba va mourir.

Il est le seul à le savoir. Nul n'est au courant dans l'Île, ni les adultes ni les enfants qui l'aiment. La vie se poursuit, à l'écart du monde, dans la sérénité que procure l'absence de la peur. Pour les hommes du monde, le lendemain est un jour d'espoir et de crainte : demain je n'aurai plus mal, demain il faudra payer, demain le soleil peut-être, ou demain l'hiver… Pour les habitants de l'Île la crainte a disparu. Demain personne ne manquera de rien, personne n'aura un jour de plus…

Dans l'Île, demain est une certitude.

— Regarde…, dit Roland, voici l'avenir…

Il avait conduit Jeanne jusqu'à une terrasse dominant un grand jardin rond d'où montaient des parfums et des rires, des cris de joie, et des chants d'enfants et d'oiseaux. Appuyé près d'elle à une balustrade de ciment fine comme une dentelle, d'un geste du bras un peu orgueilleux, il lui désignait le monde nouveau.

Des arbres de toutes essences s'élançaient vers le ciel peint, entremêlant leurs branches exubérantes. Le ciel était bleu comme au-dessus de Rome, et il en descendait une lumière chaude, confortante, optimiste, dont Jeanne ne devinait pas la source. Quelques petits nuages blancs traversaient lentement le ciel en changeant de forme avec gentillesse. Le soleil n'était figuré nulle part.

Des lianes montaient à l'assaut des arbres, des groupes compacts d'arbustes attaquaient les pelouses, les pelouses étaient des tapis de fleurs si serrées qu'on apercevait à peine l'herbe verte. L'œil rond naïf de la pâquerette, le petit œil jaune aigu du trèfle, le grand œil ébahi du pissenlit y composaient une foule de lumière sur laquelle s'ébattait une foule à peine moins dense d'enfants nus. Les arbres eux-mêmes, et les arbustes, étaient couverts de manteaux de fleurs. Parmi beaucoup d'espèces qui lui étaient inconnues, masses de couleurs brûlantes ou tendres, compactes comme des rochers de splendeur ou jetant en toutes directions leurs éclats échevelés, Jeanne reconnut des rosiers délirants de roses, des chèvrefeuilles et des jasmins en cape blanche, dont toutes les feuilles semblaient avoir été remplacées par des pétales. Un parfum fantastique, mélange des senteurs de toutes les fleurs du monde, lui entrait dans les narines comme une présence charnelle, une nourriture de paradis.

Des ruisseaux coulaient entre les pelouses, des sources jaillissaient au pied des arbres ou tombaient de leurs branches. Des lapins, des écureuils, des chats, des hamsters, des cobayes jouaient, se pourchassaient, grimpaient, sautaient, s'enfonçaient dans des terriers. Un renard roux comme un incendie jaillit d'un fourré, tomba sur un lapin et l'emporta. Une adolescente gracieuse, aux longs bras minces, s'agenouilla devant un adolescent de son âge, porta ses douces mains et sa bouche au sexe du garçon pour le faire dresser, puis, sans le lâcher, s'allongea sur les fleurs, s'ouvrit, et le conduisit jusqu'au cœur de son corps. De plus jeunes enfants jouaient à mille jeux, se roulaient sur les pâquerettes, un chat mangeait un écureuil, des essaims d'oiseaux multicolores volaient d'arbre en arbre comme ci ceux-ci échangeaient leurs fleurs, un héron piquait du bec une grenouille pas plus grosse qu'une marguerite…

— Ici, rien ne meurt jamais, dit Roland, à moins d'être tué…

Il y eut un son de cloche léger, comme venu du

fond d'une campagne, et toute une partie du ciel devint blanche.

Quelques enfants levèrent la tête, et crièrent de joie quand ils virent apparaître à la place des nuages l'immense visage d'un vieillard. Ils agitaient leurs mains vers lui et criaient :

— Grand-Ba ! Grand-Ba !

En entendant ce nom les autres regardèrent à leur tour et crièrent, et tous s'allongèrent dans les fleurs, face au ciel d'où le vieillard les regardait. Il était très beau, il avait l'air doux et las, il parla doucement, d'une voix très basse, et les enfants se turent. On n'entendait plus que les chants des oiseaux et des ruisseaux et la voix grave qui venait du ciel. Jeanne s'étonnait de reconnaître dans son langage des mots des diverses langues qu'elle parlait couramment, et pourtant de ne rien comprendre à ce qu'il disait. Le couple d'adolescents ne s'était pas séparé, mais s'était couché de profil pour voir, et écouter.

— C'est Bahanba, dit Roland. Les enfants l'adorent. Ils le nomment Grand-Ba, ce qui est une contraction de grand-père, grand father, et de son nom. Il leur parle leur langage, qu'ils ont créé par le mélange des diverses langues de leurs parents. C'est une langue vivante, mouvante, en train de naître, qui change tous les jours. C'est passionnant…

Très calme, Jeanne regarda Roland dont les yeux brillaient. L'image du vieillard s'était effacée, et les petits nuages avaient recommencé leur lent voyage dans le ciel redevenu bleu. Les enfants, de nouveau, jouaient, couraient, tombaient, se poursuivaient, le couple avait repris son jeu, se séparait, se rejoignait, changeait de forme, avec des soupirs et des rires.

Toute la robe fleurie d'un arbuste s'envola : c'était un peuple de papillons ocre, noirs et pourpres. Un long serpent bleu, gros comme une bouteille, sortit d'un buisson blanc et vint promener ses courbes paresseuses sur le tapis de pâquerettes. Les plus jeunes enfants coururent vers lui en criant de joie, le soulevèrent, en firent des nœuds et des boucles. Il s'enroulait autour d'eux, son poids les faisait trébucher, il les bousculait parfois, amicalement, d'un coup de queue. Un garçon d'une dizaine d'années, son sexe mince et dur à la main, essayait de le placer chez une fillette qui se prêtait au jeu, se dérobait, riait, criait et finalement le repoussa à coups de poing et le fit tomber dans un ruisseau.

C'est alors que Jeanne remarqua qu'il n'y avait en ce jardin aucun enfant plus jeune que ce garçon ou cette fille. Roland lui dit qu'il n'y en avait nulle part ailleurs. La dernière naissance dans l'Île avait eu lieu au mois de mai 1962.

— C'était un garçon. Je crois qu'il était mon fils, mais je n'en suis pas sûr.

Quand Jeanne s'était réveillée, elle avait retrouvé Roland à son chevet. Vêtu d'une combinaison vert pâle, il se penchait vers elle en souriant. Il était jeune et beau, comme elle l'avait vu à son arrivée, tranquille, sûr de lui, équilibré. Elle l'avait regardé froidement, avec une objectivité dont elle s'était étonnée, comme un objet familier qu'on a posé avant de s'endormir sur la table de chevet. Un objet qu'on aime, mais un objet.

Elle se sentait extrêmement intelligente et lucide, reposée, sans émotion. Elle regardait Roland. Elle cherchait dans ce visage de trente ans le regard de l'homme de cinquante ans que, malgré tout, il était. Ce qu'il avait acquis dans ces années passées. Ce qu'il avait perdu. Elle vit qu'il était devenu expérimenté, raisonnable. Satisfait…

Quelque chose s'était éteint dans ses yeux : l'inquiétude et l'élan pour s'en arracher…

Elle vit cela clairement, alors qu'elle ne connaissait pas le secret de l'Île. Elle le devinait à peu près, mais n'en avait encore rien appris. Elle se sentait prête à tout apprendre et tout comprendre, à accepter le monde avec ses surprises et toutes ses scories.

— Tu m'as droguée ? dit-elle.

Il dit « oui ».

— Une piqûre, avant que tu te réveilles… Juste pour te permettre de voir et d'entendre dans le calme. Ça ne durera qu'une journée. Ensuite tu seras de nouveau toi-même… Et personne n'interviendra plus jamais dans ta vie sans que tu le désires. Je t'en donne ma parole. Tu es entrée ici au pays de la liberté.

Il lui montra comment se servir du téléphone. C'était simple : il suffisait de décrocher, et de dire le nom de la personne qu'on désirait obtenir, comme au bon vieux temps des « demoiselles ». Mais la « demoiselle » était électronique. Elle connaissait le nom de chaque habitant de l'Île, prononcé avec tous les accents. Elle était capable de le retrouver où qu'il fût. Elle prenait la commande du petit déjeuner. Celui-ci fut servi sur un chariot, comme dans un palace. Mais le chariot arriva tout seul, par une petite porte basse qui s'ouvrit avec une note de flûte dans le mur près du lit. Pendant que Jeanne mangeait, Roland lui expliqua rapidement la nature de la découverte de Bahanba. Puis il sortit l'attendre près de la fontaine. Elle essaya de réfléchir en faisant sa toilette et en s'habillant. Mais il semblait que dans son cerveau les fonctions de déduction et de synthèse fussent endormies. Elle pouvait apprendre, enregistrer, connaître, objectivement. Elle ne pouvait pas considérer ni conclure.

La baignoire s'emplissait par le bas, en quelques secondes, sans bruit. Il y avait aussi, dans une niche verte et dorée de la salle de bains, une douche circulaire, à jets horizontaux, des chevilles aux épaules. Jeanne la prit glacée, dans l'espoir de se laver de cette tranquillité artificielle. Mais rien n'y fit. Elle se sentait protégée de toute opinion et de tout sentiment par une carapace invisible, comme si elle se fût déplacée, dans la pluie, entourée d'un cylindre imperméable transparent.

Ne pouvant s'en débarrasser, elle joua le jeu, et l'accepta.

Elle trouva dans un placard mural des sous-vêtements pratiques sinon très élégants. Ils étaient, malgré tout, moins spartiates que ceux de l'Air Force, avec lesquels elle était arrivée. Des combinaisons de plusieurs tailles, semblables à celle de Roland, pendaient à des cintres, noires avec des parements bleu vif, toutes pareilles. Elle revêtit celle dont la taille lui convenait, et alla rejoindre Roland sur la placette.

Il l'attendait assis sur la margelle de la fontaine. Un chat roux repu dormait sur ses genoux. Des oiseaux inconnus jouaient dans le laurier-rose. Il y avait dans l'air une odeur fraîche de campagne sous la rosée d'été et le bruit de la fontaine était un bruit de paix et de vacances. Roland dit à Jeanne que maintenant tout le monde, en la voyant, saurait qu'elle était médecin. Chaque discipline, manuelle ou intellectuelle, se distinguait par la couleur ou un détail de vêtement, comme dans les villages au temps de la civilisation des métiers.

— Ce n'est pas obligatoire… Rien n'est obligatoire. C'est simplement un renseignement qu'on donne sans attendre qu'il soit demandé, ça simplifie la vie, ça casse un peu le mur entre les uns et les autres…

Elle hocha la tête, elle comprenait parfaitement, c'était très bien. Roland était très gentil… Elle lui donna des nouvelles de sa femme, devenue grasse, pharmacienne, riche et veuve. Il sourit et dit qu'il en était heureux pour elle. Après une seconde de silence il ajouta :

— J'avais complètement oublié son existence !…

— Et moi, tu m'avais oubliée ?

— Toi ? Non !… Jamais, voyons !…

Il avait protesté avec le même ton que si elle lui avait dit : « Tu as encore oublié tes tickets de métro… »

C'était si spontané, si terrible, que malgré la drogue elle sentit une lame tranchante, une lame glacée, traverser toutes les années qu'elle venait de vivre, percer le blindage d'optimisme chimique, et arrêter, juste en cet instant et en ce lieu, sa pointe aiguë au milieu de son cœur.

La douleur ne dura pas. La blessure se referma aussitôt, anesthésiée. Jeanne retrouva son indifférence tranquille, et sa respiration. Il lui dit :

— Viens, on va visiter la baraque… Tu ne verras pas tout aujourd'hui… Mais au moins l'essentiel.

Il se leva et but à la fontaine. Il lui offrit de l'eau fraîche dans ses mains. Elle refusa. Un oiseau bleu au jabot jaune, l'air malin comme un merle, se posa sur le poignet de Roland, y enfonça bien ses ongles pour assurer son équilibre, but dans la coupe des deux mains, secoua la tête en projetant des gouttes et s'envola avec un coup de sifflet narquois. La placette, sur laquelle ouvraient plusieurs portes d'appartements, s'épanouissait à l'extrémité d'une ruelle un peu ascendante, comme une fleur au bout d'une tige. Tandis qu'ils descendaient vers le centre de l'Île elle demanda :

— Tu vis seul ?

Elle posait la question avec indifférence, simplement pour être renseignée. Il répondit :

— Personne ne vit seul longtemps ici… Personne, non plus, ne vit longtemps avec le même ou la même partenaire. Aucun être humain ne peut envisager de rester toute sa vie auprès du même homme ou de la même femme, quand il sait que sa vie durera mille ou peut-être dix mille ans, peut-être plus… Ici le mot *toujours* signifie vraiment quelque chose… Alors personne n'ose plus le prononcer… Les couples se font et se défont sans complications ni amertume, et parfois se refont. Il y en a même qui durent… Les enfants savent qui est leur mère, dont ils portent le nom, mais qui est leur père, rarement. Nous les aimons tous, chaque homme est le père de chaque enfant…

Ils avaient débouché dans une grande place ronde qui ressemblait à la fois à un marché de Provence et à un hall d'aéroport. Il y avait partout des éventaires de fruits superbes, qui croulaient hors des paniers avec des feuilles et des étalages délicats de produits de luxe ou de nécessité. Entre les étalages s'ouvraient les portes des ascenseurs d'où sortaient et où entraient sans hâte des hommes vêtus de toutes couleurs et qui semblaient avoir tous les âges. Mais Jeanne remarqua qu'ils avaient, quelle que fut leur race et l'apparence ridée ou non de leur visage, une commune fraîcheur de teint, une jeunesse de sang et de peau égale pour tous. Parmi les adultes en vêtements multicolores, des enfants nus couraient et jouaient. Il y avait beaucoup d'adultes et beaucoup d'enfants. Jeanne constata :

— Vous êtes très nombreux…

— Nous habitons un espace limité. Nous sommes comme les passagers d'un navire. Il est grand, mais complet… À la limite de la surcharge. C'est pourquoi nous avons cessé il y a dix ans de faire des enfants. Nous avons dû stopper totalement notre croissance. Nous ajoutons des produits anticonceptionnels à la nourriture préparée chaque jour. Toutes les femmes en absorbent sans avoir à y penser, et restent infécondables…

En passant près des étalages, les adultes et les enfants prenaient une grappe de raisin, une poignée de cerises, une paire de bas, des cigarettes… Ils ne payaient pas, il n'y avait pas de marchand pour surveiller la marchandise, il n'y avait pas de marchandise : il y avait des fruits, des fleurs et des objets, offerts à ceux qui en avaient besoin ou envie.

— Tu n'as pas répondu à ma question, dit Jeanne.

— Quelle question ?

— Est-ce que tu vis seul ?

Il s'arrêta et lui fit face. La foule se déplaçait autour d'eux comme dans une station de métro à l'étage des correspondances, mais avec un décor d'opérette provençale, et des costumes de 24 heures du Mans, quartier des mécaniciens.

— Je suis seul depuis que je sais que tu dois arriver… Je me suis séparé de Lony. Je vivais avec elle depuis quelques mois…

— Tu t'es séparé d'elle à cause de moi ?

— Plus exactement : nous nous sommes séparés…

— Tu as fait ce sacrifice ?

Il sourit :

— Il n'y a pas de sacrifice !… Elle sera aussi heureuse avec un autre qu'avec moi…

— Et toi aussi ?

Il cessa de sourire et répondit après un court silence :

— Ce qu'il faut, c'est que toi, tu sois heureuse…

— Quel âge a-t-elle ?

— Lony ?

— Oui…

— L'âge, ici, tu sais…

— Quel âge a-t-elle l'air d'avoir ?

Il lui glissa une main sous le bras et l'entraîna tranquillement vers un ascenseur. Il essayait de garder un air dégagé, comme si rien de tout cela n'avait d'importance.

— Elle avait quatorze ou quinze ans quand elle est arrivée des États-Unis avec ses parents… Elle s'est stabilisée à dix-huit ans…

— Stabilisée ?

— C'est le mot que nous employons… Le JL3 laisse pousser tout ce qui vit jusqu'au sommet de son épanouissement, et l'empêche, après, de descendre la pente. Et ce sommet de l'épanouissement, que ce soit chez les végétaux ou les animaux, c'est toujours l'âge de l'amour… Pour les plantes, c'est la fleur. Qu'est-ce que c'est une fleur ? C'est le sexe de l'arbre ou de la plante. Ou, le plus souvent, à la fois les deux sexes, mâle et femelle. Quand la fleur s'épanouit, son parfum, ses couleurs, sa beauté, c'est l'explosion de joie de la plante qui fait l'amour. Un pommier de Normandie, au printemps, se fait l'amour par cent mille fleurs. Comment peut-on croire que les plantes n'ont pas de sensibilité quand elles expriment d'une façon si fantastique la plus grande joie du monde ?

Il pensa, tout à coup, que ce qu'il était en train de dire était peut-être atroce pour la femme qu'il tenait par le bras et qu'il conduisait à travers la foule mobile et les enfants courant. Elle avait connu, avec lui, cette joie florale, charnelle, si enracinée et déracinée, cette joie cosmique qui venait du fond des temps avec la vie et traversait les couples comme le feu d'une étoile, vers l'avenir. Et pendant qu'il lui parlait elle devait se dire qu'elle ne connaîtrait plus jamais cela. Et il se rendit compte que lui non plus, depuis qu'il l'avait quittée, n'avait plus rien connu de semblable. Lony, les autres, ce n'était pas la lumière, ce n'était pas le feu, ce n'était pas l'amour. C'était seulement le jeu et la joie rapide, comme le train qui passe sur la voie, la secoue et l'ébranle, mais n'y laisse aucune trace…

Il ne lui laissa pas le temps de réfléchir, ni à lui-même. Il fit de la main gauche un geste léger, et continua, sur un ton un peu professoral, comme un maître qui a écarté la question gênante d'un élève :

— Pour que le fruit naisse, il faut que la fleur se fane, meure et disparaisse. Le fruit, la graine, c'est déjà la déchéance, c'est le déclin d'un être qui cède la place à un autre. La germination, ce n'est pas seulement une naissance, c'est une mort… C'était ça, le sens du mythe d'Adam et Ève : *la pomme, c'est la chute…* Adam et Ève devaient rester des fleurs. Ce n'est plus possible, même ici, pour les hommes ni pour les animaux. Mais c'est devenu possible pour tout le règne végétal. Le JL3 ne permet pas que la fleur se fane et meure. Il arrête sa transformation avant la première seconde où elle va commencer à vieillir. Tous les fruits que tu vois nous sont envoyés par le monde. Nous ne pouvons en produire aucun. Dans notre Paradis, aucun fruit ne peut naître. Mais nos fleurs sont immortelles.

Bahanba n'avait pas pensé à ce danger. Il ne le réalisa que lorsqu'il eut vécu dans l'Île, et observé autour de lui la façon dont vivaient les plantes et les bêtes : si le JL3 s'était répandu dans le monde, en même temps que les animaux se seraient multipliés certains végétaux auraient disparu, faute de pouvoir se reproduire par semences. Et l'homme se serait trouvé tout à coup privé de l'essentiel de ses nourritures : plus un fruit, plus un légume, plus de riz ou de maïs. Plus un grain de blé sur toute la Terre…

— Chez les animaux, la fleur, c'est le couple. La moitié de la fleur, c'est la jeune femelle épanouie. Mais la jeune femelle fécondée peut fabriquer un fruit, ou plusieurs, et s'en séparer, sans avoir besoin pour cela de décliner et de mourir. Le JL3 ne l'empêche donc pas d'être mère.

Ils étaient arrivés devant un ascenseur, dont les portes glissèrent, laissant sortir sa cargaison colorée. Deux hommes bleus firent un signe d'amitié à Roland. Il poussa doucement Jeanne dans la cabine, et entra derrière elle avec des adultes et des enfants.

— Premier, dit Roland.

— Fourth, dit une Américaine.

Un Chinois dit un mot que Jeanne ne comprit pas, mais que l'ascenseur connaissait. Il se mit à descendre sans aucun bruit. Roland et Jeanne s'adossèrent à la paroi.

— C'est vers dix-huit ans que la femme atteint le sommet de sa perfection. L'homme, un peu plus tard. Ici ils y parviennent sans avoir subi aucune maladie. Et ils n'en redescendent plus. Tous les enfants arrivés dans l'Île ou qui y sont nés se sont arrêtés ou s'arrêteront à cet âge, pour toujours. Malheureusement, nous qui l'avons dépassé…

Il disait « nous » gentiment, comme s'il se mettait sur le même plan que Jeanne. Lui, le superbe. Et elle… Elle ne souffrait pas, grâce à la drogue. Elle était comme une blessée brisée et lacérée dans un accident de la route, nettoyée, retaillée, cousue par les chirurgiens, qui se réveille et sait que la douleur est là, derrière là morphine, et que le moment viendra où elle va mordre…

— … Nous ne pouvons pas revenir en arrière. Bahanba n'est pas Méphisto. Tels que nous sommes nous restons. Avec les maladies en moins. Seuls les enfants changent, jusqu'à la perfection. Puis, quand ils l'ont atteinte, ils s'arrêtent.

L'ascenseur avait descendu lentement. Rien n'était urgent dans l'Île. On avait *tout* le temps…

La cabine s'arrêta. Ses portes s'ouvrirent. Jeanne demanda :

— Cela signifie que…

— Que quoi ?

— … Que cette… Que Lony aura dix-huit ans éternellement ?

— Oui, dit Roland.

Chez les insectes, ce n’est ni la chenille, ni la nymphe, ni la larve, ni la chrysalide que le JL3 immortalise, car toutes ces formes ne sont que transitoires, elles ne font que préparer la forme parfaite, la forme à laquelle ont poussé des ailes pour l’amour : la libellule, ou le papillon. Dans le Monde, les papillons mâles meurent après avoir fécondé les femelles, les femelles meurent après avoir pondu. Dans l’Île, les papillons ne meurent jamais. Le papillon de Bahanba vit toujours. Il vient d’entamer sa dix-huitième année. À l’échelle humaine, cela fait une vie de quatre cent mille ans…

Han et Annoa sortirent d'un massif de genêts couvert de fleurs. Ils étaient plus beaux que lui. Ils se tenaient par la main, ils étaient nus, ils venaient parmi les enfants, ils étaient encore des enfants, et ils étaient déjà un homme et une femme dans l'innocence et dans la gloire de leur vie. Quand ils surgirent des fleurs, la lumière des genêts, à côté de leur lumière, pâlit.

Ils marchaient doucement, l'un tenait la main de l'autre, leurs pieds nus se posaient sur l'herbe et sur les pâquerettes et en faisaient partie. Il se nommait Han, il avait quinze ans, il était né d'un atomiste américain d'origine irlandaise et de sa femme, descendante d'émigrés polonais. Il avait des yeux couleur du ciel sur l'océan, et des cheveux de lin doré qui coulaient sur ses épaules fines. Ses cuisses étaient longues, ses hanches étroites, et son sexe était un coquillage frais et chaud autour duquel commençaient à se dessiner, clairs sur la peau plus brune, les traits fins de ce qui allait être sa toison d'homme, couleur de sable d'été.

Annoa, fille d'une mère indienne, et d'un père

chinois, était frêle et douce, avec d'immenses yeux noirs à peine bridés, un teint de pain frais, des épaules et des hanches doucement rondes, des seins tout juste nés, des oreilles en fleurs minuscules, de longues mains aux doigts minces, des cheveux lisses, très noirs, coupés presque courts, en mèches inégales et mouvantes comme de l'eau. Elle avait quatorze ans. Ils ne se quittaient plus depuis leur grande nuit de janvier.

Bahanba avait décidé de commencer l'année par un jeûne total de sept jours. C'était pour lui une purification et une expérience. Mais il ne parla de l'expérience à personne. Il vint, pour jeûner, se coucher au milieu des enfants, sur l'herbe tiède et fraîche du jardin rond. Et les enfants, même les plus petits, firent presque silence. Ils continuaient de jouer, mais ils retenaient leurs rires et leurs bousculades. Une sorte de tranquillité arrondissait les gestes, modérait les cris. Au centre d'une pelouse un peu en pente, bordée d'un ruisseau et de romarins, Bahanba était allongé dans sa robe blanche, ses cheveux blancs versés dans l'herbe autour de son visage de vieux bois paisible. En se couchant, il avait fermé les yeux et il ne les rouvrit plus pendant sept jours. Ses bras étaient étendus le long de son corps, un peu écartés de lui, ses mains ouvertes vers la terre, les paumes posées sur l'herbe et reposant sur elle. Et les enfants jouèrent autour de lui avec amitié et précaution.

Les enfants de l'Île étaient libres. Ils mangeaient ce qu'ils voulaient quand ils voulaient, mais ils ne trouvaient à leur disposition, partout, que des nourritures simples et saines. Ils dormaient où ils voulaient, il y avait toujours pour eux des chambres ouvertes, près de leur mère ou loin d'elle. Certains revenaient chaque soir se blottir auprès d'elle, d'autres s'endormaient n'importe où, où ils se trouvaient, quand la fatigue et le sommeil les abattaient. La plupart dormait dans le jardin, près d'un ruisseau ou contre un arbre ou une bête tiède.

Des cours étaient donnés en permanence, depuis l'écriture et la lecture jusqu'aux connaissances les plus avancées. On enseignait en même temps les vieux métiers, ceux du bois, de la laine, du fer, tous ceux que l'homme pendant des centaines de milliers d'années avait faits avec ses mains. Apprenait qui voulait, ce qu'il voulait, quand il voulait, selon ses désirs et ses affinités. De jeunes génies commençaient à se révéler. Des garçons de vingt ans ne savaient pas encore écrire. Ils avaient bien le temps… Les uns et les autres étaient heureux. On n'entendait jamais un enfant pleurer.

Bahanba avait commencé son jeûne le matin du 9 janvier, deuxième dimanche de l'année. Il avait annoncé la veille aux enfants, par la télévision de l'Île, qu'il passerait la nuit en méditation et le matin venu descendait parmi eux pour y rester sept jours. Les enfants décidèrent de jeûner avec lui. Ils le lui dirent en riant, en sautant et en criant quand il arriva dans le jardin. Ils jeûneraient avec lui, comme lui, jusqu'au bout, ils l'accompagneraient dans son voyage. Il ne les encouragea ni ne les découragea. Il ne prononça pas un mot. Il les regardait et souriait, et quand il s'allongea et ferma les yeux il souriait encore. Le sourire s'effaça lentement de ses lèvres pour faire place à la paix.

Les enfants trouvèrent très amusant de jeûner. Beaucoup tinrent jusqu'au milieu de la journée. Parmi les plus grands un certain nombre arriva jusqu'au soir. Quelques-uns continuèrent le lendemain. Han et Annoa jeûnèrent trois jours.

Quand tomba la lumière bleue du premier soir, beaucoup d'enfants qui d'habitude passaient la nuit ailleurs restèrent dans le jardin pour dormir avec

Grand-Ba. Ils se couchèrent ou s'accroupirent par petits groupes, et quelques-uns se mirent doucement à chanter, comme ils avaient l'habitude de chanter quand leur en venait l'envie, des chansons faites de quelques notes, selon la voix et l'imagination de chacun. Et ce soir-là toutes les chansons parlaient de Grand-Ba, lui souhaitaient bon sommeil, bon repos, bon voyage. Il y avait des voix de filles comme des pépiements dans un nid, des voix de garçons pures et longues comme un fil d'ange, et les ronronnements plus graves de ceux qui avaient franchi la puberté. C'était un concert qui ne cherchait pas à l'être, pareil à celui des oiseaux du soir dans la forêt. Toutes les fleurs rouges flambaient dans la nuit bleue, et les enfants aux peaux roses luisaient comme des enfants fantômes.

Den avait allumé un feu sur la petite plage de gravier près du ruisseau et, accroupi dans sa lumière, chantait sans paroles, au rythme des courtes flammes dansantes. Parfois une branche éclatait en étincelles et il l'accompagnait d'un accord de l'instrument appuyé contre son ventre nu. Il avait fabriqué l'instrument, qui ressemblait à un banjo allongé, mais d'un timbre plus chaud. Den était anglais. Il connaissait son père. Sa mère était enceinte quand ses parents étaient arrivés dans l'Île. Depuis, ils s'étaient amicalement séparés, comme la plupart des familles. Le désir de quitter l'Île avait dévoré Den très tôt. Il supportait mal d'être enfermé. Il voulait naviguer, aller découvrir l'inconnu. Mais il n'y avait pas d'inconnu au bout des océans. Il y avait le Monde impitoyable des hommes en proie à cette chose que les adultes nommaient la mort. Le Monde vers lequel on ne pouvait même pas s'élancer pour le délivrer de sa malédiction, car on ne ferait que rendre plus terribles ses souffrances. Alors Den se consolait en chantant. Il chantait qu'un jour viendrait, un jour, où les murailles de l'Île s'ouvriraient et il partirait vers les distances interminables.

Au mois de septembre 71, quand il apprit l'existence du projet Galaad, bien qu'il n'eût alors que quatorze ans, il pensa que c'était cela qu'il espérait, le vrai départ, le vrai vaisseau, c'était cela. Il demanda à travailler avec les adultes, et il y fut admis. Il était très avancé en physique et en mathématiques de l'infiniment petit, et très adroit en mécanique et électronique. Il savait aussi forger un meuble en acier, et construire pour le meuble une serrure à clef ou à combinaison magnétique. Il dessinait sur le sable, il peignait sur le mur de sa chambre, et, le lendemain, il effaçait…

Ce soir de janvier, il ne chantait pas ses rêves de départ, il chantait sans parole pour accompagner le voyage de Grand-Ba, et à cause de sa chanson, peu à peu, un groupe se forma autour de lui. Les enfants arrivaient de la nuit dans la lumière des flammes et s'asseyaient. Certains écoutaient, d'autres chantèrent avec Den, et quand Han vint s'asseoir près de Den, il chanta le nom de Grand-Ba, que Den ne chantait pas.

Annoa vint à son tour et prit place près de Han.

Han et Den se ressemblaient. Ils étaient blonds et minces l'un et l'autre, Han plus doré et Den plus pâle, Han plus rêveur et Den plus pratique. Ils avaient la même nostalgie passionnée des voyages, et Han, chaque jour de beau temps, sautait dans une barque close, tournait comme un fou autour de l'Île, frôlait les bouées rouges qu'il avait un jour failli franchir. Repoussé par la menace des haut-parleurs, il était entré dans l'Île avec une sorte de désespoir. Mais les chansons, le travail et les jeux chassaient vite les nostalgies.

Han et Annoa se connaissaient comme se connaissent les enfants d'un village. Ils s'étaient vus chaque jour, mais ne s'étaient jamais regardés. Quand Annoa se baissa pour s'asseoir près de Han, il vit un instant le feu illuminer la petite bouche verticale close au bas de son ventre et les pointes de sa gorge arrondie. Son sexe naïf se dressa. Elle le vit, sourit, lui fit une caresse comme à un petit chat, puis mit ses deux mains croisées à cheval sur l'épaule de Han, y appuya sa tête et commença à chanter avec lui. Le petit chat se calma et s'endormit. Les voix s'éteignaient les unes après les autres. Les enfants s'allongeaient et s'endormaient sur place. Grand-Ba n'avait pas bougé depuis le matin. Annoa cessa de chanter, s'allongea et ferma les yeux. Han chantait toujours, à mi-voix, à bouche close. Il ne disait plus le nom de Grand-Ba, mais tout le chant qui montait de lui sans paroles disait son amour pour le vieillard blanc, et disait aussi une joie surprenante qui lui était venue quand Annoa avait appuyé sa tête contre lui.

Il cessa de regarder le feu et la regarda. Alors il cessa de chanter parce qu'il vit qu'elle était belle. Il était né dans l'Île, aux premiers temps de l'Île, et depuis qu'il vivait personne ne lui avait dit « ceci est beau, ceci est laid », et bien qu'il aimât les joues des fleurs et les yeux des enfants, les fourrures des bêtes, et tous les rouges de la nuit, jamais il n'avait pensé que ceci ou cela était beau. Et quand il regarda

Annoa endormie, éclairée par les petites vagues de lumière du feu, il vit qu'elle était belle, si belle qu'il en fut stupéfait. Il pensa si fortement qu'elle était belle qu'il fut obligé de le lui dire. Il s'allongea près d'elle et le lui dit près de l'oreille, très bas pour ne pas la réveiller. Il disait : « Tu es belle !... Tu es belle !... » Il riait un peu, émerveillé, puis il disait, très doux, « comme tu es belle !... » Il savait qu'elle dormait et qu'elle l'entendait.

Le lendemain, elle se réveilla la première au chant des merles et le regarda. Bien posé sur le dos, la bouche entrouverte, les sourcils un peu relevés, il avait l'air étonné d'un tout petit enfant. Elle se mit à rire sans bruit pour ne pas casser brusquement son sommeil. Depuis longtemps il n'y avait plus de tout petit enfant dans l'Île, mais toute femme, même si elle n'en a jamais vu, en a le souvenir.

La lumière du jour augmentait, d'abord rose puis dorée avant d'être blanche. Elle révélait les taches claires des enfants dans l'herbe. Ils dormaient allongés, arrondis, écartés, posés comme s'ils étaient tombés du ciel. Ils commençaient à bouger, se mettaient un bras sur les yeux ou se retournaient contre le sol pour empêcher la lumière d'entrer en eux et de les réveiller tout à fait. Les bêtes de jour pointaient leur museau hors des terriers et des trous d'arbres et grignotaient des choses invisibles. Une alouette montait droit en chantant vers ce qu'elle croyait être l'azur sans limites, cognait son vol au plafond, tombait, recommençait à monter et à chanter, tombait encore et recommençait encore, sans désespoir. Annoa se leva et revint avec des nourritures plein les bras. Elle s'agenouilla et laissa rouler par terre les fruits, les petits pains frais, les brioches, les galettes de fleurs. Elle tendit une pêche à Han, qui venait de s'asseoir et se frottait les yeux. Il la prit et ouvrit la bouche pour y mordre, mais il s'arrêta et dit :

— Grand-Ba ?

Ils regardèrent.

Bahanba n'avait pas bougé. Sa robe et ses cheveux blancs étaient une lumière d'où semblait venir toute celle du jour. Han posa la pêche dans l'herbe.

— Je continue, dit-il. Toi, tu as déjà mangé ?

Elle fit « non » de la tête. Elle était à quatre pattes, face à lui, et le regardait, et il voyait ses petits seins entre ses bras. Il se rappela qu'il l'avait trouvée belle. Il lui cria :

— Tu es belle.

Et, d'une bourrade, en riant, il la fit rouler dans l'herbe. Elle se releva et prit la fuite. Il la poursuivit, ils abandonnaient les nourritures qui trouvèrent vite preneurs, petites bêtes, petits enfants.

Elle arriva au ruisseau et s'y jeta. Il s'y jeta à sa suite. Ils se couchèrent dans l'eau, s'y roulèrent, s'éclaboussèrent. De temps en temps ils buvaient. Ils se relevèrent ruisselants, se retrouvèrent l'un face à l'autre, avec l'eau qui coulait de leurs cheveux et glissait sur leur peau.

Sans bien savoir ce qu'il faisait, ni pourquoi, simplement parce qu'il avait très envie de le faire, il posa ses mains sur elle et la ramena doucement jusqu'à lui, jusqu'à ce qu'elle fût tout à fait contre lui. Il ferma les yeux et elle aussi. L'eau douce murmurait autour de leurs chevilles, l'eau fraîche sur leur peau entre eux devenait chaude. Ses bras étaient restés autour d'elle, et elle avait fermé les siens autour de lui. La faim rendait leur tête légère et un peu ivre. Ils étaient purs de toute nourriture et de toute pensée, ils étaient l'un contre l'autre et ils étaient bien.

Elle lui arrivait au menton, elle était mince, elle ne pesait guère. Il la souleva et l'emporta, il ne pouvait plus la séparer de lui. Il l'emporta loin des autres, non pour se cacher mais pour être seuls. Il la coucha entre les genêts et les lavandes et commença de l'embrasser. Il avait souvent couché des filles ou été couché par elles. Il n'en avait embrassé aucune. Il était maladroit, il la picorait, il la bousculait de ses lèvres. Elle lui prit la tête dans ses mains et amena sa bouche sur sa bouche. Leurs lèvres ne s'ouvrirent pas. Elles étaient posées comme des roses.

Quand il entra en elle ce fut une émotion si prodigieuse qu'ils poussèrent ensemble un long soupir de délivrance comme s'ils commençaient à mourir ou à vivre.

Il avait déjà connu des filles et elle des garçons, ces jeux-là ne comptaient pas plus que les autres, mais pour lui et pour elle ce fut neuf, et c'était inimaginable. Et quand ils recommencèrent ce jour-là et d'autres jours, ce fut chaque fois la même stupeur, la même découverte, chaque fois la première fois.

Ils ne quittèrent pas le jardin de la journée. Ils n'allèrent pas aux cours, ni à la salle des écrans où l'on pouvait voir les images envoyées par les télévisions du Monde, ils ne voyaient même plus les autres enfants, ni les arbres ni les fleurs ni les bêtes, lui ne voyait qu'elle et elle ne voyait que lui. Ils se tenaient par la main, ils marchaient, ils s'arrêtaient pour se regarder, ils se mettaient à rire de bonheur, ils parlaient à peine. Ils s'asseyaient, il la poussait doucement pour qu'elle se couchât, il se mettait à genoux pour mieux la voir, il lui répétait toujours les mêmes mots « tu es belle…, tu es belle… ». Elle fermait les yeux pour mieux l'entendre, pour laisser les mots entrer dans sa tête et chauffer l'intérieur de son corps. Il promenait ses mains sur elle, il la touchait du bout des doigts et du creux de ses paumes, et avec ses joues et son front. Il était pris de frénésie de joie, il roulait son visage sur elle en gémissant, sur sa gorge, sur son ventre, elle riait de bonheur et serrait contre elle la tête blonde, sans rouvrir les yeux.

Quand vint la nuit, il l'emporta de nouveau entre les genêts et les lavandes, et la fatigue du jeûne le retint longtemps en elle, longtemps. Il était ivre de douceur et de la pureté de son corps vide que depuis deux jours seule l'eau avait parcouru, et quand il allait et venait lentement en elle, l'intérieur de sa tête était comme un bateau que l'eau balance si doucement qu'on s'en aperçoit à peine. Il ne savait plus où il était, au-dessus de l'Île, au-dessous de la nuit, dans un bateau infini bercé par le bleu. Elle allait avec lui, elle allait, doucement, tranquille, il était le mouvement, elle le recevait et le continuait. Chaque parcelle de son corps entier était offerte, ouverte pour recevoir, absolument détendue, sans obstacle. Il s'enfonçait en elle et quand il arrivait au bout cela continuait en elle et arrivait partout. Ce n'était pas du bonheur, ce n'était pas de la joie, c'était quelque chose qui ne peut pas avoir de nom dans la vie car c'est plus grand qu'elle. Et cela recommençait sans s'être arrêté et s'ajoutait et grandissait encore, et cela ne finirait jamais, jamais…

Elle ne savait pas qu'elle chantait. Et comme sa

chanson n'en finissait pas, les autres chansons les plus proches se turent et les enfants qui l'entendaient vinrent autour d'eux et les regardèrent. Ils étaient debout, assis ou à genoux autour d'eux. Il y avait assez de lumière bleue dans la nuit pour les voir. Ils les regardaient, ils étaient silencieux et graves, ce qu'ils voyaient là ils le voyaient pour la première fois, ce n'était pas comme les jeux habituels qui n'étaient que plaisirs vifs et bousculades, c'était différent, c'était important. Ils ne savaient pas ce que c'était, ils ne parlaient pas…

La chanson d'Annoa s'était tue. Annoa ne savait plus qu'elle était vivante. Elle était étendue et calme comme la terre et comme l'eau. Sa respiration s'était arrêtée. Quand elle recommença, longue, profonde, Annoa dormait.

Han s'endormit à côté d'elle. Ils étaient ainsi : elle telle qu'il l'avait laissée quand il s'était enlevé d'elle, lui posé à côté à plat ventre, la tête tournée vers elle et sa main droite sur le genou doré. Son corps ne pesait pas sur l'herbe. Ils dormirent sans bouger toute la nuit.

Le lendemain ils jeûnèrent encore, et oublièrent leur faim dans le grand festin qu'ils avaient commencé l'un de l'autre. Environ une heure avant la nuit, Han aida Annoa à grimper jusqu'à la première branche d'un tilleul dont toute la masse fleurie répandait un parfum tranquille. Il s'accrocha à la branche pour la rejoindre, tira sur ses bras pour se soulever, sentit l'arbre et tout le jardin basculer, ouvrit les mains et tomba comme un chiffon dans l'herbe, évanoui.

Annoa sauta près de lui, le tira jusqu'au ruisseau,

le ranima avec de l'eau fraîche et alla lui chercher à manger. Ce fut la fin du voyage des enfants avec Bahanba. C'était Han et Annoa qui étaient allés le plus loin, jusqu'à la fin du troisième jour. À cause du jeûne, Annoa était enceinte.

Le cinquième jour, les enfants commencèrent à s'inquiéter. Bahanba n'avait toujours pas bougé, et on ne le voyait plus respirer. Un médecin vint poser un stéthoscope sur la maigre poitrine. Il fut quelques instants sans rien entendre, puis il y eut un battement de cœur, lent et puissant. Le cœur battit onze fois dans la minute. C'était ce que Bahanba avait annoncé. Le médecin rassura les enfants. Il revint le lendemain : le cœur battait cinq fois. Le matin du septième jour le cœur ne battait plus que trois fois chaque minute. Et le soir le médecin écouta pendant deux minutes avant de l'entendre une fois. Alors il posa ses mains sur les yeux de Bahanba, et appuya comme celui-ci lui avait indiqué. La poitrine de Bahanba se souleva, le médecin ôta sa main, Bahanba ouvrit les yeux et sourit. Le petit peuple des enfants le regardait et n'osait pas crier sa joie. Le médecin tendit au vieil homme un peu d'eau dans un bol. Il en but quelques gouttes. Il n'avait pas bu depuis sept jours. Il était allé loin dans la connaissance de son corps. Il savait maintenant ce qu'il avait voulu savoir. Il s'assit et agita affectueusement sa main longue et maigre. Alors les enfants explosèrent en cris et en cabrioles, les oiseaux et les papillons s'envolèrent tous à la fois et le renard roux se mit à courir comme un fou, autour d'un arbre, après sa queue.

La voiture qui attendait Samuel Frend à l'aéroport de Washington l'avait réellement conduit à la Maison Blanche. Il avait eu avec le président Johnson une entrevue sans témoin qui avait duré plus de deux heures. Au terme de l'entretien, il savait l'essentiel et il avait perdu sa liberté, son identité, sa famille. Il avait accepté une mission qui allait occuper le reste de sa vie et peut-être y mettre fin.

Le président Johnson avait fait étudier l'homme et sa carrière. L'intelligence et le désintéressement de Frend, l'obstination qu'il avait mise à suivre les ramifications à Dallas de la piste de Mr Smith et, élément déterminant, sa culture scientifique, avaient décidé le président à courir l'énorme risque de le mettre au courant de l'existence de l'Île, de l'espoir et du danger mortel qu'elle représentait pour l'humanité, sans lui dire cependant en quoi résidaient ce danger et cet espoir. Il ne pouvait pas laisser ouverte la possibilité que Frend, interrogé par un service étranger ou même américain, drogué ou torturé, révélât le secret. Le seul moyen de l'en empêcher était de le lui laisser ignorer. Mais, pour que Frend acceptât de ne plus jamais revoir sa femme et ses enfants, de disparaître définitivement en tant que Samuel Frend et peut-être, au bout de tout son travail, de mourir de mort violente, il fallut que son interlocuteur lui donnât des preuves de la fantastique importance de sa mission. Et cette preuve ce furent les voix, dans les téléphones directs, de Khrouchtchev, de De Gaulle, de la reine Elizabeth et de Mao, lui révélant l'existence d'une telle angoisse internationale qu'elle franchissait tous les obstacles politiques. La mission qui fut finalement confiée à Frend avait été élaborée par une réflexion commune. C'était d'une décision commune que dépendrait également un jour, le sort de celui qui aurait été choisi pour l'accomplir. Et pas seulement le sien.

Deux ans et quelques mois après le passage de Frend à la Maison Blanche, le cadavre d'un homme barbu et maigre fut retrouvé dans Central Park à New York. Il avait été tué de trois coups de couteau, deux dans le ventre et un au cœur. Dévalisé, il ne portait ni papiers ni argent. Mais ses empreintes digitales finirent par arriver aux services du Pentagone, après des détours et des séjours de routine dans les archives des différentes polices et des services plus ou moins secrets. Ces empreintes étaient celles de Frend. On demanda à sa famille de venir le reconnaître. Mais entre la découverte du cadavre et l'identification de ses empreintes des mois s'étaient écoulés, et ce qu'on exhuma devant sa femme ne put que la faire s'évanouir d'horreur. On lui montra un briquet qu'on avait retrouvé près de lui, un vieux briquet à l'argenture usée, aux arêtes arrondies, que ses assassins avaient rejeté sans doute après l'avoir essayé, et constaté qu'il était vide. C'était bien son briquet, c'était elle qui le lui avait offert. Elle l'avait acheté à Paris, à la Civette, près de la Comédie-Française, à la sortie d'une matinée classique où elle avait emmené ses enfants voir jouer *L'Avare*. Elle se mit à pleurer.

Samuel Frend fut déclaré mort. Il n'en sut rien et continua de préparer sa mission.

Au moment même où sa famille se crut fixée sur son sort, il arrivait avec le grade de colonel au centre atomique de l'armée, au Nouveau-Mexique. Il allait, pendant deux ans, participer à la fabrication des bombes A et H. Il avait passé les deux années précédentes à parachever ses connaissances en physique nucléaire dans l'équipe d'un éminent physicien italien qui sera bien étonné d'apprendre aujourd'hui à quelle action se préparait alors ce vieil étudiant américain, mélancolique, décontracté, un peu myope et buveur de lait.

En novembre 1966, Frend, *alias* Samuel Bas, qui avait été entre-temps promu général, quittait le centre du Nouveau-Mexique et entrait comme ingénieur stagiaire à la New Electronic, qui fabriquait pour la NASA des récepteurs et amplificateurs radio miniaturisés. Fin 66 il reprit sa place dans l'armée et fut mis à la tête d'un département créé spécialement pour lui, qui reçut le nom de *Apple Two*, ce qui signifie Pomme Deux et ne voulait strictement rien dire. Il occupait avec ses collaborateurs, dans une plaine marécageuse non loin de Houston, un ensemble d'ateliers et de bureaux entourés d'une enceinte électrifiée que surveillaient des gardes armés et des chiens-loups furieux. Une brume chaude couvrait le paysage composé de sable épineux et de lagunes où des alligators dormaient dans l'eau fumante, n'ouvrant leur gueule courte que pour happer un canard sauvage ou un flamant et l'avaler en se rendormant.

Les soins que Frend et ses services prenaient pour dissimuler qu'ils étaient en rapport avec la NASA permit aux agents secrets, qui se mirent aussitôt à grouiller autour de *Apple Two*, de conclure que le général Bas devait s'occuper de la préparation d'un nouveau satellite militaire. Effectivement, dans le hangar central climatisé et dépoussiéré, des techniciens en cagoule montaient, en retenant leur respiration, un engin biscornu qui pouvait bien être cela.

Sous la couverture de cette pseudo-activité, Frend-général Bas put, en toute sécurité, poursuivre l'élaboration de l'appareil dont il avait besoin. Il en commanda les différentes parties à des sous-traitants dont chacun ne connut rien d'autre que le fragment qu'il fabriquait, lequel aurait pu parfaitement entrer dans la constitution d'un satellite, militaire ou non. Les techniciens qui travaillaient à *Apple Two* les reçurent et commencèrent à les assembler dans plusieurs ateliers séparés, croyant poursuivre leur tâche officielle.

En juillet 70, les différents éléments du projet étaient terminés, chacun dans un service distinct d'*Apple Two*. Frend fit alors un voyage éclair à travers le monde. Il fut reçu par Brejnev, par Mao et par le président Nixon. Il remit à chacun un coffret blanc, grand comme un paquet de biscottes, et un deuxième un peu plus petit. Celui-ci était un chronomètre atomique qui ne variait que de quelques dixièmes de seconde par an. Les trois chronomètres marquaient la même heure, celle du fuseau horaire de l'îlot 307.

Frend rentra à *Apple Two* et procéda lui-même, dans son bureau blindé, au montage terminal de son appareil. Celui-ci se présenta finalement sous l'aspect d'une assez grande valise bleue, en fibres de verre, d'un modèle courant au Canada et aux USA, un peu usagée.

Deux mois plus tard, Frend était en France, à la tête d'une mission technique chargée de livrer et surveiller le montage, dans une centrale atomique de l'EDF, de certaines pièces essentielles fabriquées pour elle par la General Electric. Il compléta ainsi quelques connaissances pratiques qui lui manquaient encore. En juin 71, quand l'Île demanda du personnel et du matériel supplémentaires pour sa propre centrale. Frend, sous le nom de Samuel Bas et la qualification d'ingénieur atomiste, fit partie des trois techniciens qui y furent débarqués. Les deux autres étaient un Chinois et un Français. Ils étaient accompagnés de deux péniches de matériel et de bagages, parmi lesquels la valise bleue de *Apple Two*.

— Parce que nous avons le temps, parce que nous sommes désintéressés, parce que chacun de nous va pouvoir garder pendant des siècles le souvenir de nos expériences, nous allons tout essayer. L'Île est en train de devenir le laboratoire du monde. Les vérités que nous trouverons nous les donnerons aux hommes. Pour commencer, parce que nous pensons que c'est sans doute la vérité essentielle, nous essayons *la liberté*. Il y a des choses qui sont interdites, pour la sauvegarde des individus, de l'Île et du Monde, mais rien n'est obligatoire. Ni travail, ni horaire, ni présence ici ou là, personne n'est obligé à rien.

Après lui avoir fait visiter les jardins, Roland conduisait Jeanne, dans les profondeurs de l'Île, vers les ateliers et les usines. Ils ne prirent presque jamais les ascenseurs. Les pentes étaient faibles, les escaliers en volées courtes entrecoupées de rampes. La population de l'Île s'y déplaçait sans hâte ni flânerie. Hommes et femmes, très nombreux, semblaient aller sans se presser vers un but déterminé, important ou sans importance. Mais sans urgence. Pour quoi que ce fût ils avaient le temps…

Aux murs grimpaient des plantes fleuries, s'ouvraient des fenêtres avec des volets verts. Des arbres et des fontaines poussaient aux carrefours. Parfois, une « rue » débouchait sur un paysage de campagne ou de montagne, et c'était seulement en arrivant tout près que Jeanne pouvait discerner qu'il était peint ou projeté.

Une brise légère soufflait partout, fraîche ou tiède, s'enroulait autour des chevilles, tombait du « ciel » pour ébouriffer les cheveux des passants. L'air était partout en mouvement, sans brusquerie, avec des tourbillons et des glissades, et une sorte de gaieté, comme l'eau d'une rivière dans la campagne, sous le soleil.

À mesure que Jeanne et Roland descendaient, ils rencontraient moins de passants, et surtout moins d'enfants. Ils en trouvèrent un endormi dans la salle des mille pompes, après avoir traversé l'installation qui transformait l'eau de mer en eau douce. C'était une fillette très brune, à la peau très blanche. Elle s'était étendue en croix, de biais, au centre de la mosaïque bleue pâle qui couvrait le sol, comme pour en marquer les diagonales, et elle dormait profondément, d'un sommeil absolu, presque minéral.

— Chaque fois que je viens ici, dit Roland, j'en trouve un ou plusieurs endormis de ce même sommeil. Je pense que c'est le bruit de la salle qui les attire et les endort.

Jeanne avait envie de pousser la fillette, de s'étendre à sa place et de dormir.

Les murs de la grande salle rectangulaire étaient creusés de petites loges qui contenaient chacune une pompe ronde, de couleur verte, grosse comme la tête d'un homme, éclairée faiblement par une lumière dorée. Des tuyaux de différentes teintes sortaient des niches, se rejoignaient, se tressaient, s'enfonçaient en torsades multicolores dans le sol et le plafond.

Les pompes faisaient circuler l'eau douce dans l'Île, la dirigeaient après usage dans les épurateurs, la mélangeaient à l'eau nouvelle, et la renvoyaient dans le circuit. Chaque pompe tournait en ronronnant, accélérait, ralentissait, selon les ordres envoyés par l'ordinateur de l'eau. L'ensemble faisait le bruit d'une ruche dont les abeilles seraient restées blotties au fond des alvéoles après avoir avalé leurs ailes, un bruit très doux apaisant qui invitait les muscles et les nerfs à se dénouer, à laisser faire…

— C'est notre cœur, dit Roland, le cœur infatigable de l'Île… Nous en avons terminé l'installation il y a quelques mois. Bien sûr, ce n'est pas nous qui fabriquons. Nous concevons, nous dessinons les plans, et nous les envoyons par radio. Dans la flotte qui tourne autour de l'Île, il y a un navire spécialement équipé pour les recevoir. Ce que nous commandons est confié à l'entreprise qui, dans le monde, pourra le faire le mieux et le plus vite. Nous avons priorité sur tout, même sur la guerre. On nous livre par péniches en pièces détachées, et nous effectuons le montage. Tout le monde s'y met… Nous n'y sommes pas obligés, bien sûr… Mais parce que personne n'est obligé à rien, chacun se sent obligé envers tous.

Jeanne, la tête un peu détournée, caressait de la main une pompe tiède qui ronronnait comme un chat.

— L'étonnant, c'est que ça marche, dit-elle.

— Nous avons suffisamment de techniciens

et d'ouvriers qualifiés pour nous diriger… Les meilleures mains de notre époque sont ici, avec les meilleurs cerveaux…

Ils laissèrent la fillette à son sommeil et descendirent visiter la centrale atomique, silencieuse et brûlante, baignée de lumière rouge, où des hommes vêtus et masqués de jaune se déplaçaient sans bruit, caressant l'acier inoxydable de leurs gants de mousse et de leurs semelles de feutre. C'était une pile d'un modèle révolutionnaire, qui ne faisait pas de déchets. Elle était située au plus profond de l'Île, juste au-dessus de la vieille bombe de 1955, qui n'avait pas explosé. Plutôt que de la déménager on l'avait seulement désamorcée. Son métal fissile constituait une réserve éventuelle pour la centrale.

Bahanba fit glisser la porte d'un placard et en retira, dans le creux de ses longues mains, la coupe de verre où reposait le papillon de Bombay. Le vétéran était couché sur un lit de coton. Ses ailes sublimes, faites pour vivre un jour, s'étaient brisées, usées, étaient parties en poussière. Il n'en restait que des moignons, qu'il essayait parfois d'agiter. Au lieu d'un vol, cela faisait un tremblement…

De ses pattes frêles, brisées, ne demeuraient que des amorces qui bougeaient vaguement sur les côtés de son thorax. Sa trompe en spirale, qui se déroulait pour aller chercher le nectar au plus profond des fleurs, s'était rompue de plus en plus près de sa tête, et finalement jusqu'au ras. Mais il avait appris, progressivement, à se servir de ce qui lui en restait. Bahanba posa devant lui une lamelle de verre sur laquelle il avait laissé tomber une goutte d'eau miellée, vitaminée. Il souleva avec précautions la lamelle jusqu'à ce que la pointe de la tête de l'insecte effleurât le liquide. Les moignons d'ailes frémirent et la goutte d'eau, aspirée, disparut.

Le glorieux insecte, en traversant le temps, avait été

réduit à l'essentiel. Il n'était plus qu'un sac enfermant ses viscères et leurs commandes nerveuses. Tous ses attributs externes, qui lui donnaient son individualité et sa beauté, avaient disparu. Le JL3 n'y pouvait rien. S'il se fut agi d'un lézard, le JL3 lui aurait permis de faire repousser dix mille fois sa queue, car cette régénération est dans la nature du lézard. Mais il n'est pas dans la nature du papillon de retrouver ses ailes perdues…

En revanche, il est dans sa nature de pondre, si c'est une femelle. C'en était une, et elle avait déjà été fécondée quand les jardiniers de Bombay la capturèrent pour Bahanba. Depuis dix-sept ans elle pondait. Elle avait pondu, heure par heure, sans arrêt, dans le placard du laboratoire, dans l'avion tout autour du monde, elle pondait dans l'Île, infatigablement, grâce au virus qui gardait à ses ovaires la même fraîcheur qu'au premier jour.

Affectueusement, Bahanba lui avait donné un nom. Il la nommait Bahi. Bahi avait pondu avec obstination des milliards d'œufs que Bahanba avait détruits avec la même patience, par l'acide et par le feu. S'ils les avait laissés éclore, des milliards de chenilles seraient devenues des milliards de papillons immortels qui auraient à leur tour pondu des milliards d'œufs… Les chenilles de la cinquième génération auraient couvert toute la surface de la Terre, sur un mètre d'épaisseur.

Il est vrai que ce peuple rampant serait mort de faim bien avant, après avoir tout dévoré.

Ils étaient en train de déjeuner au bord de la plage. La plus grande partie de l'étage supérieur de l'Île était occupée par une piscine d'eau de mer qui imitait un morceau d'océan bleu et son rivage. Des vaguelettes venaient mourir sur du sable blanc. Il y avait là, comme partout dans les rues et les jardins, beaucoup de monde, enfants, hommes et femmes se baignant en maillots ou nus. La brise était tiède, une douzaine de vrais palmiers donnaient à la fausse plage un faux air californien.

— On change le décor chaque année… Personne ne supporterait l'idée de fréquenter la même plage pendant dix mille ans…

— Il n'est pas possible…, dit Jeanne…

… cela venait de la frapper brusquement malgré la drogue… L'extravagance de cet avenir.

— … que vous envisagiez de vivre dix mille ans ici, sans bouger, sans sortir, enfermés sous ce couvercle ! Même pas mille ans ! Même pas cent ans !… Tu es ici depuis combien de temps, déjà ?

— Depuis dix-sept ans… Mais il me semble que je suis arrivé la semaine dernière… Tout est tellement excitant, fabuleux !…

Jeanne le regarda en penchant un peu la tête, comme fait un oiseau. Elle dit doucement :

— La semaine dernière ?… Moi je t'ai cherché pendant un siècle…

— Je te demande pardon…

Il s'inclina vers elle et lui prit la main entre les siennes. Elle la retira lentement, en la regardant… Sa longue main devenue sèche, sa main d'aventures et de batailles, sa main d'aujourd'hui. Que faisait-elle, incongrue, entre ces deux mains d'hier ? Se souvenait-il, lui, de ce qu'elle avait été, cette main, avant ce siècle de course ? Se rappelait-il comme elle était douce et chaude ? comme elle se promenait sur lui et le goûtait de toute sa peau, comme elle savait le ramener à la vie, après l'exquise fatigue ?… Rue de Vaugirard… Où était-ce ? Dans quel univers perdu ?… Cette main n'était pas en ce temps-là et en ce lieu… Ce n'était pas la même… Le temps ne modifie pas les corps, il les remplace. Rien de commun, rien, entre Jeanne de Vaugirard et celle d'aujourd'hui. Rien…

— J'ai été folle… Je courais après quoi ? Notre jeunesse ? Eh bien, je l'ai attrapée…

Elle était lucide, mais sans tristesse. La drogue la rendait indifférente, minérale. Il hocha la tête :

— Notre jeunesse ?… Qu'est-ce que ça veut dire ?… Qu'est-ce que ça signifie, avoir trente ans ou cinquante ans, devant les milliers d'années que nous avons à vivre ?… Nous sommes tous les deux ensemble au commencement de tout… Nous vivons nos premiers jours, nous sommes des nourrissons !…

Il lui reprit la main, en souriant. Elle le laissa faire, elle regardait sa main dans ses deux mains, comme un objet étranger. Elle était effarée. Il avait raison, c'était vrai, qu'est-ce que ça signifie vingt ans de plus ou de moins devant un temps qui n'a pas de fin, devant une durée inimaginable ?... Cette main sèche entre ces deux mains neuves, pendant dix mille ans... ?

La cloche sonna paisiblement midi. C'était la cloche lente d'un clocher de village, telle qu'on l'entend lorsqu'on s'en est un peu éloigné, un soir d'été, parmi les prés qui deviennent frais. On l'etendait partout dans l'Île, et où qu'on fût elle était à la même distance, renseignait sur l'heure sans en donner l'obsession, familière, charmante, un peu mélancolique quand venait, avec la lumière bleue, le moment de dormir.

— Midi seulement !... Je t'ai beaucoup baladée, ce matin. Tu n'es pas fatiguée ?

— Non, ça va... Il n'y a pas moyen d'éviter ça ?

— Éviter quoi ?

— Les gens qui arrivent, comme moi, sans avoir reçu les virus, est-ce qu'ils subissent tous la contagion ?

— À peu près tous... Il y a quand même des exceptions... Au Moyen Âge, quand une épidémie de peste faisait le tour du monde, il y avait quand même des réfractaires qui n'étaient pas malades... Le JL3 est plus contagieux que la peste, mais il rencontre aussi des résistants. Nous en avons eu deux.

— Il y a ici deux personnes qui vieillissent ? Comme des gens ordinaires ?

— Non... Il semble, d'après les observations que nous avons faites, que si la contagion ne s'est pas manifestée au bout de deux mois, c'est que l'organisme est immunisé contre le contact banal du virus. Les deux personnes en question, au bout de ce délai, ont demandé à recevoir une injection… On prend du sang à un porteur de virus, du même groupe, et on l'injecte dans une veine. Au bout de quelques heures, le JL3 s'est installé…

Il avait toujours entre ses mains la main de Jeanne. La drogue aidant, elle n'y pensait plus, et lui ne savait plus qu'en faire. Il la souleva jusqu'à ses lèvres, l'effleura d'un baiser léger, et la posa délicatement sur la table, objet fragile, objet ancien…

— Mais si on ne veut pas recevoir l'injection, on n'est pas obligé ?

— Personne n'est obligé à rien…

C'est Khrouchtchev qui y a pensé le premier : malgré toutes les précautions prises, peut-être dans dix ans, dans vingt ans, dans cinquante ans, le JL3 réussira à s'échapper de l'Île et à contaminer le Monde. Et la vie, délivrée du frein de la mort, se mettra à se multiplier, à bourgeonner, à éclater, à déborder dans toutes les espèces. Malgré les cataclysmes qui s'ensuivront, malgré les revanches brutales de la mort par les guerres, les famines, les massacres, la vie ne cessera, après chaque désastre, de recommencer, de tout envahir et de tout ravager. La vie sans la mort rend la vie impossible. Que faire ? Comment dresser un mur infranchissable devant la possibilité de cette menace ?

Il suffit d'un moustique…

Un moustique qui pique un type de l'Île et lui pompe son sang contenant le virus.

Et d'un poisson qui bouffe le moustique, et qui est mangé par un autre poisson… Et les œufs du poisson mangés par cent poissons, et leurs œufs et eux-mêmes mangés par dix mille poissons et par les oiseaux de mer. Et un million de poissons mangés par d'autres poissons, péchés par les hommes. Et les oiseaux de mer semant leurs excréments dans les océans et sur les terres…

Il suffit d'un moustique pour mettre le feu à la Terre.

Khrouchtchev pense : si cela se produit on ne pourra rien. Alors…, un cheval qu'on ne peut arrêter ni abattre, qu'est-ce qu'on en fait ?

On saute sur son dos et on se laisse emporter…

Si la vie se met à galoper, se laisser emporter par elle… Si la Terre devient trop petite, sauter ailleurs…

C'était en 1955. Les auteurs de science-fiction les plus audacieux prévoyaient la première expédition de l'homme vers la Lune en l'an 2050 ou même beaucoup plus tard. Khrouchtchev ne lisait pas les livres de science-fiction.

Quand Nehru était venu à Moscou, quelques semaines plus tôt, c'était à Khrouchtchev seul qu'il avait confié le secret du JL3. Malenkov était liquidé, Khrouchtchev ne tenait pas encore tout le pouvoir, mais Nehru, qui savait juger les hommes, pensa que c'était celui-là qui allait bientôt prendre seul les décisions en URSS, et ce fut à lui qu'il parla.

Il y avait alors, en URSS comme aux USA, de vagues études, mollement poussées, de navigation au-delà de l'atmosphère terrestre. À part quelques spécialistes mordus, personne ne s'y intéressait, ni ici, ni là. En Russie, on avait bien plus besoin, et d'une façon bien plus urgente, de camions, de blé, de beurre, de chaussures. Sans oublier les canons.

Khrouchtchev provoqua une réunion du Politburo, devant qui il convoqua les spécialistes du projet, des techniciens de tous ordres, des économistes, des astronomes, et bien entendu des généraux. Il déclara que, pour des raisons qui ne pouvaient pas être rendues publiques, qui ne pouvaient même pas être divulguées en petit comité, mais qui plaçaient la patrie russe et soviétique devant une alternative de vie ou de mort, il fallait préparer, à toute vitesse, les voyages interplanétaires.

Ce fut comme s'il avait jeté un chien dans un poulailler. Les quelques spécialistes du projet « Kosmos » exultaient, levaient les bras, poussaient des cris de joie, les autres assistants protestaient, demandaient des explications, disaient que c'était impossible, sans intérêt, trop cher, risqué, romanesque, délirant, bourgeois… De telles manifestations pour ou contre eussent été impensables du vivant de Staline, mais c'était la courte période pendant laquelle l'URSS put se défouler.

Khrouchtchev frappa des deux poings sur la table, poussa un grand coup de gueule, déclara que le système solaire appartiendrait au premier qui mettrait le pied sur la Lune, et que les États-Unis étaient prêts !

Ce n'était pas vrai, et il le savait. Mais sa déclaration fit tomber sur l'assemblée un silence terrible. Il en profita pour demander la priorité numéro un pour le projet Kosmos. Il l'obtint à l'unanimité.

Ce fut cette occasion de montrer son autorité qui fit émerger Khrouchtchev au premier plan des candidats à la succession de Malenkov, et prépara son intervention de février 56 au XXe congrès du Parti Communiste, puis son accession en 1958 à la tête du gouvernement. Ce fut aussi à partir de ce moment-là que Kossyguine et Brejnev le prirent pour un fou et préparèrent patiemment sa destitution.

Le 4 octobre 1957, le monde stupéfait apprenait que le premier Spoutnik tournait autour de la Terre.

En octobre 1964, Khrouchtchev destitué révélait le grand secret à Brejnev. Celui-ci comprenait alors les raisons de l'apparente déraison de M. K. Et le poids de ce souci sur ses épaules, en plus du poids de la Russie, creusa sur son visage ce masque de gravité et de tristesse qui ne le quitta plus.

Mais Khrouchtchev ne lui avait pas dit que, le 15 mai 1960, à Paris, il s'était fait voler une ampoule de JL3.

— Nous avons tout le temps. Et nous aurons nos souvenirs… Depuis le clan et la horde, jusqu'au capitalisme de consommation et au communisme, les hommes ont déjà essayé tous les moyens possibles de vivre en société. Mais ils ne s'en souviennent pas. Il n'y a pas tellement de systèmes. On en revient toujours aux mêmes, autorité de ceci ou de cela, communauté comme ceci ou comme cela. Quel que soit le système adopté, il y a toujours une partie des hommes qui en profite et une partie qui ne l'accepte pas. Ça se termine la plupart du temps dans le sang. Le système abattu est remplacé par son contraire, qui succombe à son tour devant son contraire. Civilisations après civilisations, les expériences se sont accumulées sans servir à rien, par manque de mémoire. Chaque génération doit tout réapprendre. Elle veut bien accepter les richesses et les connaissances acquises par la précédente, mais pas la sagesse, hélas, pas la sagesse, jamais… Ton enfant accepte et exige même, en hurlant, que tu le nourrisses, mais si tu lui dis que le feu brûle, il ne te croira jamais, tant qu'il n'aura pas mis le doigt dedans. Chaque génération doit subir l'épreuve du feu, chaque génération doit se brûler. Mais ce qu'il y a de nouveau dans l'Île, c'est que nous n'aurons pas de générations… Nos enfants n'auront pas d'enfants. Il n'y a plus de place… Ils vont grandir et se joindre à nous, et nous allons essayer ensemble des systèmes pendant des siècles, pendant des millénaires, sans remettre sans cesse tout en question, car nous nous souviendrons…

Un satellite équatorial stationnait juste à la longitude de l'Île. Il avait été lancé de Cap Canaveral par les militaires. Il faisait partie de cette foule de satellites clandestins, immobiles ou baladeurs, qui ceinturent la Terre sous tous les angles, la scrutent jour et nuit, font l'inventaire des montagnes, des déserts, des fusées, des usines, des feuilles d'arbres et des grains de poussière. La quantité de renseignements qu'ils envoient aux états-majors des deux blocs est si considérable qu'il faudra mille ans pour les déchiffrer et les exploiter. Et mille ans de plus chaque année. Ils renseignent tellement que le résultat est le même que s'ils ne renseignaient pas. Mais grâce à eux les militaires sont rassurés : ils savent ce qui se passe chez l'ennemi, ils savent tout, c'est là, dans la cave, dans des caves blindées gardées par des serrures électroniques et des sentinelles tondues prêtes à tuer. Ils lancent d'autres satellites, ils creusent d'autres caves, ils entassent les clichés, ils savent de plus en plus. Le jour venu, le temps qu'ils essaient de trouver dans ce qu'ils savent ce qu'ils ont besoin de savoir, les deux camps seront ratatinés et le monde cuit. Ils ne savent pas, bien entendu, à quoi sert ce satellite fixe au-dessus du Pacifique Nord. Ils l'ont reçu, ils ont reçu l'ordre de le lancer, ils l'ont transmis aux techniciens lanceurs, le doigt sur les lèvres, top secret, chut ! ils l'ont regardé partir, un de plus ! ils ont fait creuser encore des caves, ils ne savent rien, ils sont contents, tout va bien.

Le satellite sert à assurer les communications entre l'Île et les Grands. Et à transmettre aux habitants de l'Île les émissions radio et TV des principales nations. Il faut éviter que l'Île ne devienne un organisme clos mentalement comme il l'est matériellement, une sorte de kyste bourgeonnant en soi-même, se concentrant et se surchauffant. Les hommes qui l'habitent sont déjà assez exceptionnels. Ils vont vivre plus longtemps que les successions de générations d'hommes ordinaires. Il faut qu'ils sachent à tout moment qu'à part cette longévité charnelle, ils sont des hommes ordinaires, eux aussi.

Ce n'est pas vrai. Mais les Grands du Secret – qui ne sont plus que quatre – veulent s'en persuader.

Ils n'étaient plus que six depuis la mort de Nehru, qui avait jugé bon de ne rien dire à son successeur ni à sa fille : le poids de l'Inde était bien suffisant pour leurs épaules.

Ils ne sont plus que quatre depuis la mort d'Adenauer et de De Gaulle. Adenauer, dernier détenteur du secret en Allemagne, croyait avoir tout le temps de le passer au nouveau chancelier du Reich. Il avait vécu si longtemps qu'il pensait que cela allait encore continuer. Et quand vint l'heure il n'y crut pas. C'était pourtant cela. Il emporta le secret. Et les cinq Grands qui restaient, après s'être concertés, jugèrent qu'il était bon, puisque l'Allemagne était désormais hors de la connaissance, de l'y laisser.

De Gaulle, lui, pensait chaque jour à la mort. Il se préparait à lui faire face. Pour lui, il était inimaginable qu'un adversaire de cette taille se permît de l'affronter sans s'annoncer à l'horizon par ses chars et ses trompettes. Elle vint par-derrière et le frappa à la nuque. Comme l'avaient frappé les Français deux ans plus tôt. Il aurait dû se méfier. Il était dans sa nature, non de se méfier, mais de défier. Il tomba d'un coup sur le tapis, et Pompidou ne sut rien.

Mais de Gaulle n'avait pas seulement le secret : il possédait l'ampoule de JL3 volée le 15 mai 1960 à Khrouchtchev par les hommes de Mr Smith, et récupérée par le colonel P…

Après s'être concertés, les quatre Grands qui restaient jugèrent bon, puisque la France était désormais hors de la connaissance, de l'y laisser. Ils continuent d'ignorer l'existence de l'ampoule.

Ils pensaient que les habitants de l'Île resteraient des hommes ordinaires si on les maintenait visuellement en contact avec les autres hommes ordinaires. Il ne suffit pas de savoir, il faut voir.

De toute évidence, les Quatre se trompaient.

Si nous savions que nous aurons le temps… Que la mort ne viendra que dans dix mille ou cent mille ans… Ou peut-être inimaginablement plus tard encore… JAMAIS !… resterions-nous ordinaires ? Si nous savions que nous aurons le temps de venir à bout de toute peine, par l'oubli, que nous aurons le temps de TOUT connaître et d'aimer mille fois, chaque fois le temps d'une vie, sans jamais vieillir, resterions-nous ordinaires ?

Mais les Quatre avaient raison en ceci : il ne fallait pas laisser l'Île devenir le refuge d'une superhumanité totalement séparée de l'humanité absurde et mourante. Il fallait que les privilégiés continuent de se sentir solidaires des éphémères, qu'ils les voient chaque jour piétiner, se tromper, se battre et mourir.

C'est pourquoi un courant d'ondes permanent fut tendu entre le satellite et l'antenne dressée sur le rocher. Par lui se déversait dans l'Île, pendant que la lumière du jour faisait le tour de la Terre, un courant ininterrompu de sons et d'images, qui gardait l'Île plongée dans le grand bain quotidien des événements de la souffrance et de la sottise universelles.

Chacun pouvait recevoir chez lui le programme qu'il avait choisi. La salle des écrans diffusait tous les programmes transmis par le satellite. Il y avait toujours là quelques adultes en train de regarder. Les enfants y passaient autant de temps que dans le jardin.

Jeanne dormait, sous l'action finale de la piqûre du matin. Roland ne dormait pas. Il pensait à elle. Allongé sur son lit, les yeux fermés, sourd au bourdonnement de son écran télé qui lui proposait un match de base-ball, il se souvenait de Jeanne de jadis, Jeanne émerveillée, brûlante, enfantine, splendide, épanouie comme une rose d'août. Quand il avait su qu'elle allait arriver, il l'avait attendue avec une curiosité et une tendresse grandissantes. Les années avaient passé sur tous les deux. Le même nombre d'années pour tous les deux, en même temps. Il oubliait que lui n'avait pas changé. Un homme qui se regarde tous les matins en se rasant se voit toujours le même, jour après jour, pendant vingt ans. Pour lui qui ne changeait pas c'était la même chose que pour les hommes qui changent par tranches imperceptibles : le même visage chaque matin. Seule sa raison lui disait qu'il n'aurait pas dû être tel qu'il était. L'âge, qui aurait dû l'avoir marqué, avait sans doute marqué Jeanne. Elle avait sans doute pris quelques commencements de rides, peut-être un peu de lassitude. Il l'imaginait pareille, mais comme enveloppée d'une sorte de brume. Voilà, c'était ça exactement, l'âge : une sorte de brume qui effaçait et adoucissait… Pour elle qui ne savait rien, ce serait une surprise, au début, de le découvrir inchangé, et puis ils retrouveraient toute leur joie d'être ensemble. Ils auraient tant de choses à se raconter…

Et cet événement terrible s'était produit : *il ne l'avait pas reconnue…*

Il se souvenait de la rose d'août, il s'attendait à ce qu'elle ait été effleurée par le temps, peut-être un peu lasse, mais rose encore. Il s'était trouvé devant une femme différente, dure et passionnée comme un diamant dans le feu… Jeanne… Où était Jeanne de ses souvenirs ?

Il se redressa et s'assit au bord de son lit, prêt à se lever. Demain matin, quand elle se réveillerait, elle aurait retrouvé toutes ses capacités de souffrance. Pendant quelques jours il ne devrait pas la laisser seule. Et pourtant, en restant près d'elle il allait entretenir sa peine. Que faire ?

Il éteignit la télévision et se leva. Son corps de trente ans agissait selon ses habitudes. Il téléphona à Lony. Elle était seule. Il la rejoignit. Il retrouva auprès d'elle une insouciance un peu animale, agréable. Ils firent l'amour et elle s'endormit. Il la regarda. Elle était couchée de profil, jeune et belle, intacte, élastique… Il pensa que ce qu'ils venaient de faire ensemble, cette agitation, ces soupirs, ce plaisir-piège, tout cela qu'ils n'avaient voulu ni l'un ni l'autre, qui avait été voulu par un instinct tellement plus puissant qu'eux, était grotesque, et humiliant. C'était cela, l'homme, la femme, les rois de la création ? cette gymnastique, ces crispations et ces détentes, ces coups de pied de cheval, ces ramollissements, ces odeurs ?

Il essaya de se rappeler la rue de Vaugirard, les tendresses de l'après, l'apaisement, le cœur gonflé de douceur, la gratitude, les parfums, les chuchotements, les sommeils…

Mais les souvenirs se dissipaient comme une brume, lui laissant un regret déchirant.

Il s'endormit à son tour. Quand il se réveilla, au matin, son angoisse était passée. Ils firent de nouveau l'amour, et pendant qu'elle éclaboussait la salle de bains en chantant il passa sa combinaison et s'en alla. Il ne fallait pas laisser Jeanne toute seule.

Nous sommes au mois de juin 1972. Le duc de Windsor vient de mourir, Angela Davis est acquittée, M. Kissinger vole vers Pékin, précédant de peu le président Nixon. Jeanne va s'éveiller dans l'Île pour son deuxième matin, en pleine panique.

Le président Pompidou prépare le « sommet » de Paris. Son grand souci est de faire l'Europe sans trop la faire, et de ne pas se laisser manger par les États-Unis, sans pourtant les chagriner. Il ne sait rien de l'Île. M. Heath n'en sait rien non plus, ni M. Willy Brandt, ni aucun des autres « neuf » qui vont bientôt se réunir à Paris en ignorant qu'ils ignorent le plus important. S.M. Elizabeth II sait. Elle a refusé les deux petites boîtes que Frend est venu lui apporter, comme à Mao, à Brejnev et à Nixon. À ce moment-là, Frend ne savait pas. Aujourd'hui il sait. Il n'a su qu'en arrivant dans l'Île, comme beaucoup d'autres. Il a alors compris le sens de sa mission. Il a fait ce qu'il avait à faire. Il va, dans les heures qui viennent, en terminer.

Des « pirates de l'air » tchécoslovaques ont tué le pilote qui refusait de conduire leur avion vers un pays de l'Ouest. Les Matra vont gagner les 24 heures du Mans. Han et Annoa s'aiment. Ils ne savent pas se le dire, on ne le leur a pas appris, mais c'est sans importance. Lui continue de lui dire qu'elle est belle, et elle rit. Elle approche de la fin de son cinquième mois de grossesse. Son petit ventre creux est d'abord devenu plat et commence à devenir bombé comme une joue. La livre anglaise flotte. Jean-Jacques Gauthier est élu à l'Académie française. Bahanba va mourir. Toute la France, malgré le temps affreux, ne pense plus qu'aux vacances. Juillet va battre les records de pluie. Il y a exactement 1467 habitants dans l'Île, dont la moitié d'enfants de dix à dix-huit ans.

Il n'y existe aucune structure sociale ou politique. La femme de ménage du professeur Hamblain gagne la même chose que le professeur lui-même, c'est-à-dire rien. Elle continue de faire le ménage par habitude, et parce qu'elle ne sait rien faire d'autre. Elle est contente de ne plus jamais s'enrhumer, mais cette histoire d'immortalité, elle ne comprend pas bien, elle n'arrive pas à y croire. Elle dit qu'il faut bien mourir un jour ou l'autre. Ses bavardages avec la boulangère et le charcutier lui manquent. Elle s'ennuie un peu. Elle passe beaucoup de temps devant sa télévision. Il n'y a malheureusement guère de programmes français, ils arrivent mal, c'est trop loin. Elle regarde les autres programmes. Elle ne les comprend pas. Ça ne fait rien, c'est des images, ça bouge et ça parle, elle regarde, elle écoute, elle s'endort.

Personne ne gouverne ni ne commande. Dans chaque métier c'est le plus compétent qui est, tout naturellement, interrogé par les autres. Si un problème se présente, si une idée surgit, quelqu'un en parle à la télévision interne. D'autres viennent en discuter. Puis les adultes votent. Les adultes, ce sont les hommes et les femmes « stabilisés », c'est-à-dire les plus de dix-huit ans. Les moins de dix-huit ans sont nus. Ce sont les enfants. Lorsque la décision les concerne, ils sont consultés et parfois appelés à voter.

Si le problème examiné comporte l'exécution d'un programme, un comité de volontaires est formé, qui en prend la responsabilité. Quand le programme est terminé, le comité n'existe plus. Samuel Frend, à son arrivée, s'est incorporé au Comité Galaad, chargé de préparer le projet du même nom.

Les Parisiens ont profité, à la fin de février, de quelques jours exquis de tiédeur et de soleil. Puis est venu un printemps pourri. Le mauvais temps a été général dans presque toute la France. Il y a eu peu de cerises, et les fraises ont mal mûri. Il faudra attendre les pêches et les brugnons pour manger enfin des fruits convenables. MM. Mitterrand et Marchais discutent un programme commun d'action et de gouvernement. Un avion anglais tombe près de Londres : 118 morts. Le sénateur McGovern a triomphé aux élections primaires de l'État de New York.

Le projet Galaad comporte deux branches : la mise au point théorique d'une fusée interplanétaire à très longue distance pouvant emporter un grand nombre de passagers et une grande quantité de matériel, et l'invention d'un moteur capable d'arracher cette fusée à la pesanteur terrestre : il faut trouver un moteur qui annule la pesanteur. C'est dans cette direction que travaillent à l'îlot 307 des physiciens venus des États-Unis, de Chine et de Meudon, en France.

Des bruits alarmistes ont couru une fois de plus sur la santé de Mao et sur sa situation politique. Il n'y a pas eu de démenti, mais il semble que ces bruits ne soient pas plus fondés cette fois-ci que les précédentes.

Avant même d'avoir bu son café matinal, Samuel Frend alla se plonger le visage dans l'eau froide. Il avait toujours éprouvé des difficultés à se bien réveiller.

Il frotta dans une serviette sa barbe mouillée. Avant de partir pour l'Île, ne sachant pas qui il y trouverait, il avait modifié son apparence physique en rasant le peu de cheveux qui lui restaient et en laissant pousser sa moustache et sa barbe. Il fut étonné, quand elle surgit, de la voir si blanche, mais en estima, avec mélancolie, le camouflage encore meilleur.

La longue préparation à laquelle il s'était soumis lui avait donné des qualifications très variées, dans des domaines théorique et pratique. Elles lui permirent d'accéder et de toucher à tout dans l'Île, et de préparer sa mission sans difficultés.

Après sa toilette, il but son café très chaud, s'habilla d'un vêtement gris qui indiquait sa polyvalence et se rendit par un ascenseur à la salle de sortie supérieure de la citadelle. Depuis qu'une fille avait réussi à faire quelques pas dehors sans protection, la garde aux portes avait été doublée. Quatre volontaires se tenaient en permanence près de chaque sortie, deux armés de mitraillettes, les deux autres vêtus de la combinaison blanche d'extérieur, casque en tête, prêts à intervenir à tout moment au-delà des portes. Frend revêtit une combinaison blanche et coiffa le casque. Un des gardes le ferma à clef et accrocha la clef au mur. Quoi qu'il arrivât, Frend ne pouvait plus ôter le casque ni la combinaison indéchirable avant son retour dans la citadelle. Une bouteille dorsale fournissait l'oxygène pour la respiration en circuit fermé. Il ne fallait pas que les habitants de l'Île eussent la possibilité, même en respirant, de projeter dans l'air extérieur une seule particule du virus. Le scaphandre blanc n'était pas fait pour les protéger, mais pour protéger le Monde contre eux.

Frend prit la sacoche d'outils qu'il avait préparée, l'accrocha, ouverte, à son épaule, et entra dans un sas cylindrique. Quand il referma la porte intérieure une douche l'arrosa et ruissela dans la sacoche. Le liquide contenait une concentration d'acide assez forte pour digérer les microbes les plus blindés. Il fit coulisser la porte extérieure. Une bouffée de brume emplit le sas. Il sortit et se trouva au milieu d'un brouillard gris épais comme une couverture, qui lui coupait la visibilité au ras du casque. La plate-forme sur laquelle il avait débouché était le fond d'une fosse de trois mètres de diamètre creusée dans le rocher. Il avança, les mains en avant, et trouva tout de suite sous ses doigts les premières poutrelles du support d'antenne qui dressait au-dessus de l'Île son grand bras de fer. Il s'y agrippa des deux mains et grimpa. Il montait vers la lumière. Le gris devenait blanc, puis lumineux. Sa tête creva le plafond et déboucha dans une clarté qui l'aveugla. Le soleil était encore bas sur l'horizon, mais il se reflétait sur le banc de brume, et se multipliait dans les gouttes d'humidité condensées sur le casque transparent. Frend les ratissa d'un revers de manche et se vit émergeant à mi-corps d'une vaste étendue de blanc, bosselé comme un troupeau d'été, lorsque les moutons, pour se préserver de la chaleur et des mouches, se serrent les uns contre les autres et cachent entre eux, au ras du sol, leurs têtes délicates.

Il sourit en pensant aux vieux films comiques d'Hollywood : il avait l'impression de surgir d'une immense tarte à la crème.

L'inspection et l'entretien de l'antenne faisaient partie des responsabilités qu'il s'était fait attribuer. Elles lui avaient permis, en toute tranquillité, de greffer sur le pylone le minuscule dispositif qu'il trouva sous ses doigts de nylon quand il eut grimpé encore un peu. Cette installation électronique, aussi miniaturisée que celles contenues dans une cabine lunaire, ajoutait aux circuits émetteurs et récepteurs de l'Île un circuit supplémentaire, clandestin. Elle était disposée de façon très habile dans les montages normaux de l'antenne et semblait en faire partie. Elle n'avait pas encore fonctionné. Elle allait servir dans deux heures. Puis elle ne servirait peut-être jamais plus.

Frend vérifia de nouveau toutes les connexions et ajouta la dernière pièce qui manquait : une vis de platine qu'il bloqua à fond. Maintenant, tout était prêt.

Il renversa la tête en arrière et à travers son casque regarda le ciel, d'un bleu pâle mais très pur, sans un nuage. Puis il regarda le bas du pylône, qui s'enfonçait dans le coton blanc. Le blanc et le bleu s'étendaient de tous côtés sans une tache et se rejoignaient en rond à l'horizon. Frend était suspendu entre leurs deux univers, et séparé de l'un et de l'autre par la coquille infranchissable de son scaphandre. Il ne pouvait sentir ni l'air marin ni l'odeur de poussière qui est celle de tous les brouillards, même en haute mer. Il sentait le nylon, l'huile des soupapes du respirateur, et sa propre transpiration qui commençait à percer à travers l'eau de lavande dont il s'était frictionné. Il n'était qu'une bulle close momentanément projetée vers l'extérieur par le micro-univers que dissimulait le coton blanc, sous ses pieds. Il était attaché à cet univers par un lien plus solide que tous les câbles d'acier : le JL3, qui l'en rendait totalement solidaire, dans les incroyables avantages et les obligations qu'il partageait avec tous les habitants de l'Île. Il s'était entendu dire à toute occasion, depuis son arrivée, que dans la citadelle nul n'était obligé à rien. C'était exact. Sauf à n'en point sortir. Le virus exaltait sans mesure le temps de chaque vie, mais réduisait l'espace à un rocher creux.

Accroché des quatre membres aux traverses du pylône vert, entre les immensités du blanc et du bleu, semblable à un insecte collé contre une tige défoliée sortant d'un désert de neige, il eut tout à coup conscience de sa séparation et de sa solitude. Il ne faisait plus partie, il ne ferait peut-être plus jamais partie de ce monde bourré d'illusions et d'espoirs, ce monde joyeux, hargneux et misérable, qu'il imaginait dansant, se battant, riant, mourant et pourrissant sous l'immensité de la brume.

Là-bas, au sud-ouest, dans la direction d'où arrivait la lente multitude du brouillard, plus loin que le bout du brouillard et du ciel, il y avait les États-

Unis. Et quelque part sur leur territoire, rassemblée ou dispersée, il y avait sa famille… Maintenant, il devait avoir des petits-enfants… Il ferma les yeux, prit une grande aspiration, la retint pendant quarante secondes, expira, recommença en comptant à l'envers. C'était un exercice simple qu'il avait mis des années à transformer en réflexe pour chasser la pensée de sa femme et de ses enfants, quand elle lui revenait. Depuis sa visite à la Maison Blanche il ne savait rien d'eux. Il avait refusé qu'on lui fît parvenir de leurs nouvelles. Il avait choisi d'être un homme qui n'avait jamais eu de famille. Il était Samuel Bas, un ingénieur sans souvenirs, chargé d'une mission secrète par quatre des plus grands chefs d'État du monde, et qui, dans l'accomplissement de sa mission, avait contracté l'immortalité. À cause de ce qu'il avait fait et de ce qui lui restait à faire, il ne pouvait pas appeler sa famille auprès de lui. Il n'avait pas de passé, il avait seulement un avenir, qui serait peut-être sans fin.

Il descendit et s'enfonça dans le brouillard.

À onze heures vingt-cinq il se trouvait dans sa chambre, porte fermée, assis devant un placard mural dont la porte coulissante était ouverte. Dans le mur du fond il avait pratiqué une niche qui contenait un boîtier de couleur grise. Il l'en tira et le posa sur ses genoux. Un fil conducteur isolé reliait le boîtier à la descente d'antenne, qui passait le long du mur dans le placard. Frend regarda sa montre. Onze heures vingt-six. Il avait donné rendez-vous ce jour-là, à onze heures trente exactement, jour et heure des Aléoutiennes, à Nixon, Brejnev et Mao. La face du boîtier tournée vers lui portait quatre petites ampoules blanches et une rouge, et un bouton jaune.

Vint le moment M moins cinq secondes. Quatre… Trois… Deux…

Une ampoule blanche s'alluma.

Un… Zéro…

Deux ampoules blanches s'allumèrent à une demi-seconde d'intervalle. L'ampoule rouge s'alluma en même temps que la dernière. La quatrième ampoule blanche ne s'alluma pas. C'était celle de la reine Elizabeth II, qui avait décliné le rendez-vous. Frend avait modifié en conséquence l'intérieur du boîtier.

Frend soupira et se mit à appuyer rythmiquement sur le bouton jaune. Le morse était une des premières choses qu'il avait apprises lorsqu'il était devenu agent secret. Il y avait bien longtemps de cela. Le message qu'il envoyait était très lisible :

• —   • — — •   • — — •   • — • •   •
• —   • — — •   • — — •   • — • •   •
• —   • — — •   • — — •   • — • •   •

Il le pianota pendant une minute. C'était le même mot répété : *apple, apple, apple*… C'est-à-dire *pomme, pomme, pomme*… Comme dans la chanson.

L'antenne de l'Île l'envoya, le satellite le reçut, l'amplifia et le renvoya dans les directions habituelles. Dans la minute qui suivit, le service d'écoute de la Maison Blanche le communiqua au président Nixon, qui l'attendait. Le président soupira à son tour, et dès qu'il fut seul téléphona le mot *apple* à Moscou et à Pékin. C'était une vérification : Mao et Brejnev l'avaient également reçu. Il signifiait que tout avait fonctionné comme prévu.

Les services d'écoute des trois présidents recevaient à intervalles réguliers des nouvelles de l'Île. Ils ne savaient pas d'où elles venaient et n'en comprenaient pas le sens. C'étaient les présidents eux-mêmes qui les décryptaient. Même mises en clair elles ne pouvaient rien signifier pour qui n'était pas au courant. Émises par le radio de garde à la Citadelle, elles étaient très brèves et ne donnaient que des nouvelles générales. Les services étrangers qui les captaient souvent étaient persuadés que ces messages concernaient les recherches atomiques toujours en cours dans l'îlot 307.

Frend reposa le boîtier dans son logement et le connecta avec un petit émetteur puissant et compact installé dans la même niche. Il vérifia encore une fois tout ce qui était vérifiable, puis referma la niche et la camoufla avec les matériaux qu'il avait prévus. Il n'aurait peut-être plus à la rouvrir.

Mao était levé depuis peu de temps. Au terme d'une dure journée Brejnev allait se coucher. Nixon s'en fut rejoindre sa femme pour prendre le thé. Frend alla déjeuner.

Le *Vendredi XIII*, ses trois voiles aiguës pointées vers le ciel déchiré, accrochant le vent tordu, entrait dans la houle de l'Atlantique. La voix du speaker anglais annonçait, avec un accent d'Oxford un peu précipité par l'émotion, que ce serait peut-être ce bateau français qui arriverait le premier en Amérique, gagnant ainsi la course des navigateurs solitaires, de Plymouth à Newport.

Han ne savait pas où était Newport, où était Plymouth. Il savait où était l'Amérique, mais l'Angleterre, à peine. La géographie connue du Monde ne l'intéressait pas. Quand il se penchait sur le grand globe terrestre lumineux qui tournait lentement au centre de la salle des écrans, c'était le bleu vide des océans qui le fascinait. Il posait sa main sur leur surface lisse, et ses mâchoires se crispaient lorsqu'il sentait sous le creux de sa paume glisser la tiédeur sans relief du plastique.

Lorsqu'il promenait sa main sur le doux ventre bombé d'Annoa, il y sentait la même tiédeur et le même mystère. Là, sous sa main, il y avait autre chose que ce qui était évident et visible, il y avait des vies inconnues, des espaces inimaginables, du sang et des lumières infinies.

Le *Pen Duick IV*, avec ses trois coques, entra à son tour dans l'écran. Derrière lui et devant lui il y avait l'océan, avec l'horizon si loin que le regard s'y allongeait et s'y couchait sans parvenir à en toucher le bout. Dans l'Île il n'y avait pas d'horizon. On ne pouvait le voir que dans les écrans.

Han se leva et s'étira les bras dressés, faisant craquer ses coudes et ses épaules, et poussa un cri comme le cerf au printemps. D'énormes écouteurs masquaient ses oreilles, il ne s'entendit crier que de l'intérieur. Son cri se mélangea au bruit du vent contre les voiles du bateau, venu de l'autre côté de la Terre.

Il y avait cinquante-deux postes récepteurs dans la salle, en gris ou en couleurs, disposés sur des tables, sur des tréteaux, à terre, accrochés aux murs, dans un désordre pratique qui permettait de n'en voir qu'un ou de les voir tous. Des paires d'écouteurs, au bout de longs fils, reposaient un peu partout sur la moquette, comme des cèpes sur la mousse. Il y en avait tant que le presque silence sorti de ceux qui restaient inemployés composait un murmure semblable à celui de la forêt quand le vent va venir.

Les enfants nus, coiffés des écouteurs énormes, couchés sur le sol, assis sur des fauteuils, des tabourets, des troncs d'arbres, s'étaient agglomérés en majorité devant deux groupes de récepteurs en couleurs. L'un donnait des images des 24 heures du Mans, retransmises par un émetteur canadien, l'autre groupe recevait les extravagantes péripéties d'un moto-cross à travers le désert du Nevada. Il y avait également beaucoup d'enfants, plus jeunes, devant les trois récepteurs qui diffusaient, l'un en gris, deux en couleurs, un film policier dont l'action se déroulait dans les rues de New York. Voitures, encombrements, hurlements de pneus, gratte-ciel, fusillades, incendies, foules, trottoirs bondés, avenues interminables, parkings, démarrages, accélérations, chutes, rugissement des monstres à quatre roues fonçant sur la ligne droite des Hunaudières, motos sautant par-dessus les cactus, nuages de poussière, bottes, pantalons de cuir, mitraillettes, explosions, sang, sirènes, et, par-dessus tout, le ciel… C'était un univers inconnu, fabuleux, qui entrait dans les yeux et les oreilles des enfants de l'Île, un univers qu'on ne peut voir nulle part dans la réalité, qui n'existe que dans des images ou dans des histoires qu'on raconte. Il y avait dans l'Île beaucoup de gens, ceux qui n'étaient plus des enfants, qui déclaraient que cet univers existait, tout autour de l'Île, et que le malheur et la mort y régnaient. Eux, les enfants jeunes, ne savaient pas ce qu'était le malheur, et ils ne connaissaient la mort que par les images des écrans ou les batailles des animaux des jardins. Un animal était mort quand il était mangé par un autre animal. Mais dans les images, les hommes ne mangeaient pas les hommes. Les hommes montaient dans des véhicules qui avaient des roues et parfois des ailes, et ils avaient énormément d'espace devant eux pour rouler de plus en plus vite en faisant des bruits terribles pour s'envoler. Parfois ils arrivaient jusqu'au-dessus de l'Île. On les voyait à travers les couvercles des barques closes, quand on sortait, par beau temps. Les enfants nus, les écouteurs couvrant leurs oreilles, regardaient l'univers des écrans avec effroi et envie. C'était l'univers du rêve et du cauchemar. Il suffisait de fermer les yeux pour ne plus y croire.

Couchée sur la moquette couleur de mousse, Annoa, les yeux fermés, écoutait et ne regardait pas. Elle entendait le vent et la mer. Ils entraient en elle et descendaient de sa tête dans son ventre. Son ventre était la mer et le ciel. Han y était entré et y avait mis tous les mouvements du Monde, et maintenant le Monde était dans son ventre et y grandissait.

Elle sentit Han qui se recouchait auprès d'elle. Il mit ses bras autour d'elle et la serra doucement contre lui. Elle sourit et, confiante et tranquille, s'endormit dans le bruit de la mer.

Jeanne se sentait plantée dans l'Île comme une écharde dans un fruit. L'Île était une pomme, bien ronde et étanche dans sa peau. Jeanne, lancée en avant par sa volonté de retrouver l'introuvable, s'était enfoncée dans la chair du fruit. Mais c'était elle, le projectile, qui était blessée. Elle se défendait contre la douleur avec des tranquillisants qu'elle avait obtenus de Roland dès le matin du deuxième jour. Mais elle ne pouvait se défendre contre sa propre indifférence à l'égard de tout ce qui l'entourait. Ni les habitants, ni les mœurs, ni les expériences de l'Île ne l'intéressaient.

Quand elle avait aimé Roland elle avait découvert la joie extraordinaire dont elle ne soupçonnait même pas la possibilité auparavant, de voir, entendre, découvrir, savourer tout, à deux. Ce qu'on nomme une joie « partagée » par un homme et une femme qui s'aiment est en réalité une joie multipliée. Ils la trouvent aussi bien dans le parfum de la première fraise de l'année que dans un voyage à Bali ou l'achat de deux tickets de métro. Parce qu'ils regardent ensemble, avec amour, les apparences du banal, ses portes s'ouvrent devant eux, découvrant en chaque lieu la splendeur.

Les portes s'étaient refermées autour de Jeanne le soir du feu de Villejuif. Pendant dix-sept ans elle avait parcouru le monde sans le voir, ne vivant que dans l'espoir qu'elle allait enfin retrouver Roland et que tout recommencerait.

Dans la minute où elle l'avait retrouvé, l'espoir était mort. Devenu différent, pour n'avoir pas changé, Roland était désormais pour elle la présence de l'impossible.

Elle aurait voulu ne plus le voir, mais c'était lui qui s'approchait d'elle avec, derrière son assurance, une sorte de demande dans les yeux, comme une inquiétude naissante et une soif. Et quand il ne venait pas, elle ne pouvait s'empêcher d'aller vers lui et de se déchirer à son image, comme une mère ravive sans cesse sa souffrance à regarder la photo de son enfant mort, qui le représente et le représentera toujours dans sa jeunesse intacte. S'il était vivant, comme il aurait changé…

Chaque jour, le moment où elle le revoyait était aussi atroce. Il était tellement tel qu'elle l'avait aimé, tel qu'elle l'avait gardé dans la mémoire de son cœur, de son esprit et de sa chair, que le temps écoulé et toutes les épreuves traversées disparaissaient tout à coup, la lèvre du présent recollait à celle du passé, il n'y avait plus de plaie, hier était maintenant. Elle éprouvait une envie fantastique de se jeter dans ses bras, de se serrer contre lui, de pleurer et de rire, de l'embrasser, d'oublier ce qu'elle était devenue tandis qu'il restait le même, de croire à l'incroyable, au rêve, au cinéma à l'envers.

Mais elle était une femme lucide. Elle se regardait dans son miroir avant de sortir de sa chambre. Et quand elle retrouvait Roland elle voyait en surimpression sur lui sa propre image encadrée par les bords rectangulaires du miroir incapable de refléter autre chose que la vérité.

Et pour se donner du courage elle se murmurait les mots qu'il lui disait jadis, les mots idiots et merveilleux de l'amour qui, appliqués à l'aujourd'hui, devenaient terribles : « ma rose, ma fleur sucrée, mon nuage, mon jardin, la plus belle, tu es la plus belle… » Alors elle ricanait, et ça allait mieux…

Et jour après jour, semaine après semaine, avec l'aide des petites pilules, elle s'habituait à passer des heures en sa compagnie puis à le quitter, à le retrouver et à le quitter de nouveau, comme un frère, un ami, un amant de rêve, un Tarzan dont une petite fille est amoureuse, un vieux camarade avec qui on a traversé le désert et les jardins de Babylone. Ils se comprenaient parfaitement, ils comprenaient parfaitement en même temps les mêmes choses, ils avaient gardé les mêmes goûts, et les mêmes jugements, mais il n'existait plus entre eux la moindre intimité. Car l'intimité est charnelle.

Jeanne avait cherché à s'occuper, à s'intégrer à une des équipes qui, dans toutes les directions de la connaissance, poussaient des recherches inédites. Mais rien ne l'intéressait. Ce monde, dont la préoccupation première, l'originalité et la fonction, était de vivre interminablement, lui était étranger. La vie, pour elle, n'avait plus d'intérêt. Ce qui, au contraire, lui apportait un peu de calme, c'était de constater qu'elle restait réfractaire au JL3. Elle avait en vain, les premières nuits, attendu les signes de la contagion, les flamboiements du rouge dans l'obscurité. Rien ne s'était produit, et elle commençait à se faire à l'espérance que rien ne se produirait et qu'elle allait continuer de vieillir. L'âge qui l'avait meurtrie allait, chaque jour un peu, éteindre les flammes de ses regrets, émousser les lames de ses douleurs. Tandis que Roland continuerait de rester jeune, elle continuerait doucement de vieillir, et s'éloignerait ainsi de lui insensiblement, comme un vaisseau qui gagne l'horizon sur une mer de plus en plus sereine, jusqu'au dernier regard où il disparaît, dans la paix. Mais elle savait que c'était une possibilité fragile et qu'à tout instant le virus pouvait l'envahir et immobiliser son voyage.

Naturellement, les biologistes et les médecins de l'Île avaient cherché, dès les premiers jours, sous la direction de Bahanba, un antidote au JL3.

En utilisant le virus et son contraire – si on trouvait celui-ci – l'humanité pourrait, peut-être, utiliser l'immortalité au lieu de la subir.

Mais les travaux d'Hamblain, de Galdos, de Ramsay, de Roland, de leurs collègues russes et chinois n'avaient donné aucun résultat. Le JL3, qui avait vaincu le cancer jusqu'à lui indomptable, et fait reculer la mort, se montrait à son tour rétif à toute tentative de dressage ou d'asservissement. Un vaccin mis au point par Galdos, le C41, avait suscité quelques espoirs. Il retardait de six mois la contagion chez les rats. Mais il n'avait aucun effet sur le singe. Il permettait la naissance d'un commencement d'épi chez le maïs. Mais les grains restaient gros comme du poivre et ne mûrissaient pas. Le riz et le blé demeuraient totalement indifférents au traitement et continuaient à ne donner que des fleurs. Un plant de tomate avait produit des fruits sans discontinuer pendant vingt-six mois, puis arrosé de JL3, s'était remis à la fleur. Trois vieux chiens et trois vieux chats importés d'Europe avaient été traités au C41 dès leur arrivée. Malgré ce vaccin, les chats avaient subi la contagion dans les délais habituels. Mais les chiens, avaient bien réagi, c'est-à-dire qu'ils avaient continué de vieillir comme tous les vieux chiens du monde, et des injections directes de sang contaminé n'avaient pas arrêté leur décrépitude. La femelle était morte d'une tumeur de la mamelle après l'avoir traînée à terre pendant des mois, le mâle cocker d'un arrêt du cœur et le caniche d'une pneumonie.

Quel serait l'effet du C41 sur l'homme ? Rien, dans l'expérimentation sur les animaux et les plantes, ne permettait de le présumer. Il fallait passer à l'expérimentation directe. Mais quand arrivait un nouveau-venu, vierge de JL3, qui aurait osé lui proposer de servir de cobaye, et de risquer ainsi sa chance d'immortalité ?

Quand Jeanne apprit par Roland l'existence du C41 et son effet sur les chiens, elle demanda à être vaccinée.

Frend s'accroupit derrière le bison : Jeanne venait d'entrer dans l'étable avec Han et Annoa. Il ne risquait pas plus d'être reconnu qu'il ne l'aurait reconnue, elle, s'il n'avait su qui elle était. Mais il ne voulait courir aucun risque. La masse de la bête le dissimulait entièrement. C'était le plus gros mâle qu'on ait pu trouver aux États-Unis, et il continuait de grossir depuis qu'il était dans l'Île et ne courait plus. Il ne devenait pas obèse, il s'élargissait dans toutes les dimensions. Frend se redressa en tournant le dos à Jeanne et se dirigea vers la porte d'une démarche un peu tordue, dos voûté, tête basse. Il se perdit parmi les enfants. Jeanne ne fit pas attention à lui. Le vent intérieur, le souffle de l'Île, soufflait même dans l'étable, et mélangeait à l'odeur de la bête celle de la campagne factice. La cloche du village sonna trois coups derrière une colline imaginaire. On se serait cru dans un pâturage bourbonnais par un après-midi de printemps, après une averse ensoleillée.

Jeanne n'avait jamais vu le bison. C'était Annoa qui lui en avait parlé incidemment. Apprenant qu'elle ne le connaissait pas, elle s'était mise à danser de joie à l'idée de le lui montrer.

— Veux-tu te calmer ! dit Jeanne. Pense à ce que tu portes ! Quand on est enceinte on ne danse pas comme une chèvre !

— Qu'est-ce que c'est, une chèvre ?

— Il n'y en a pas ici ?

— Qu'est-ce que c'est ? Ça danse ? Comme ça ?…

— Tiens-toi tranquille ! Veux-tu !… Bon… Nous pourrons commencer les exercices dans deux ou trois jours. J'ai reçu les premiers documents…

— Viens voir Joseph ! Viens voir ! Viens !…

Lorsque le bison était arrivé, enchaîné, ligoté de partout, fumant de rage, il s'était trouvé un Français facétieux pour le nommer Joseph. C'était une fine plaisanterie des « libres penseurs » du début du siècle : Joseph, dont la femme, Marie, avait eu un enfant sans qu'il y fût pour rien, était de toute évidence le patron des cocus… Cocu, cornes, bison, Joseph… Voilà.

Cela rappelait à Jeanne une anecdote que lui avait racontée son mari, en souriant, mais non sans un certain reste de honte… Alors qu'il était élève de seconde au collège de Milon, son bourg natal, aux limites nord de la Provence, il avait un jour croisé le jeune curé de la paroisse, maigre et noir, qui s'en allait à grands pas, sa soutane rapée flottant au vent. Lui, protestant et communiste comme on l'est à seize ans, par élan et générosité – il eût été gauchiste en 68 –, avait ricané et imité le cri du corbeau : « Croâ ! croâ ! croâ !…. » Le maigre curé s'était arrêté sec, était revenu vers lui en trois enjambées, l'avait regardé dans les yeux et lui avait dit d'une voix glacée de fureur :

— Jeune homme ! Quand les corbeaux sont là, les charognes ne sont pas loin !…

Puis il était reparti dans le vent, en demandant pardon à Dieu de sa colère…

Jeanne éprouva un choc qui lui coupa un instant la respiration : le gigantesque bison était blanc.

Il était devenu blanc et doux comme un mouton, peut-être à la suite des doses massives d'hormones femelles qu'on lui faisait avaler tous les jours pour annuler ses impatiences sexuelles, peut-être par l'effet du JL3 ou d'un des quelconques anti-JL3 qu'on lui avait injecté pour expérience. Ou peut-être était-ce là un résultat de son régime : il était nourri de fleurs. Il n'y avait pas de foin sur l'Île, mais les fleurs immortelles, exubérantes, se multipliaient sans arrêt. Il fallait les couper chaque jour et les détruire. On en utilisait une partie pour nourrir le bison. Il s'y était habitué. Il broutait des brassées de marguerites, des boutons d'or, des orchidées, des tonnes de pétales de roses. Qu'est-ce qui avait tout à coup déclenché la dépigmentation de ses poils ? Le docteur Galdos aurait bien voulu le savoir. C'était lui qui avait demandé un bison à la Maison Blanche, parce qu'il avait l'habitude, à Harvard, de travailler sur du sang de ces bêtes. Mais le phénomène s'était produit hors de son contrôle. Un jour les yeux du bison avaient commencé à devenir bleus par le bord des iris, et ses poils blancs par la pointe, partout à la fois. En six mois il était devenu pareil à un agneau démesuré et bossu, aux yeux de myosotis, qui se serait fait défriser.

Quand Jeanne entra avec Han et Annoa, il était couché au milieu de la grande étable ronde, dont le sol se soulevait légèrement de la périphérie vers le centre. La masse énorme de la bête accroupie couronnait la montée comme une pyramide maya, vers laquelle il faut peiner quel que soit l'horizon d'où l'on vienne. Les petits enfants parvenus jusqu'à lui faisaient l'ascension de ses flancs en s'accrochant à ses mèches blanches, basculaient par-dessus son sommet, roulaient en riant le long de ses pentes. Il ruminait lentement ses roses, le regard perdu dans la nostalgie des grands troupeaux du passé, au galop dans les plaines sans limites. Alors que Jeanne et Han et Annoa s'approchaient de lui, il se leva sans brusquerie, puis se secoua comme un chien mouillé, et les enfants tombèrent de ses poils en poussant des cris de joie. Il tourna la tête et regarda Jeanne avec mélancolie. Elle le regardait et ne parvenait pas à le croire possible. Mais qu'est-ce qui était possible ou impossible en ce lieu ?

— Merde ! dit le radio du lance-missiles, ils sont complètement siphonnés dans ce bordel ! Regarde ça, ce qu'il faut que je leur passe !…

Il montra le livre ouvert à son copain Sialk, qui était venu lui apporter une cigarette de H dans la salle de transmission. Sialk regarda et dit merde lui aussi. Ni l'un ni l'autre ne comprenaient le français, mais ils voyaient bien l'illustration de la page 132. C'était une photo représentant une femme couchée sur un lit d'hôpital, cramponnée à une barre, cuisses écartées, avec un enfant qui était en train de sortir de son ventre. Ils regardèrent l'illustration suivante : des mains de caoutchouc qui présentaient l'affreux lardon gluant à la mère délivrée, avec une tripe en tire-bouchon qui les unissait encore l'un à l'autre. Et la mère souriait aux anges. Sialk se sentit pâlir, avec les jambes qui lui devenaient molles. Il s'assit sur le coin de la table de transmission.

— Merde ! T'avais déjà vu ça, toi ?

— Où tu veux que je l'aurais vu ?… C'est quand même une connerie, de faire les gosses comme ça !…

— Comment tu veux qu'on les fasse ?

— Je sais pas, moi… On pourrait trouver quelque chose… Y a le progrès, non ?

Il plaqua le livre ouvert contre l'écran du poste émetteur télé-bélin. C'était un traité d'accouchement sans douleur.

— C'est pas marrant pour les nanas, dit Sialk.

Jeanne avait retrouvé un peu d'intérêt à la vie en s'occupant d'Annoa. Ce couple innocent, d'une pureté de neige, lui rappelait les moments éblouis de son amour où Roland et elle oubliaient famille, expérience, pour se retrouver comme au commencement du monde.

Elle se souvint des souffrances de son accouchement. Elle décida d'épargner cette épreuve à la fille dorée qui portait son petit ventre devant elle avec amusement, sans se douter de ce qui l'attendait. Elle avait assisté à des accouchements selon la méthode de Pavlov et avait trouvé cela merveilleux. Comment avait-on pu, pendant des millénaires, laisser les femmes s'épouvanter et se déchirer, alors que la mise au monde d'un enfant pouvait être pour la mère une joie profonde et plus consciente que celle de l'amour ? « Tu enfanteras dans la douleur… » Quel vieux prêtre puant et mysogine avait pu mettre cette parole atroce dans la bouche de Dieu ?

Elle ne connaissait pas assez bien la méthode. La gynécologie n'était pas sa spécialité. Elle demanda à Roland si on pouvait faire venir de France un traité. Une semaine plus tard, le bélin commençait à débiter les pages de texte et d'illustrations.

Han s'était hissé sur le buffle et, installé à califourchon sur son cou, entre sa bosse et la foisonnante toison couleur de neige qui couronnait son crâne, il lui faisait faire le tour de l'étable en le dirigeant par les cornes. L'envergure de celles-ci était si grande que Han ne pouvait tenir à la fois leurs deux extrémités verticales qu'en écartant les bras comme sur la croix.

— Haï ! haï ! haï ! haï ! cria Han en frappant de ses talons nus le cou de la bête.

Celle-ci se mit à trotter le long du mur circulaire en poussant un long mugissement. On eût dit un vibrato de contrebasse amplifié par mille haut-parleurs. Jeanne se plaqua les mains contre les oreilles. Les enfants hurlèrent de plaisir et se mirent à mugir aussi. Annoa, appuyée contre Jeanne, riait. Un garçon noir attrapa à deux mains la queue blanche du bison en criant : « Rô-zef ! Rô-zef ! », puis libéra sa main droite et la tendit à un autre garçon qui s'y accrocha. En une minute il y eut toute une guirlande de garçons et filles qui galopait à la queue du bison en criant son nom, tel qu'il était devenu dans leur langue : Rô-zef ! Rô-zef !... Le bison remonta vers le centre de l'étable, s'arrêta quand il en eût atteint le sommet et, repliant ses quatre pattes à la fois, se laissa tomber sur le ventre, d'un seul coup. Le sol trembla. Les enfants nus, épuisés de joie, se laissèrent tomber après la bête. Il y eut un instant accidentel de silence total, qui ne dura que trois secondes, pendant lesquelles Jeanne entendit cet étrange ronronnement qu'elle avait déjà plusieurs fois remarqué quand les bruits de l'Île faisaient une courte trêve.

— Qu'est-ce qu'on entend ronfler ? Qu'est-ce que c'est ?

— C'est le poumon, dit Annoa, avec un léger étonnement.

Comme si on pouvait l'ignorer…

Le 8 novembre 1960 John Fitzgerald Kennedy fut élu président de la République des États-Unis, battant Richard Nixon par 100 000 voix de majorité sur 69 millions de votants. Selon la loi, il ne prit ses fonctions que le 20 janvier 1961. Ce fut seulement le soir de ce jour-là, quand toutes les cérémonies officielles furent terminées et la nuit tombée sur Washington, qu'Eisenhower, président sortant, mit son successeur au courant de l'existence du JL3 et de la Communauté de l'îlot 307. Kennedy fut à la fois atterré et exalté. Il était devenu président presque malgré lui, poussé par la volonté de son père et l'ambition du clan, et parce que son frère aîné, Joe, qui aurait dû à sa place conquérir la Maison Blanche, avait été tué à la guerre. Lui-même était un grand blessé de la guerre et du sport. La colonne vertébrale presque coupée en deux, il avait dû subir une opération « à dos ouvert » au cours de laquelle les chirurgiens avaient remplacé le disque de la cinquième vertèbre, rompu, par un disque en acier. Nouvelle opération en 1954, au cours de laquelle il frôla de si près la mort qu'on lui administra l'extrême-onction. Depuis, il vivait sanglé dans un corset de fer. Ce fut la présence connue de ce corset qui obligea, quelques années plus tard, les tueurs de Dallas à viser à la tête.

Mais le soir du 20 janvier 1961, au sommet du succès, John F. Kennedy ne soupçonnait rien du sort tragique qui l'attendait. En revanche, à l'énorme tâche de diriger la plus puissante nation du monde s'ajoutait, il venait de l'apprendre, la responsabilité de sauver l'humanité d'un danger inimaginable. Eisenhower lui fit part des craintes de Khrouchtchev concernant une fuite possible du JL3 hors de l'îlot, et de son projet d'expansion humaine hors de la Terre. Le vieux général, qui n'avait guère d'imagination, trouvait ce projet un peu puéril, guère plus sérieux qu'une bande dessinée. Il avait donné des crédits et le feu vert aux techniciens, mais guère d'encouragements.

Kennedy, lui, s'emballa. Il avait résumé son programme en deux mots : Nouvelle Frontière. Quel sens prophétique prenait tout à coup ce slogan électoral !...

Il décida de voir Khrouchtchev au plus vite. Ils devaient coordonner leurs efforts pour éviter les pertes de temps et d'argent.

Il reçut d'abord à Washington le Premier ministre anglais Macmillan, du 5 au 8 avril, et le chancelier allemand Adenauer du 11 au 17.

Au premier, qui ne soupçonnait pas la gravité du problème, et au second qui était au courant, il demanda si l'Europe pourrait prendre en charge une partie du programme spatial. La réponse fut négative.

De Gaulle, en pleine crise algérienne, n'avait pu se déranger. Kennedy le rencontra en premier lorsqu'il arriva en Europe le 31 mai. De Gaulle avait vu auparavant Adenauer à Bonn, dix jours plus tôt. Il confirma à Kennedy ce que lui avaient confirmé ses deux précédents interlocuteurs : les dépenses exigées par le programme d'expansion spatiale dépassaient les possibilités des budgets européens, même unis. De Gaulle, d'ailleurs, regrettait profondément l'absence de l'Europe et surtout de la France dans la préparation de cette aventure. Mais il s'inclinait devant l'énormité des chiffres.

Quand Kennedy, le 3 juin, se trouva en face de Khrouchtchev à Vienne, en Autriche, la position était donc claire : les deux grandes nations restaient seules pour défricher les chemins futurs de l'humanité.

C'est de la rencontre de Vienne les 3 et 4 juin 1961 que date le plus fantastique accord secret de toute l'histoire humaine : le partage du système solaire en deux zones d'influence. Vienne est le Yalta de l'espace.

Mais Kennedy et Khrouchtchev n'étaient pas Roosevelt et Staline. Conscients de la fragilité des ambitions nationalistes devant l'immensité des dangers et des espoirs, ils étaient décidés l'un et l'autre à ne pas projeter hors de la Terre les conflits qui divisent celle-ci. Le partage qu'ils esquissèrent, et qui serait mis au point au fur et à mesure des progrès des techniques, était un partage des responsabilités plus que des impérialismes.

Ils décidèrent que la Lune, trop proche de la Terre pour qu'une prédominance russe ou américaine fût sans conséquences politiques et militaires, serait l'objet des explorations des deux parties, ces explorations servant d'ailleurs de bancs d'essai au matériel et aux hommes en vue de voyages plus lointains.

Pour ceux-là, il n'était pas question de faire le chemin ensemble. L'urgence du péril commandait d'aller examiner rapidement les planètes susceptibles de recevoir une implantation humaine. On se partagea les directions du ciel. Kennedy se chargea de Mars et Khrouchtchev de Vénus. Ce dernier sortit à cette occasion une de ses grosses plaisanteries habituelles qui fit sourire Kennedy malgré les douleurs atroces qui lui déchiraient le dos.

Tout le monde a pu se rendre compte depuis que les programmes spatiaux russe et américain ne se concurrencent pas mais se complètent. L'entente a survécu aux deux K., bien qu'après leur disparition les USA aient commencé à s'occuper, eux aussi, de Vénus, et l'URSS, de Mars. Les résultats, onze ans plus tard, étaient les suivants :

LA LUNE

Tous les grands géologues, physiciens, chimistes, biochimistes, diététiciens du monde, y compris ceux de l'Île, analysent les échantillons de roches et de poussières rapportés par les astronautes américains et les robots soviétiques.

Problème à résoudre : il ne reste sur la Lune – si tant est qu'il y en ait jamais eu – ni air, ni eau, ni aucune sorte d'aliment animal ou végétal. Rien. Que des cailloux. Les hommes pourraient-ils éventuellement, manger, boire et respirer ces cailloux ?

La réponse est oui.

Les roches lunaires contiennent tous les corps nécessaires à la fabrication de l'air, de l'eau et de nourritures synthétiques.

Mais cette transformation nécessiterait la mise en place d'une industrie considérable. Ce n'est pas impensable si on a le temps. Le plan prévu est un « ensemencement » de la Lune. Des machines foreuses et transformatrices seront déposées sur la Lune en pièces détachées par des fusées-robot (technique russe) puis suivies par des hommes (technique américaine) qui les monteront et les mettront en fonctionnement. Il s'agira de s'enterrer sous le sol lunaire et d'y créer une sorte d'œuf étanche à l'intérieur duquel sera créée une atmosphère et où des hommes et des machines pourront vivre en tirant leur subsistance de la roche dans laquelle ils seront enkystés. D'autres stations semblables seront créées à proximité, puis reliées les unes aux autres, puis agrandies et confondues en une seule station, tout ce processus se répétant en de multiples points de la Lune, jusqu'à ce que la technique permette de recréer à la surface une pesanteur suffisante pour y amarrer une atmosphère extérieure, de l'eau et enfin la vie.

Ce programme demande beaucoup de temps, peut-être des siècles – beaucoup d'argent, peut-être la plus grande partie des budgets mondiaux – et des sources d'énergie.

Le temps manque aux hommes en tant qu'individus, il ne manque pas à l'humanité, sauf si elle est menacée de mort par l'immortalité.

La quantité d'argent nécessaire imposerait de tels sacrifices aux humains que seule la menace d'un péril connu pourrait les leur faire accepter. Le plan ne pourra donc être vraiment mis en œuvre que si le JL3 submerge la Terre. Dans la joie suffocante de voir la mort s'enfuir et dans la crainte de son retour sous des formes plus atroces, l'humanité acceptera alors, pensent les Grands, de payer ce qu'il faut pour trouver de la place hors de sa planète natale.

Mais un problème très grave demeure : aucune machine ne peut fonctionner, sur la Lune ou ailleurs, sans énergie. Or la Lune en reçoit partout, quatorze jours sur vingt-huit, une quantité incalculable et inépuisable : *l'énergie solaire*, qui lui parvient à l'état brut, sans avoir été filtrée, dénaturée ou amoindrie par aucune atmosphère. Il faut donc, d'urgence, apprendre à utiliser l'énergie solaire. Les gouvernements anglais, français, allemand, américain, russe et chinois ont donné des instructions dans ce sens à leurs chercheurs. Mais, dans presque toutes ces nations, la puissance occulte ou avouée des grandes compagnies pétrolières s'oppose légalement ou brutalement à ces travaux. Partout, les recherches se heurtent à des obstacles divers, matériels, financiers, administratifs ou « accidentels ».

Un physicien anglais et un électronicien français qui travaillaient de concert sur ce problème, se trouvèrent près d'aboutir, à la fin de 1970, à la mise au point d'une peinture qui transformerait en courant électrique, avec un rendement élevé, la lumière solaire. L'ingénieur Mattiew L. vint rejoindre à Paris son collègue français Gérard T. Ils partirent le 29 décembre dans la voiture de ce dernier, pour une maison campagnarde qu'il possédait par héritage un peu au nord de Cassis. Le soleil hivernal des Bouches-du-Rhône leur serait précieux pour la dernière étape de leurs travaux.

La voiture de Gérard T. était une DS de couleur « coquille d'œuf ». Elle se trouva bloquée, à six heures du soir, près d'Avignon, par la fameuse tempête de neige qui immobilisa dix mille automobiles sur l'autoroute de la Vallée du Rhône.

Les deux ingénieurs restèrent dans leur voiture, n'osant s'éloigner de leurs dossiers et de leur matériel enfermés dans le coffre et dans les valises posées sur la banquette arrière. Le froid et la neige augmentant, Gérard T., au milieu de la nuit, décida d'aller chercher des vivres, des boissons chaudes et des couvertures au plus prochain village.

Les sauveteurs le retrouvèrent le surlendemain dans un fossé. Il avait une jambe cassée et était mort de froid dans le trou où il était tombé. Mattiew L., à demi gelé et inconscient, fut transporté à l'hôpital. Quand il en sortit, ayant appris la mort de Gérard T., il voulut récupérer dossiers et matériels. Il chercha la DS « coquille d'œuf » dans tous les dépôts où on avait transporté les autos naufragées. La voiture ne fut retrouvée nulle part.

Mattiew retourna à Londres. Ces événements semblaient l'avoir traumatisé. Il se conduisait comme un drogué en état de manque. Il dut retourner à l'hôpital, d'où on le dirigea sur un service psychiatrique. Il y mourut onze jours plus tard.

Dans l'Illiouchine qui s'écrasa près de Moscou en juillet 1972, faisant le plus grand nombre de victimes de l'histoire de l'aviation, se trouvait le physicien Blagomirov, en provenance de Crimée, avec ses dossiers, ses instruments et des échantillons d'alliages réalisés par lui et dont l'assemblage dans un certain ordre était parcouru par un courant électrique lorsqu'il était exposé au soleil. Tout brûla et fondit dans l'incendie de l'appareil.

Le 16 janvier 1971, seize compagnies pétrolières constituèrent un cartel pour opposer un front commun aux exigences des pays arabes producteurs d'or noir, mais il y a bien longtemps qu'existe une solidarité occulte agissant partout au monde contre tout ce qui peut menacer les intérêts du pétrole. Le pétrole a des ministres dans tous les gouvernements, et la plupart des services secrets, sans le savoir, travaillent pour lui. Il s'agit bien *du pétrole* plus que des pétroliers. Ces derniers profitent de lui, mais le servent. Le pétrole est une puissance en soi, une bête noire. Elle règne sur toutes les économies, y compris celles des pays socialistes. Elle provoque les guerres, du Biafra au Sinaï, elle tue, emprisonne, corrompt. Quelque méfait que l'on invente au compte du pétrole, si monstrueux soit-il, on est sûr de ne pas se tromper. Le pétrole est le sang de Çiva, disait Bahanba. Un chrétien aurait dit : le sang du diable.

Faute d'argent et d'énergie, le projet Lune reste donc à l'état de projet. Les États-Unis ont interrompu leur programme Apollo, et l'URSS a ralenti ses expéditions lunaires.

VÉNUS

L'URSS a réussi à faire pénétrer plusieurs « sondes » dans l'épaisse couche nuageuse qui, entourant entièrement Vénus, n'a jamais permis d'observer la planète elle-même.

Ces sondes ont envoyé par radio de brefs renseignements avant d'être détruites, *on ne sait de quelle façon*. Les renseignements reçus autorisent à conclure que l'atmosphère de Vénus est composée de gaz irrespirables et que sa température atteint six cents degrés. Mais on n'en est pas absolument certain. Pas plus qu'on ne peut affirmer que les sondes aient été détruites par la chaleur excessive. Elles ont pu sombrer dans un océan de liquide corrosif, ou se briser au sol, ou se désagréger pour de tout autres raisons. On ne sait pratiquement encore rien de Vénus, mais il y a tout lieu de craindre que ce ne soit une planète à tout jamais mortelle pour l'homme.

Le programme russe d'exploration de Vénus continuera jusqu'à ce qu'on en soit assuré.

MARS

Les États-Unis ont placé autour de Mars plusieurs satellites observateurs. En novembre 1972 ont été rendues publiques certaines conclusions tirées des observations faites par les instruments : la vie a pu exister, et existe peut-être encore sur Mars, sous des formes sans doute primitives et différentes de celles qu'a connues la Terre. La conclusion secrète est que, pour les hommes, il serait presque aussi difficile de s'y implanter que sur la Lune.

Pour la première fois dans l'histoire des observations astronomiques connues et peut-être dans l'histoire de l'humanité, presque toutes les planètes vont se trouver, vers la fin des années 80, en conjonction, c'est-à-dire « alignées » les unes derrière les autres du même côté du Soleil. Déjà les lentes, lourdes, lointaines planètes de l'extrémité du système solaire sont en route pour ce rendez-vous exceptionnel. Au moment où elles se trouveront au plus près les unes des autres, leurs influences s'ajouteront, et la Terre sera cisaillée entre leurs attractions additionnées, et celle du Soleil. Il n'est pas impossible que des phénomènes climatiques exceptionnels se produisent et que l'orbite de la Terre subisse des modifications.

Les astrologues, eux, ont remarqué que, seule, la planète Jupiter se trouvera alors de l'autre côté de la Terre. Jupiter représente l'ordre établi, les choses telles qu'elles sont. L'ordre et la stabilité seront donc en opposition avec toutes les influences. Les plus grands astrologues du monde prévoient pour cette époque des changements considérables dans la vie de l'humanité. Tout changera, et rien ne sera plus jamais comme avant. L'astrologue privé de S.M. Elizabeth II lui a fait part de ses craintes. La reine l'a interrogé longuement, essayant de deviner si ces changements pourraient provenir du JL3. Mais elle n'a pu se faire une opinion.

Les Américains, eux, se contentant des données de l'astronomie, ont envoyé dans l'espace une fusée qui, profitant de l'alignement des planètes extérieures, va passer successivement à proximité de toutes. Elle émettra des renseignements pendant vingt ans, à partir de la fin 1973, puis, ayant dépassé Pluton, s'éloignera dans le vide galactique avant de revenir, dans quelques siècles, comète obscure et lâchant peut-être encore des hoquets d'ondes rongées de trous, messages n'ayant plus de sens et que personne ne cherchera plus à comprendre.

Malgré toute la science et l'argent dépensés, le programme d'expansion dans le système solaire en est donc au tout début des tâtonnements et des étonnements. L'humanité est semblable à un escargot qui, avant de se risquer hors de sa coquille, tend une corne, puis une autre, avec un œil au bout de chacune, rencontre du vinaigre, de la cendre, de la flamme, se replie vivement, puis recommence en espérant la pluie. Les Quatre n'ont acquis qu'une certitude : c'est que l'espace hors de la Terre est terriblement hostile à l'homme, et qu'il lui faudra beaucoup de temps avant de pouvoir sortir de son berceau. Il importe donc de veiller à ce que, d'aucune façon, la moindre trace de virus ne puisse s'échapper de l'Île.

— Bon, ça suffit pour aujourd'hui. Prochaine séance dans trois jours. Quel jour sommes-nous, aujourd'hui ?

Les voix des enfants s'élevèrent en concert autour de Jeanne comme celles d'une basse-cour excitée par la vue d'un hérisson ou d'une pomme rouge.

— Quel jour quel jour ?

— On ne sait pas quel jour…

— C'est tous les jours.

— Y a pas de jour.

— C'est aujourd'hui.

— Demain c'est demain.

— Dans trois jours ça fait trois jours.

Elle comprenait à peu près leur langage maintenant et ils comprenaient le sien sans effort. Elle était assise dans l'herbe, dans la position du lotus, et Han et Annoa étaient couchés devant elle. Han tenait Annoa par la main et tout autour d'eux, sur l'herbe et les fleurs, les enfants étaient couchés, chaque fille tenant la main d'un garçon, couples momentanés de tous âges et de toutes couleurs.

Jeanne avait commencé par donner les cours d'accouchement sans douleur à la fillette enceinte dans sa propre chambre. Han y assistait, comme il est bon. Et aussi parce qu'il ne se séparait jamais d'Annoa. Dès la deuxième séance, quelques enfants les avaient accompagnés. À la troisième, ils étaient si nombreux qu'ils débordaient sur la place, grimpés sur la fontaine ou plongés dedans, écoutant par la porte ouverte les paroles de Jeanne avec émerveillement, bouches bées, mains ouvertes, et déjà esquissant les gestes qu'elle demandait à Annoa. Mais il eût fallu se coucher, et il n'y avait pas de place. Les oiseaux bleus tournaient au-dessus d'eux en sifflant et parfois un d'eux se posait dans une chevelure et la picorait, pour le plaisir.

Il n'était pas question de fermer la porte ou d'empêcher les enfants de venir. Ils allaient où ils voulaient, ils étaient les maîtres de chacune de leurs minutes. Les adultes leur donnaient des conseils, des connaissances, mais pas d'ordres. Cela ne faisait pas partie de leur univers.

Pour simplifier les choses, Jeanne décida de faire les prochains cours pour Annoa dans le jardin rond. Elle choisit la plus grande pelouse entourée d'une gloire de mimosas. À la sixième ou septième séance, tous les enfants de l'Île étaient là, couchés sur l'herbe, grimpés sur les arbres, groupés par bouquets, assis, à genoux, debout, formant autour d'elle et de Han et Annoa une corolle pareille à celle d'une fleur de mer, qui est une fleur et aussi une chair.

Jeanne se leva et essaya de sortir du jardin. Mais la masse mouvante des enfants dressait devant elle un mur. Il s'ouvrait sans difficulté mais se refermait sans cesse. C'était une foule dense et mouvante et belle de sa chair neuve et nue, mais une foule, dont l'épaisseur était le caractère naturel. Ils étaient là, ils arrivaient, ils partaient, ils étaient toujours aussi nombreux, et cela ne les gênait pas plus que les grains d'une grappe, mais Jeanne se sentait comme une abeille coincée au milieu d'eux.

« Je fais de la claustrophobie », se dit-elle.

Mais ce n'était pas cela, et elle le savait.

C'était la Densité.

Adultes et enfants, ils étaient trop nombreux pour le volume qu'ils occupaient. Elle ne pouvait pas faire un pas, jamais, nulle part, sauf dans les profondeurs des machines, sans croiser plusieurs personnes, et en croiser encore plusieurs au pas suivant, et en sentir qui marchaient derrière elle, et à gauche, et à droite, et voir devant elle des dos et des nuques. Et partout les enfants couraient et se faufilaient parmi les adultes, bouchant les vides, têtes brunes, têtes blondes, mouvantes à mi-hauteur du courant. Un arrivait et partait, un autre était déjà là. Parfois, elle posait sa main, au passage, sur une épaule tiède, sur des cheveux frais. Et parfois l'enfant lui prenait la main dans les siennes et l'embrassait ou la frottait contre sa joue. Il riait, il était déjà parti.

L'affluence, partout dans les rues de l'Île, rappelait celle des couloirs du métro parisien vers cinq heures du soir. Heureusement les gens ne couraient pas, ne se bousculaient pas, ne portaient pas sur le visage cette expression hagarde des travailleurs du Monde se déplaçant en hâte entre leur travail et leur logis, toujours tirés, toujours poussés, toujours pressés, courant vers le bout de leur vie. Les gens de l'Île étaient non pas nonchalants mais détendus, non pas insouciants mais délivrés des soucis. Leur foule n'était ni agressive ni indifférente, on pouvait à tout instant y rencontrer un sourire ou un regard attentif. Mais c'était une foule. Et on n'en trouvait le bout nulle part. Jeanne éprouvait parfois l'envie folle de la bousculer, de se mettre à courir en l'ouvrant à deux mains comme de l'eau pour en sortir et se hisser sur le rivage désert. Il n'y avait pas de rivage désert. L'Île était un bocal plein. La foule dans les rues ne composait qu'une partie de son contenu. Il y en avait toujours une partie plus grande encore occupée à des tâches ou des recherches dans les locaux.

Ce qui empêchait Jeanne de suffoquer, c'était le vent, présent partout, en tourbillons légers et cabrioles, et qui apportait tout à coup la voix de la cloche. Le vent et la cloche faisaient disparaître le plafond et les murs. Ils semblaient venir d'un paysage familier, ouvert, dont on se souvenait et qu'on allait retrouver, là, au prochain tournant…

— Vous êtes trop nombreux, dit-elle à Roland. Vous n'auriez pas dû faire autant d'enfants. Quand ils auront doublé de taille et de volume vous allez éclater…

Il était venu lui apporter sa dose de rappel de C41. C'était un peu de liquide trouble au fond d'un tube à essai bouché par un tampon de coton. Elle le but dans un demi-verre d'eau, avec du miel. Il y avait dans les jardins de l'Île les plus belles ruches du monde, dont les abeilles avaient à leur disposition des fleurs innombrables et perpétuelles. Les abeilles faisaient bon ménage avec les enfants, se posaient sur eux, leur butinaient les lèvres. Les enfants, quand elles les importunaient, les écartaient de la main avec quelques mots d'engueulade, comme un copain casse-pied. Ils ne les tuaient pas, ils n'en avaient pas peur, elles ne les piquaient jamais.

Roland sourit :

— *Nous* allons éclater… Tu dis « vous »… Tu fais partie de nous, maintenant…

Elle hocha la tête, elle dit doucement :

— Non…

Non, elle ne faisait pas partie d'« eux ». Il aurait fallu pour cela que fût comblé le fossé entre elle et Roland. Et à chaque pas que Roland faisait vers elle, elle reculait… Elle vivait dans l'Île, elle savait qu'elle ne pouvait plus en sortir, mais elle y était entrée comme un projectile, et elle y demeurait un corps étranger. La solution, c'était peut-être cela, ces quelques gouttes de bouillon de culture, qui lui permettraient d'échapper lentement à la torture des souvenirs, de s'éloigner pas à pas de la tentation de l'impossible et de sortir enfin de l'Île par la seule porte permise… Si elle voulait bien rester entrouverte, au moins pour elle.

— Cela fait trois mois et six jours que je suis arrivée… Et je ne vois toujours pas le rouge la nuit…

— Tu es contente ?

— Oui…

Il se leva du fauteuil couleur de tabac qui se replia derrière lui. Il se mit à marcher de long en large dans la chambre de Jeanne. « De long en large », cela ne faisait pas beaucoup : trois pas, demi-tour, trois pas, demi-tour… Un appartement, pour un « chercheur » isolé comme Jeanne, c'était une petite chambre, un bureau minuscule, une salle de bains-cuisinette où on n'aurait pas pu casser un œuf sans se cogner les coudes aux murs, et où on se baignait debout. Avec, au ras des plafonds, les fentes par où entrait et sortait, en silence, le vent…

— Tu serais heureuse de vieillir et de mourir ?

— J'ai vieilli. Et je n'en suis pas heureuse. C'est tout…

— Mais moi aussi, je…

Il s'interrompit. Non, évidemment, ce n'était pas vrai… Il avait pris de l'âge, il n'avait pas vieilli.

— Pourtant… il me semble que de nous deux c'est toi la plus jeune… Moi je sais que j'aurai peut-être un jour mille ans, et il me semble que je les ai déjà… Tandis que toi, toi… Tu es encore fragile comme une gamine… Je veux dire une gamine du Monde… une petite fille qui s'enrhume et qui attrape la grippe… Jeanne !…

Il lui tendit ses deux mains et s'inclina vers elle. Elle était assise au bord du lit. Elle ne bougea pas et le regarda de bas en haut, glaciale, parce qu'elle avait besoin de se glacer elle-même, d'étouffer cette flamme d'espoir stupide que de temps en temps un geste ou quelques mots de Roland allumaient. Comme la fleur sur le cadavre de l'Inconnu. Exactement…

— Ne soit pas idiot…

— C'est toi qui es idiote !

Il s'assit à côté d'elle sur le lit, à sa gauche, et mit tendrement son bras droit autour de ses épaules. Elle sentit son cœur faire un saut de grenouille dans sa poitrine. Elle esquissa un mouvement en avant pour se dégager mais son courage s'effondra, elle se laissa aller. En fermant les yeux, elle appuya sa tête contre l'épaule de Roland.

— Roland… Roland… je t'en prie… Ce n'est pas

possible. Tu le sais bien. Tu te souviendras toujours de ce que j'étais…

Il essaya de répondre, mais il n'y avait rien à dire. Il ne pouvait pas oublier. Ce qu'il ne pouvait pas oublier c'était justement ce qu'il essayait de retrouver… là, dans son bras… c'était elle… Elle était là… Mais celle dont il se souvenait, où était-elle ? Pour aimer Jeanne il devait d'abord ne plus se souvenir d'elle…

Il ne chercha plus à se convaincre ni à la convaincre. Il s'appuyait à elle comme elle s'appuyait à lui, chacun avec sa propre peine et leur peine commune. Ils se taisaient, il n'y avait plus rien à dire… Mais quelque chose de leur vieille intimité venait de renaître. Simplement le réconfort d'être ensemble dans la même chaleur de leurs corps appuyés l'un à l'autre, et de se comprendre sans avoir besoin de parler. Jeanne avait rouvert les yeux, ils regardaient en face d'eux le mur blanc, le mur à peindre, il y en avait un dans chaque chambre, où chacun pouvait peindre ce qu'il voulait, puis l'effacer ou le garder. Jeanne n'avait rien peint, le mur était blanc, le mur attendait. Par la porte qu'elle avait laissée ouverte, exprès, le vent leur donna deux papillons. Ils avaient deux ailes brunes et deux ailes bleues, semées d'une centaine de petites taches blanches rondes. Ils dansaient et palpitaient dans l'air, chacun tournant autour de l'autre, comme les deux mains de l'amour, et le vent léger les emmenait avec lui dans sa ronde, c'était une fleur dans l'air, une flamme bleue et brune, une seule, ils étaient deux mais ne se séparaient pas, le vent qui les avait apportés les remporta.

Pour aller travailler dans la salle radio, Den mettait une blouse de n'importe quelle couleur, la première trouvée à un étalage. Ce jour-là c'était une blouse orange, un peu trop large et trop longue. La salle était grande, en forme de rectangle, le mur du fond entièrement occupé par les postes de relations avec l'extérieur, émetteurs et récepteurs radio, télex, bélin, et récepteurs télé de toutes les chaînes, en damier de petits écrans de la dimension d'une main. Perpendiculairement aux deux grands murs se succédaient les établis d'enseignement, de réparations, de recherches. Den, aidé par deux filles et un garçon plus jeunes que lui, entortillés dans des blouses bleue, jaune et verte, et par un petit tout nu, achevait le montage d'un émetteur radio de son invention. Il aurait une portée illimitée, il ne pèserait presque rien, il émettait sur une centaine de longueurs d'ondes à la fois. Den avait résolu, enjambé, dépassé, pour le mettre au point, une quantité de problèmes techniques dont il ne savait même pas qu'ils étaient des problèmes, pas plus qu'il ne savait qu'il était un génie.

— Quand nous partirons avec Galaad, nous serons équipés avec ça… Pas exactement le même. Je vais le faire plus petit.

— Tu iras, toi, dans Galaad ?

— Bien sûr, j'irai !

— Jusqu'où tu iras ?

— Je ne sais pas, loin…

— Jusqu'à la Lune ?

— Bien plus loin…

— Jusqu'au Soleil ?

— On ne peut pas, ça brûle…

— Jusqu'à Zimponpon ?

— Qu'est-ce que c'est, Zimponpon ?

— C'est une étoile que j'ai inventée, c'est plus loin que tout…

— Oui, peut-être… Oui, j'irai jusqu'à Zimponpon…

— Tu m'emmèneras ?

— Je t'emmènerai.

— Et quand on reviendra, je serai grand ?

— Quand on arrive à Zimponpon on ne revient pas.

— Pourquoi ?

— On n'a pas envie.

— Pourquoi ?

— C'est beau…

L'écran plat de la télévision intérieure s'alluma au plafond, et le visage de Bahanba y apparut. Il se mit à parler dans le langage des enfants, mais il s'adressait à tout le monde. Et dans toute l'Île, ceux qui étaient chez eux, ceux qui étaient dans les rues ou les jardins, ceux qui étaient au travail, enfants ou adultes, et qui commencèrent à l'écouter d'une oreille distraite, au bout de quelques instants interrompirent leur travail ou leur marche, et même ceux qui dormaient s'éveillèrent pour l'écouter. L'Île entière, silencieuse, immobile, écouta Bahanba annoncer qu'il allait mourir.

— Le vent les emporte…, dit Jeanne. Il les emporte où ?

— Viens voir…

Ils suivirent les papillons. Ils traversèrent l'Île par les rues et les couloirs, et ils rencontrèrent d'autres papillons dans l'air. À mesure qu'ils avançaient ils en voyaient de plus en plus, et aussi des abeilles, et d'autres insectes, noirs, dorés, bleu électrique, jaunes, rouge vif, des coccinelles à pois, que le vent léger emportait comme des flocons. Fatigués, ils se posaient parfois sur les humains ou s'accrochaient aux murs et au plafond. Dès qu'ils recommençaient à voler, le vent obstiné, gentil, les reprenait entre ses mains et les emportait plus loin.

Roland expliqua le vent :

— On ne pouvait pas courir le risque que des germes du JL3 soient projetés à l'extérieur par un courant d'air, une porte ouverte, une fissure. Le premier soin des premiers occupants de l'Île a été d'installer un grand ventilateur, auquel nous en avons ajouté d'autres. Ils fonctionnent sans arrêt. Ils créent une dépression constante à l'intérieur de l'Île. Par toutes les issues, les trous les plus minuscules ou les portes grandes ouvertes quand nous recevons les péniches, c'est l'air du dehors qui entre. L'air intérieur ne peut pas sortir. Nous approchons des ventilateurs. Tu les entends ?

Ils s'arrêtèrent. Malgré le bruit familier de la foule, elle entendit, plus fort, le ronronnement qui l'avait surprise, parfois, dans les instants de silence. « Le poumon », avait dit Annoa…

— C'est le poumon de l'Île, dit Roland.

— Un poumon, ça inspire et ça expire… Tout cet air que vous aspirez, il faut bien que vous le rejetiez…

— Tu vas voir…

Ils avancèrent. La rue se transformait en couloir plus étroit, au plafond de plus en plus bas. Le vent léger devint fort, puis violent. Les insectes crépitaient contre les murs comme de la grêle fragile, et le vent emportait leurs restes. Des barreaux verticaux fermaient l'extrémité du couloir à l'endroit où il débouchait en biais dans un couloir plus vaste. À travers les barreaux, Jeanne vit d'autres ouvertures semblables, de place en place, dans le mur d'en face. De toutes les ouvertures jaillissait une neige multicolore d'insectes, qui étaient empoignés par un courant d'air plus fort, entraînés à l'horizontale en un long tourbillon qui tournait de plus en plus vite, et disparaissait vers une extrémité que Jeanne ne pouvait voir. Le bruit des ventilateurs était maintenant tout proche. C'était un bruit rond, énorme, râpeux, comme celui d'une aspiration interminable dans la gorge d'un géant, et c'était aussi plus qu'un bruit, cela entrait par les oreilles, mais ressortait par les narines et la bouche, semblait vouloir tirer au-dehors, emporter, tout l'intérieur du corps, l'air des poumons, et les poumons avec, et tout le reste, avec les papillons, les scarabées et les coccinelles, en tourbillon de plus en plus vite, vers…

— … vers le Feu ! cria Roland au-dessus du bruit. Viens ! Ne restons pas là…

Il la prit par les épaules, lui fit faire demi-tour et ils s'éloignèrent des barreaux en s'inclinant contre le vent qui devint de moins en moins fort, aimable, brise légère, caresse, doigts d'air dans les cheveux, avec, par-ci, par-là, la tache volante, fugitive, d'un papillon de lumière.

— … L'air aspiré par les ventilateurs baigne tout l'intérieur de l'Île et ramasse au passage les insectes négligents, puis est rejeté au-dehors en traversant le Feu. C'est une conduite de 20 mètres de long où règne une température de plus de mille degrés. Aucun microbe, aucun germe d'aucune sorte n'y résiste. En un millième de seconde, les papillons deviennent étincelles, puis cendres, puis rien…

« Avec ces femelles adultes qui n'arrêtent pas de pondre, il naît chaque jour plusieurs centaines de millions d'insectes volants dans l'Île. Nous avons importé toutes les sortes d'oiseaux insectivores. Mais ils ne suffiraient pas. Le vent fait le reste. Plus le DDT, le HCH et cinq ou six produits similaires dont les matériaux de construction de l'Île, la terre et les plantes sont sursaturés pour lutter contre tous les autres insectes, ceux qui fouissent, qui s'enterrent, qui rampent, qui grouillent, qui piquent les plantes, les bêtes, les hommes et qui se multiplient à un rythme fantastique. Nous avons dû inonder d'acide et sécher au chalumeau tout un sous-sol de l'Île où les fourmis s'étaient introduites, venues on ne sait d'où… Quand le bison est arrivé, malgré tous les nettoyages et les lessives qu'il avait subis, il apportait des puces… Pas beaucoup, peut-être une douzaine. Trois semaines après, l'Île en était noire. Elles nous grimpaient par légions le long des mollets. Toutes les bêtes à poils se grattaient au sang. Nous avons mis dans l'eau un nouvel insecticide, le TCD. Tout le monde en a bu, bêtes et gens. Il est passé dans leur sang. Toutes les puces qui ont piqué et bu le sang sont mortes. Et celles qui n'ont pas piqué ont mangé de la poussière et des menus débris bourrés de DDT et de HCH. Nous avons réussi à les exterminer. Il n'y en a plus une seule. Mais la bataille contre les insectes reste notre souci permanent. Tout ce que nous mangeons, buvons, respirons, touchons, dans l'Île, est imbibé d'insecticide. Sans cela, ils nous auraient submergés et détruits. Bien sûr, ces insecticides sont aussi des poisons pour l'homme. Mais ni nous ni aucune des autres espèces animales n'en ressentons jusqu'ici les effets. Peut-être est-ce grâce au virus, je ne sais pas…

« Les autres animaux se multiplient aussi plus que nous ne pouvons l'accepter. Nous avons essayé de créer un équilibre naturel, chaque espèce mangeant une autre espèce, mais il y en a qui échappent à tout. Le plus grand prédateur, le seul destructeur qui maintienne vraiment l'équilibre, c'est la mort par vieillesse ou épidémie. Ici, elle n'existe plus. Nous sommes obligés d'intervenir… Regarde…

Roland montra à Jeanne une grille fermée sous laquelle passaient des rails.

— Ici, chaque nuit, nous envoyons vers le Feu les

animaux en surnombre. Nous intervenons surtout au niveau des jeunes, et des œufs pour les oiseaux. Mais nous devons aussi sacrifier des adultes, pour renouveler la fraîcheur des espèces. Ils passent d'abord dans une chambre où ils respirent un air qui les endort doucement et les rend insensibles, puis ils sont emportés vers les flammes. Il n'en reste rien.

« Tout ce qui sort de l'Île passe par le Feu. Les eaux usées, les égouts, les déchets, devenus inutiles, tous les objets, bois, plastique, acier, les péniches et les emballages qui nous apportent les marchandises du Monde, tout passe par des températures qui vont jusqu'à trois mille degrés avant de s'envoler en gaz et en fumées dans le brouillard ou de retomber fondu, vitrifié, dans l'océan.

— Tout cela pour empêcher de passer quelques vibrions d'un millionième de millimètre ?

— Pour en empêcher de passer un seul…

Ils arrivaient à un carrefour où coulaient trois fontaines parmi des arbres. Des écrans muraux s'allumèrent en haut des six murs et Bahanba y apparut en six images et se mit à parler.

— Je voudrais que vous m'écoutiez tous, et vous surtout les enfants. Je vais mourir…

Roland s'arrêta et serra le bras de Jeanne.

— Qu'est-ce qu'il veut dire ?

Dans l'Île, les mots qu'il venait d'entendre n'avaient plus de sens. Les adultes qui étaient en train de traverser le carrefour s'arrêtèrent. Le poids de ces mots, qui pesait sur les hommes depuis l'éternité des temps et dont on leur avait transmis le fardeau en leur donnant la vie, ils l'avaient jeté bas, incroyablement, en arrivant ici. Et voilà qu'un homme, celui justement qui les en avait délivrés, le reprenait sur ses épaules.

— Je vais mourir…

Les adultes s'arrêtèrent et cessèrent de parler. Ils regardèrent les six visages de Bahanba et écoutèrent. Les enfants continuèrent d'aller et venir, car pour eux ces mots n'avaient jamais eu aucun poids. Mais Bahanba s'adressa à eux de nouveau.

— Écoutez-moi, mes enfants…

Ils s'arrêtèrent alors, et les oiseaux se posèrent sur les branches et sur les fontaines, comme pour écouter aussi. Quelqu'un appuya sur une pierre dans un mur et l'eau qui coulait s'arrêta. Il n'y eut plus que le bruit de quelques gouttes, puis plus rien que le lointain murmure du poumon de l'Île. Dans les six images, Bahanba souriait avec douceur et un peu de lassitude.

— J'ai dépassé le temps de vie accordé à un homme qui lutte et qui souffre dans le monde hors du nôtre. Je crois que j'ai maintenant, comme lui, le droit de m'en aller. La particule à laquelle j'ai donné naissance par mon imprudence – mais peut-être est-ce Vishnou, le Conservateur, qui l'a voulu – m'empêche de m'abandonner à la voie naturelle qui jusqu'ici délivrait les hommes et les bêtes quand leur temps était achevé. Je n'ai pas le droit de percer par une arme ou de détruire par le poison ce corps que les dieux m'ont prêté. Mais je peux l'arrêter, en cessant d'alimenter les moteurs mystérieux qui le font se mouvoir, se réparer, et continuer. Ce soir je vais recommencer à jeûner, et cette fois-ci je poursuivrai mon jeûne jusqu'à ce que mon corps libère mon esprit. Je veux que peu à peu vienne en vous l'habitude de savoir que je m'en vais, afin qu'au moment où la mort viendra, vous n'en soyez pas frappés. Je vais donc cesser de prendre des aliments, mais je continuerai de boire de l'eau, qui me lavera des impuretés et entretiendra mon corps jusqu'à ce qu'il ait entièrement consumé la chair qui gonfle son illusion d'être, comme le vent gonfle les péniches que le Monde nous envoie... Je pense que cela durera quelques semaines, peut-être deux mois, peut-être plus. J'espère être conscient jusqu'au bout. À vous, les adultes, je demande de ne pas profiter de la faiblesse qui sera bientôt la mienne pour me faire subir la torture d'une alimentation forcée. Respectez ma volonté, n'intervenez jamais. Je vous en prie. À vous, les enfants, je demande de venir me voir. Dans un instant, quand j'aurai fini de vous parler, je ferai mes ablutions, je m'étendrai sur mon lit et n'en bougerai plus. Ne venez pas aujourd'hui, mais à partir de demain, peu nombreux à la fois, parlez-moi doucement, je vous répondrai ou je me tairai, mais je serai avec vous. Et vous verrez peu à peu arriver jusqu'à moi la mort paisible. Il faut que vous sachiez ce qu'était la fin d'une vie dans ce monde qui n'est plus le vôtre. Vous ne connaissez de la mort que son visage féroce, les animaux dévorés, les accidents, la guerre que vous voyez aux écrans, les meurtres des films brutaux. Mais il y avait aussi la mort naturelle que certains considéraient comme une fin, mais qui pour moi est un nouveau commencement. À celui qui savait accepter sans peur et sans combat ce moment inévitable, la mort pouvait être très douce. J'espère qu'elle me sera accordée ainsi. Quand ce sera terminé, je demande que mon corps soit donné au Feu, et que ce jour-là vous vous réjouissiez, parce que, moi, je serai heureux.

La voix de Bahanba s'arrêta partout à la fois dans l'Île. Il y eut un instant d'extraordinaire silence, où le vent lui-même cessa de caresser les cheveux et les pierres.

Ce fut très court. La voix de Bahanba recommença partout, pour quelques mots :

— Mes enfants, il faut aimer. Aimer tout…

Et les écrans s'éteignirent.

Les enfants recommencèrent à jeûner en même temps que Bahanba. Ils firent un grand effort pour jeûner plus longtemps, et les plus âgés tinrent jusqu'à la fin du troisième jour et même jusqu'au quatrième. Ils n'étaient pas tristes car ils ne savaient pas ce qu'était la mort, c'est-à-dire, tout à coup, l'absence définitive de quelqu'un. Ils n'imaginaient pas que Grand-Ba allait manquer. Dans l'Île, tout le monde, chaque lendemain, était toujours là. Les adultes, ceux qui leur étaient étrangers et ceux qu'ils savaient être leurs parents, ou seulement leur mère, étaient toujours pareils un jour après l'autre, un an après l'autre, sans aucun signe d'affaiblissement, de descente vers une fin. La mort, cela n'existait que chez les animaux qui s'entretuaient, ou chez les hommes des écrans, mais quand l'histoire était finie et l'écran éteint, sans doute étaient-ils de nouveau là… Si Grand-Ba avait décidé de mourir, c'était parce qu'il était le plus intelligent de tous, il savait faire des choses que les autres ne savaient ou n'osaient pas. Et puisqu'il avait dit qu'il serait heureux, les enfants étaient gais. Et le soir ils chantèrent, dansèrent et jouèrent dans les jardins, comme la première fois.

Dès qu'ils s'étaient rendu compte que les enfants allaient jeûner, les adultes les avaient mis en garde, leur recommandant de ne pas jouer aux jeux de l'amour pendant leur jeûne.

À la dernière heure de la première journée, le docteur Fuller, un chirurgien américain aux cheveux blancs et au visage rouge, apparut aux écrans intérieurs et expliqua aux enfants, avec des schémas, qu'une femme habituée à prendre régulièrement des produits de non-fécondité, comme tous les habitants de l'Île en prenaient dans la nourriture, si elle cessait un seul jour d'en prendre, devenait aussitôt fécondable à cent pour cent. Et il leur expliqua le mécanisme de la fécondation, que quelques-uns, peut-être, ne connaissaient pas bien. Il dessina sur un tableau les ovaires en rose, un gros ovule en blanc, et une foule de spermatozoïdes en petits vibrions jaunes. Cela fit rire énormément les plus jeunes garçons.

— Je m'adresse aux filles, dit le docteur Fuller. Si vous ne voulez pas qu'il vous arrive la même chose qu'à Annoa, repoussez les garçons… Ou bien, alors, mangez.

Ce conseil aux filles fut malencontreux. Elles trouvaient ce qui arrivait à Annoa absolument admirable. Une bonne partie de celles qui ne jeûnaient pas jeûnèrent le lendemain, et toutes jouèrent à l'amour tant que les garçons purent.

Le deuxième soir, Han était allongé dans l'herbe du jardin rond, près d'Annoa. La lumière bleue baignait les fleurs et les enfants endormis ou en train de jouer encore. Quelques oiseaux poussaient dans les arbres de légers cris de sommeil, les ruisseaux chuchotaient des rires frisés, Han chantait à voix basse une chanson pour Annoa. Elle l'écoutait, elle était heureuse comme un fruit qui reçoit le soleil. Son ventre rond s'épanouissait au-dessus de l'herbe, au-dessus d'elle. Elle sentait parfois remuer à l'intérieur de cette partie de son corps quelque chose qui n'était pas lui, qui n'était pas elle, qui était déjà quelqu'un…

Han chantait :

Tu es la première rose
Tu es la voile du bateau
Tu es le vent qui m'emporte
Tu es le ruisseau et la mer

Den vint s'asseoir près de Han, avec son instrument étrange qui avait l'air d'une cigogne au cou tendu, et il en frotta doucement les cordes, comme un soupir. Han chantait :

Tu es la millième rose
Tu es la source du matin
Tu es l'oiseau qui se repose
Tu es l'étoile et le jardin

Puis il se tut et posa sa joue contre la colline chaude du ventre d'Annoa. Il se redressa d'un seul coup, sauta sur ses pieds, cria :

— Je l'entends ! Je l'ai entendu ! Je l'entends !…

Déjà il était de nouveau à genoux, l'oreille posée sur Annoa, les yeux écarquillés, la bouche ouverte, émerveillé. Il écoutait. Les enfants arrivaient autour d'eux. Den avait arrêté sa musique. Han dit très doucement :

— Je l'entends…

Une fillette demanda :

— Qu'est-ce qu'il dit ?

— Il ne dit rien… Écoute…

Han s'écarta et la fillette s'agenouilla à sa place et écouta. Émerveillée, elle dit :

— Oh je l'entends !…

Les enfants demandèrent :

— Qu'est-ce qu'il dit ?

Annoa riait. La fillette dit :

— Écoutez… Écoutez-le…

Les uns après les autres ils s'agenouillèrent et écoutèrent. Annoa avait cessé de rire pour qu'ils entendent mieux. Et ils entendaient, là, à l'intérieur d'Annoa, le petit battement rapide d'un cœur qui n'était pas le sien. Et une phrase courait dans le jardin : « Il a un cœur… Il a un cœur… »

Ils allèrent couper les fleurs qu'ils voyaient, les rouges, les roses, les mauves, les orangées, et vinrent les poser sur le ventre d'Annoa puis sur sa poitrine et partout, et Annoa devint dans la nuit une vague de lumière ronde, immobile, sous laquelle deux cœurs battaient.

Le 1er août 1963, le président Kennedy tient une conférence de presse au cours de laquelle il parle de Berlin dont il entend que Moscou garantisse la sécurité ; de la France, à laquelle il refuse de communiquer des secrets atomiques si elle ne retourne pas au sein de l'organisation militaire atlantique ; de l'Afrique du Sud à laquelle les USA ne fourniront plus d'armes à partir de l'année prochaine ; de la signature très proche du traité de limitation des expériences nucléaires ; et d'autres sujets encore.

Comme d'habitude, les journalistes lui posent de nombreuses questions. Il répond rapidement, sans hésiter. Il est souriant, décidé. En réalité il souffre atrocement de son dos. Chaque mouvement du torse est pour lui une torture. Mais il a déjà montré en de nombreuses circonstances qu'il sait maîtriser la douleur.

Il s'appuie des deux mains pour se lever de son fauteuil, sans cesser d'offrir aux caméras l'image d'un jeune président optimiste. L'image d'un vainqueur d'hier qui doit être le vainqueur de demain. Les élections présidentielles sont dans un peu plus d'un an, et dans quelques mois il va commencer sa campagne.

Il quitte la salle de presse de la Maison Blanche pour rentrer dans ses appartements où ses médecins l'attendent. Ils lui montrent les radios : le disque d'acier inséré dans sa colonne vertébrale a provoqué une inflammation des deux vertèbres contre lesquelles il joue. Cette inflammation, non seulement est douloureuse, mais risque de se transformer en injection. Le président ne doit pas oublier qu'il est un grand blessé. Il s'est trop surmené et, s'il continue, il risque une catastrophe.

Les médecins prescrivent des antibiotiques à titre préventif, un analgésique puissant pour combattre les crises douloureuses, et ordonnent un repos immédiat et prolongé. Kennedy les remercie et leur dit en souriant qu'il s'efforcera de leur obéir. Ils savent qu'il n'en fera rien. Ils lui prédisent que, s'il ne les écoute pas, la douleur et la maladie le condamneront sous peu à un repos bien plus grave et plus prolongé.

Resté seul, le président empoigne le bord de son bureau à deux mains et le serre comme s'il voulait le briser. Il s'abandonne pendant quelques secondes à une grimace de douleur qui lui tord le visage. Puis il reprend sa maîtrise de soi. Se reposer quand on est président des États-Unis ? Comme si c'était possible ! Il attire à lui le verre et la carafe d'eau qui sont en permanence sur son bureau, et avale le double de la dose d'analgésique qui lui a été prescrite.

Deux semaines plus tard, de nouvelles radios montrent que l'inflammation a complètement disparu. Les médecins, qui examinent le président, le trouvent dans une forme parfaite. Il ne souffre plus du tout, il parle d'abandonner son corset de fer. Ils l'en dissuadent tout en le félicitant de son extraordinaire vitalité, qui lui a permis de vaincre le mal. Avec l'aide, bien entendu, du traitement qu'ils lui ont prescrit… Ils lui recommandent cependant de ne pas abuser de ses ressources, et de se reposer chaque fois qu'il le pourra. Il le leur promet, cette fois en riant.

Cela, c'est ce qu'on sait.

Quand Samuel Frend, qui savait d'autres choses, fut arrivé dans l'Île et en connut le secret, il construisit peu à peu une hypothèse qui éclairait toutes les ombres que son enquête à Dallas n'avait pu éclaircir. Ce n'était qu'une hypothèse, et elle était fantastique. Pour la confirmer, il aurait dû obtenir du docteur Galdos plus qu'il n'en obtint. Il s'était arrangé pour le rencontrer et lier avec lui des relations cordiales. C'était l'ABC du métier qu'il avait exercé toute sa vie. Un soir, assis au bord de la plage, en haut de la Citadelle, ils devisaient amicalement en grignotant de petits beignets de fleurs. Galdos paraissait détendu, ouvert. Il parlait de son université, de ses élèves, de ses travaux, avec quelque mélancolie. Frend lui dit qu'il connaissait Harvard, lui donna des détails. Galdos s'épanouit encore davantage.

— Vous aviez reçu le JL3 directement de Bahanba ? demanda Frend.

— Oui… C'est moi qui l'ai identifié et photographié le premier, avec mon microscope électronique tout neuf… J'ai failli le rater… Je ne m'attendais pas à un virus si petit…

— Je me demande…, dit Frend.

Il fit semblant d'hésiter.

— … Je me demande s’il n’en reste vraiment plus nulle part dans le monde… Vous, à Harvard, vous avez bien tout détruit ?

Le visage de Galdos se ferma comme une porte d’acier.

— Naturellement ! Quelle question !…

— Oui, bien sûr… Mais moi à votre place, je ne sais pas… Je me demande si je n’en aurais pas confié une ampoule au président… On ne sait jamais quelles circonstances peuvent se produire… L’humanité, c’est très bien, mais il faut penser aussi à son pays… Imaginez que Mao en ait… Et les Russes… En quelle année avez-vous quitté les USA ? Qui était le président, déjà ?…

— Eisenhower !… Un général !… Il aurait fallu être fou !…

— Je me demande… Je ne sais pas…

— Eh bien moi, je sais !…

Galdos se leva et s’en alla.

Quand il posait des questions, Frend attachait autant d’importance à la façon dont on lui répondait qu’à la réponse elle-même. Le ton de Galdos l’autorisait à douter que celui-ci lui eût dit la vérité.

Frend savait à quelles erreurs peuvent conduire la passion scientifique, ou le patriotisme, et à plus forte raison les deux conjugués. Il était persuadé que les savants auxquels Bahanba, au cours de son voyage avec Nehru, avait révélé les propriétés du JL3, s’ils n’avaient pas déjà détruit celui-ci *avant*, au lieu de le faire *après*, s’étaient empressés de reprendre leurs travaux pour vérifier les extraordinaires déclarations qu’ils venaient d’entendre. Au moment où ils avaient dû rejoindre l’îlot 307, au lieu de tout brûler par le feu ou l'acide, certains, pensant à la science, à leur pays, n'en avaient-ils pas confié un précieux et dangereux échantillon à celui qui, seul, était au courant, c'est-à-dire au responsable suprême de l'État ?

Si Galdos, avant de s'embarquer avec ses collaborateurs sur l'avion qui devait « mystérieusement » disparaître en cours de route, avait confié une ampoule de JL3 à Eisenhower, alors bien des choses s'expliquaient…

Après la passation des pouvoirs, le 20 janvier 1961, Eisenhower, en même temps qu'il révèle à Kennedy le secret du JL3, lui transmet l'ampoule remise à lui par Galdos. Kennedy la confie au coffre secret de la Maison Blanche, puis occupé par les mille soucis de sa charge, ne s'en soucie plus. Après deux ans de travail insensé, ses douleurs dorsales s'intensifient et deviennent intolérables. Les analgésiques ne lui procurent que de courts moments de répit. Le 1er août 1963, comme nous l'avons vu, ses médecins lui donnent à choisir entre un repos immédiat et la menace d'un désastre. Il prend une double dose de calmant et, dans la tranquillité momentanément retrouvée, il réfléchit à la situation. Il ne *peut* pas se reposer. Il ne peut pas non plus envisager de devenir impotent et de renoncer au pouvoir alors que la nouvelle politique nationale, mondiale et même planétaire qu'il a inaugurée est en plein élan. Il doit trouver une solution. Il a lu et relu le dossier que lui a remis Eisenhower, et les rapports d'écoute qui arrivent chaque jour de l'îlot 307. Il sait que la qualité de base du JL3 est d'exalter les défenses naturelles de l'organisme. Son action contre le vieillissement n'est qu'un aspect particulier de son action générale. Il sait d'autre part que les biologistes de l'Île travaillent sans arrêt à la recherche d'un antidote qui immuniserait contre sa contagion. Ce vaccin, ils vont peut-être le trouver, dans quelques jours, quelques semaines, quelques mois…

En 1963, les programmes lunaires, américain et russe, sont encore très loin de leur objectif, bien que leurs étapes soient franchies à une vitesse sans cesse accélérée. Des budgets formidables leur ont été affectés dans l'un et l'autre pays. Khrouchtchev et Kennedy savent, bien sûr, que la Lune n'est ni l'Ukraine ni la Californie, et que ce n'est pas demain qu'on y établira des fermiers. Mais comme on n'y est pas encore allé, on se demande si…, peut-être…, le programme d'exploration planétaire en est au stade des espérances.

Et Kennedy sait que, malgré tous les traités, le système solaire dans son entier risque un jour ou l'autre – un siècle ou l'autre… – de tomber totalement sous l'influence d'un « bloc » terrestre. C'est peut-être des premières années, des premiers mois, que tout dépendra. Si, vaincu par la maladie, le président américain abandonne, s'il cède la place au vice-président ou à un adversaire politique, il cède devant Khrouchtchev, il le laisse tout seul en face du système solaire à avaler…

Comme tous les calmants, l'analgésique dont Kennedy a pris une dose excessive est une drogue du cerveau qui perturbe le raisonnement, tout en donnant l'impression de le rendre au contraire extraordinairement lucide. Le président des États-Unis voit se préciser l'immense danger couru par le système solaire. Ce danger hypothétique, et de toute façon lointain, lui apparaît, du fait de sa dimension spatiale, beaucoup plus menaçant que celui couru dès demain, dès aujourd'hui, sur la Terre, par l'humanité devant la contagion du JL3. Sans doute son subconscient, commandé par sa chair qui se révolte contre la douleur, intervient-il dans le gauchissement de sa raison. Et aussi sa confiance en lui, la certitude qu'il continuera à réussir ses entreprises et à surmonter les risques. S'il prend le JL3, il deviendra sain, solide, infatigable. Et il lui restera onze mois avant de devenir contagieux, onze mois pour obtenir des labos de l'Île un antidote… Depuis deux fois et demie onze mois qu'il est au pouvoir, il a déjà fait, changé, mis en route tant de choses…

Quand la première douleur revient, fulgurante, et le tord en deux, il n'hésite plus. Il ferme aux verrous les portes de son bureau, ordonne par téléphone à son secrétariat de ne pas le déranger pendant un quart d'heure, ouvre le coffre secret et en sort une simple petite boîte en carton, blanche, entourée d'un élastique. Il ôte l'élastique, soulève le couvercle, pose la boîte sur son bureau et s'assied devant elle. Il soulève une petite couche de coton et découvre, reposant sur une autre couche, une ampoule de verre d'un centicube, contenant un liquide transparent. La solution est là, claire, simple.

Et tout à coup il se rend compte qu'*il ne sait pas comment s'administrer le JL3. Par la bouche ou par piqûre ?* Et quel genre de piqûre ? Intraveineuse, intramusculaire, sous-cutanée ?

La nécessité lui impose la réponse : il ne dispose pas, dans son bureau, d'une seringue à injection…

Il casse une extrémité de l'ampoule, l'incline au-dessus du verre, casse l'autre bout, remet dans le coton l'ampoule vide et les bouts cassés, se suce les doigts pour le cas où ils auraient reçu une micro-goutte de virus, les essuie avec un Kleenex qu'il roule en boule, le pose sur la petite boîte, ajoute un peu d'eau dans le verre, et boit…

C'est fait.

Cela n'avait aucun goût…

Pas une seconde, Kennedy n'a pensé pour lui-même à l'immortalité, mais seulement à la possibilité d'acquérir une santé d'acier qui lui permette de faire face à ses tâches et à ses devoirs.

Il glisse le verre et tous les débris de l'opération dans une grande enveloppe de papier épais, va ouvrir le volet d'un petit placard, découvre ainsi l'orifice d'un conduit qui aboutit directement à l'incinérateur. C'est là que finissent certains dossiers et même certains objets qui ne doivent plus être vus par personne. Il y laisse tomber l'enveloppe…

On imagine ce qu'est l'attente de Kennedy pendant les premières heures. La prise bucale sera-t-elle efficace ? N'a-t-il pas gaspillé pour rien un dépôt précieux ?…

Mais dès le surlendemain les douleurs dorsales s'atténuent, et au bout d'une semaine il se sent littéralement ressuscité. On se souvient des photos de ses derniers mois, où il apparaît rayonnant de vitalité et de jeunesse. Entre-temps, d'ailleurs, il a reçu le signe révélateur : il voit le rouge, la nuit.

Un de ses médecins, persuadé d'agir pour le bien de la nation et de Kennedy lui-même, communique régulièrement les résultats de ses visites à un de ses confrères du Pentagone. Celui-ci est membre du service chargé de superviser les mesures concernant la santé et la sécurité du président, quel qu'il soit. Les Grands du Secret ont trois hommes à eux dans ce service. Ils sont mis immédiatement au courant par ceux-ci de l'amélioration soudaine, miraculeuse, de la santé de Kennedy. Un nouvel examen, fin août, confirme que ce n'est pas une amélioration mais une guérison. Cette guérison est suspecte, parce que *a priori* impossible. D'autre part la radio de l'Île a reçu deux messages pressants de Kennedy demandant qu'on accélère les travaux sur l'anti-JL3. Enfin un domestique de la Maison Blanche, croyant travailler pour un reporter de *Life* qui, curieusement, lui a promis de ne rien publier de ce qu'il lui apprendrait, lui signale que le président a fait enlever de sa chambre à coucher tous les objets, tapis, détails de décoration, tableaux, etc., contenant du rouge… Jusqu'où ne pousse-t-il pas, dit l'homme admiratif, le souci de défense contre le communisme ! Pour les Grands, il n'y a plus de doute : Kennedy a pris du JL3.

Délivré de ses douleurs, soulevé par un extraordinaire regain vital, le président des États-Unis s'est d'abord laissé emporter par la joie d'avoir retrouvé toute sa puissance intellectuelle, et acquis une efficacité de travail et de décision dignes de la place qu'il occupe et de l'homme qu'il est. Mais bientôt la clairvoyance de sa raison lui montre les énormes dimensions de la responsabilité qu'il vient de prendre.

Même si le vaccin anti-JL3 est prêt à temps, même si on peut envisager sa production accélérée en grande quantité, comment l'administrer aux populations sans leur dire la vérité ? Et si on leur dit la vérité, il est bien évident qu'elles refuseront le vaccin.

En buvant le contenu de l'ampoule, Kennedy s'est transformé en une bombe mondiale. Mais elle n'explosera que dans dix mois. Il voit clairement la seule solution possible. Il commence aussitôt à prendre les mesures nécessaires : il prépare sa succession…

En juin 1964, il laissera la place au vice-président Lyndon Johnson. D'ici-là, avec la puissance de travail qui est maintenant la sienne, il a le temps d'engager à fond et de rendre irréversibles les différentes initiatives de sa politique. En janvier 1964, d'accord avec Khrouchtchev et Mao, il annoncera un rapprochement des États-Unis avec la Russie et la Chine. Au printemps il se rendra à Moscou, et en juin à Pékin. Au cours de ce second voyage, l'avion du président des États-Unis disparaîtra en mer.

L'émotion soulevée par ce drame assurera l'élection de Johnson aux élections de novembre. Kennedy, lui, sera dans l'Île…

Il espère qu'il pourra, de là-bas, continuer à diriger la politique des États-Unis, ou tout au moins l'influencer, par l'intermédiaire de Johnson qui aura pris connaissance du dossier contenu dans le coffre secret. Mais il y aura plus exaltant encore : ce sera, avec TOUT le temps pour le faire, de préparer l'avenir de l'humanité.

Kennedy dans l'Île, Kennedy, président de l'Immortalité, Kennedy réapparaissant quand les jours seront venus pour emmener les hommes vers un destin sans limites dans le temps et dans l'espace…

Ce n'est pas un rêve de paranoïaque, c'est un projet dont les éléments concrets existent, et Kennedy sent qu'il est l'homme dont la destinée a besoin pour l'accomplir.

Il a déjà rédigé le cahier destiné à Johnson en cas d'accident. Il en écrira la dernière page le jour même où il s'embarquera pour l'Île, dévoilant à son successeur la vérité sur sa décision.

Leur décision, les Grands eux aussi l'ont prise après s'être concertés. Ils ne peuvent pas laisser un homme, quel qu'il soit, faire courir à l'humanité le risque de la contagion. Aucun n'a parlé de la possibilité que Kennedy aille se réfugier dans l'Île, mais tous y ont pensé et certains d'entre eux considèrent que ce serait là un danger aussi grand que l'autre. De toute façon ils ne peuvent pas hésiter, quelque horreur que leur inspirent les mesures à prendre.

C'est ici qu'intervient « Mr Smith », qui ne s'étonne que brièvement de la mission qui lui est confiée. Il ne sait pas qui le paie. Ses recoupements sont contradictoires. Il renonce à savoir. La somme qu'il a reçue et celle qu'il recevra lui permettront de se retirer. Et de disparaître, ce qui sera prudent. Il y a longtemps qu'il a préparé sa retraite. Les ordres sont : agir de toute urgence. Les Grands, en effet, ne sont pas sûrs que la contagion attendra cinquante ou cinquante-deux semaines pour se manifester. L'expérimentation est trop récente et trop peu importante pour en donner la certitude. Mr Smith, qui connaît partout des hommes toujours prêts à tout, s'envole vers l'Amérique et en quelques jours pose les bases de l'action. Le 5 octobre il retourne à Rome pour exposer son plan à son « contact ». Celui-ci est un fonctionnaire anglais dont la mère est une Russe blanche. Il est persuadé d'agir, par sentiments secrets anticapitalistes et nostalgie héréditaire slave, aux ordres d'un réseau soviétique.

Le 7 octobre, les Grands se consultent de nouveau et tous acceptent le plan, sauf Adenauer. Le 10, il donne sa démission de chancelier du Reich et se retire de la vie politique. Le 12, à Mexico, Mr Smith reçoit le feu vert. Son « contact » est cette fois-ci un officier américain d'origine texane. Mais Mr Smith, dont l'oreille a testé tous les accents du monde, décèle dans sa voix une imperceptible trace germanique. Le soir même, Mr Smith franchit de nouveau la frontière des États-Unis.

Le 22 novembre, à douze heures trente et une, à Dallas, d'une fenêtre du cinquième étage du *Texas School Book Depository*, Lee Harvey Oswald tire une première balle dans le cou du président Kennedy. Un autre tireur, installé en face, derrière le talus du chemin de fer, fait feu à son tour. Oswald tire une deuxième fois. Le second tireur aussi. Connally est blessé. Kennedy est mort.

Oswald est un élément dangereux, un instable mental. Il a été choisi uniquement pour ses rares qualités de tireur. Il se laisse capturer par la police avant qu'on ait le temps de le liquider. Ruby est chargé de réparer cette erreur. Il tue Oswald le surlendemain, dans les locaux mêmes de la police. Ruby a été assuré de l'impunité. Mais il meurt en prison. En quatre ans, vingt-cinq personnes qui avaient vu, entendu ou su quelque chose sur les événements de Dallas meurent d'accident, de « suicide » ou de « crise cardiaque » …

Les résultats de l'autopsie de Kennedy n'ont jamais été publiés. Son corps a été incinéré. Son cerveau et son cœur qui avaient été conservés ont disparu.

Le mercredi 18 octobre 1972, à sept heures du soir, le docteur Lins apparut sur les écrans pour proposer une convocation. Son visage mince et lisse, aux yeux bleu ciel, son calme et son sourire, lui donnaient, d'habitude, l'air d'un homme de trente ans. Ce soir, préoccupé, il en paraissait quarante. Il en avait soixante-deux. Il demanda à tous les médecins et biologistes de se réunir deux heures plus tard dans la salle ronde. Il insista beaucoup pour qu'ils fussent présents. C'était un gynécologue. Arrivé en 1956, il avait mis au monde presque tous les enfants de l'Île, par la méthode classique : piqûre pour ralentir les contractions, piqûre pour les accélérer, anesthésie pour la délivrance : accouchement à la commande… Il était suédois, il parla en anglais, avec quelques mots de la langue des enfants, soupira et disparut.

De tels avis télévisés étaient fréquents. Les habitants de l'Île se réunissaient souvent, par groupes plus ou moins importants, selon la gravité du problème à examiner, ou le nombre de spécialistes capables de donner leur avis sur la question.

La salle des assemblées, située au-dessous du jardin rond, avait la même forme que lui. Une table ronde entourée de vingt et un sièges en occupait le centre. Deux cercles de tables l'entouraient, jusqu'à un mètre du mur. Des micros disposés partout, une caméra au plafond, des écrans au mur, permettaient à chacun de bien entendre et bien voir ceux qui prenaient la parole.

Lins parla le premier. La salle était pleine. Les médecins, en combinaison noire, étaient tous venus. Ils étaient sept. Ils n'occupaient leur temps, chaque jour, qu'aux recherches. Ils ne savaient plus ce qu'était un malade, et les rares accidentés, premier pansement fait, guérissaient tout seuls. Il y avait cent quatorze combinaisons bleues de biologistes dispersées parmi des curieux de toutes couleurs. Tous les sièges étaient occupés, et de nombreuses personnes restaient debout, adossées au mur. Quelques enfants couraient sans bruit entre les cercles, en rond le long du mur, marchaient sur des pieds avec leurs pieds nus, riaient. Quelques-uns, allongés sur les tables, écoutaient. Les réunions, quel qu'en fût l'objet, étaient ouvertes à tous.

Roland s'était assis près de Jeanne. La température de la salle montait, le vent devint un peu plus vif, bousculant quelques papillons.

— Il y a dix ans que je ne sers plus à rien, dit le docteur Lins, mais je crains d'avoir bientôt à me rattraper… Je pratique des examens depuis trois jours, par larges échantillons d'âge, et je crois pouvoir affirmer qu'au moins la moitié des filles de treize à dix-huit ans sont enceintes… Ce qui représente cent à cent vingt naissances pour le mois de juin prochain…

Les savants de toutes disciplines qui se trouvaient là étaient, parmi tous les savants du monde, ceux qui avaient subi les plus grandes surprises, et rien ne pouvait plus les étonner. Ce ne fut pas l'inattendu de l'événement qui leur fit pousser des exclamations, mais la prise de conscience immédiate de sa gravité.

— Êtes-vous bien certain…, demanda Roland…

La voix aiguë d'une fille l'interrompit. C'était une longue et mince rousse de quinze ou seize ans, au teint lumineux, aux longs cheveux ondulés. Excitée, debout sur une table, elle sautait sur place en criant :

— Et moi, docteur, je le suis, moi ? Moi, je le suis, moi ?…

— Comment t'appelles-tu ?

— Mary Ouspensky.

Dans une bulle de verre, au plafond, Den, nu, pilotait la caméra. Pendant que Lins feuilletait ses dossiers, il cadra Mary qui s'était calmée et attendait, immobile, anxieuse. Et sur tous les écrans apparurent ses deux mains, minces et longues, croisées sur son ventre creux, pour déjà le protéger, avant même de savoir. La caméra remonta, s'attarda une seconde sur ses seins au bout rose, et atteignit son visage figé, attentif, lèvres ouvertes, au moment où la voix du docteur Lins annonçait :

— Ouspensky, Mary : positif. Tu es enceinte…

Les yeux verts de Mary devinrent comme le feu du soleil à travers des émeraudes, et son visage sauta hors des écrans. Elle bondit d'une table à l'autre, ivre de joie, en criant :

— Den ! Dis-le-leur ! Dis-leur qu'on est enceintes !

Elle sauta par-dessus les têtes des gens assis. Ses pieds nus freinèrent une seconde sur le ciment du sol, puis elle repartit en courant vers l'une des portes, à travers les brèches des cercles, suivie par tous les enfants qui se trouvaient là et qui criaient, même les garçons, même les plus jeunes, sans savoir pourquoi.

Den appuya sur un commutateur, et sa voix et son visage annoncèrent partout dans l'Île que le docteur Lins venait de déclarer que la moitié des filles qui n'étaient plus des gamines étaient enceintes.

Puis il cadra le docteur Fuller qui venait de prendre la parole :

— C'est une catastrophe... Je crains d'en être responsable... Je n'aurais pas dû donner cet avertissement... J'ai manqué de psychologie...

Son visage était écarlate, et ses cheveux blancs avaient l'air d'une fumée sur un feu.

— Comment auriez-vous pu deviner ? dit Galdos. Dans le Monde, les femmes ont peur de ce truc...

— Dans le Monde, dit Jeanne, pour des filles de leur âge c'est une malédiction, et pour la plupart des femmes plus âgées c'est *au moins* une complication...

— Mais ici c'est un désastre !

— Pour tous, dit Roland, pas pour chacune... Toute la différence est là...

— En tout cas, reprit Galdos, s'adressant à Fuller, il est trop tard pour vous ravager. Et puis ce serait arrivé quand même, tôt ou tard : la plupart avaient déjà appris le truc, qu'il suffisait de ne pas manger la tambouille de l'Île..., par la petite qui a commencé, comment l'appelez-vous ? la petite Chinoise... ?

— Annoa, dit Jeanne.

— Annoa, c'est ça… Drôle de nom…
— C'est un joli nom…
— C'est un nom indien ?
— Esquimau, plutôt.
— Rien du tout, inventé…

Les voix se répondaient de partout. L'image d'Annoa, bien qu'elle fût au cœur du problème, apportait un instant de détente, retardait le moment où il faudrait regarder en face la réalité.

— Elle ressemble à son nom…
— Elle est belle !
— Même au neuvième mois ! C'est pas facile !… Et à poil ! Mettez une fermière du Texas à poil à son neuvième mois, elle fera avorter toutes les vaches de son ranch !

Il y eut quelques rires qui s'arrêtèrent très vite, faisant place à un silence total.

Avorter… C'était le mot qui était né tout seul dans leur tête, aussitôt qu'ils avaient su. Il n'y avait pas d'autre solution. Ils étaient atterrés, les femmes plus encore que les hommes, car elles y pensaient aussi avec leur chair. Ces enfants conçus pendant les trois jours de septembre étaient les petits enfants de tous, même de ceux et de celles qui n'avaient pas de descendance, ils étaient les enfants de l'Île, ils faisaient déjà partie du corps de l'Île, ils étaient liés à tous. Mais il n'y avait pas de place pour eux dans l'hôtellerie…

Le côté collectif de la solution inévitable faisait d'elle un massacre, une boucherie. Les hommes et les femmes se taisaient, emplis d'horreur. Personne n'osait ouvrir la bouche pour prononcer le mot.

Un papillon passa devant l'objectif de la caméra.

Ses ailes agrandies traversèrent dans le même sens tous les écrans du mur, cernant la salle d'un éclair de pourpre.

— On pourrait tout de même… on pourrait en garder quelques-uns…, dit le docteur Fuller. Il reste quand même quelques places…

— Vous en parlez comme si c'était des petits chiens, dit Jeanne. On en garde combien ? On en noie combien ? Et comment les choisirez-vous ?

Le docteur Fuller devient violet.

— Je voudrais bien savoir si vous avez une autre solution à proposer… Personne ne serait plus heureux que moi de l'adopter !…

— C'est simple, dit Jeanne : nous serrer… Vivre deux par chambre, trois si c'est nécessaire…

— C'est déjà ce que nous serons obligés de faire quand tous les enfants actuels auront grandi, lui dit doucement Roland. La plupart vivent dans le jardin. Quand ils voudront leur place dans les chambres il faudra bien se pousser…

Le docteur Galdos se leva, pour donner plus de poids à ce qu'il voulait dire.

— Il n'est pas possible, absolument pas possible d'envisager la venue d'une nouvelle génération. Nous sommes déjà à la limite de la rupture. Si nous laissons arriver cette nouvelle couche de vie, si nous augmentons notre densité, qui est déjà à peine supportable, ce ne sera même plus la cohue, mais l'entassement. Nous ne pourrons plus évacuer assez rapidement les déchets, nous devrons, pour renouveler l'air, faire régner à l'intérieur de l'Île une bourrasque permanente. Nous serons à la merci d'une panne de moteur, d'un retard de vingt-quatre heures pour le ravitaillement de nourriture. Nous serons sous la menace perpétuelle de l'asphyxie, de la famine et de l'empoisonnement. Et cela n'est rien à côté des conséquences sur le plan mental. Il n'y aura plus jamais, nulle part, pour personne, un instant possible de solitude, plus d'isolement pour les couples, plus de silence, plus de repos, plus de réflexion... La vie individuelle va disparaître. Les habitants de l'Île, et surtout eux, nos enfants, vont devenir des cellules de moins en moins mobiles d'un organisme collectif, chacun se trouvant constamment, le jour, la nuit, et dans n'importe quelle action, au contact de ses voisins. Tout ce qui fait le caractère personnel de l'homme s'effacera. C'est une éternité d'abrutissement qui s'installera à moins que la fureur n'éclate, et ne fasse de la place, dans le sang...

« Et si nous laissons venir au monde cette première « tranche », toutes les filles qui ne sont pas encore enceintes feront le nécessaire pour le devenir. Elles n'ont même pas besoin de jeûner pour devenir fécondables, elles n'ont qu'à se nourrir pendant quelques jours de fruits, de chocolats, de toutes les bricoles venues du Monde, puisque seules les nourritures fabriquées ici contiennent du contraceptif. Vous pouvez être certains qu'elles le savent déjà. Et celles qui ne le savaient pas, maintenant qu'elles m'ont écouté le savent... Alors nous aurons non seulement cent naissances en juin, mais encore autant avant septembre. Et si ça les amuse, elles répéteront l'opération. Deux enfants, trois enfants chacune. Et leurs enfants continueront... L'Île sera morte avant, transformée en pudding !...

« Je m'excuse d'être un peu brutal... Je le fais

délibérément, pour vous nettoyer de la sentimentalité dans laquelle vous êtes en train de vous engluer. Il s'agit d'une question de survie ! Non pas pour chacun de nous, ce qui n'aurait aucune importance, mais pour l'expérience que nous menons ensemble, et qui concerne toute l'humanité. Et plus que l'humanité, toute la vie terrestre ! Et peut-être même toute la vie de l'univers !…

« Cet élan fantastique, cette nouveauté prodigieuse, sont mis en danger par quoi ? Par quelques douzaines de graines à peine germées. Il s'agit simplement de les empêcher de devenir plus que ce qu'elles sont : des possibilités presque abstraites, sans personnalité, sans forme, sans conscience. Cela peut être fait en quarante-huit heures. Nous ne devons pas attendre un jour…

— Vous avez vu la joie de cette gamine, dit Jeanne. Elles sont enceintes parce qu'elles l'ont voulu. Elles ont envie d'avoir des enfants. Elles n'accepteront pas d'y renoncer…

— Elles ont fait ça comme on joue aux billes, dit Galdos. Ça les amusait. C'était nouveau. Elles ne se rendaient pas compte des conséquences. Elles ne sont pas idiotes. On leur expliquera.

Les hommes et les femmes, les assis et les debout, soucieux, se taisaient. Quelques-uns hochaient la tête pour approuver, d'autres pour exprimer leur doute.

— Et cela ne doit plus JAMAIS se reproduire, poursuivit Galdos. Il faut le rendre impossible. Nous sommes des hommes de science : n'ayons pas peur des faits ni des mots. Nous devons d'abord, de toute urgence, procéder à… le… la…

Mais ce mot dont il prétendait ne pas avoir peur,

il ne put pas le prononcer. Il resta coi, bafouilla un peu, respira, serra les dents, et trouva une périphrase qui n'évoquait pas d'image insupportable :

— … Nous devons d'abord *neutraliser* le danger situé dans l'élément féminin, ensuite rendre l'élément masculin inoffensif… Nous nous sommes conduits comme des idiots. Nous avons enfermé entre nos murs un baril de poudre, le ventre féminin, avec un chalumeau, le sexe masculin, en nous persuadant qu'il suffisait de garder la poudre mouillée pour qu'il n'arrive rien. Eh bien, la poudre a séché et l'explosion est amorcée… Il est encore possible d'éteindre le feu pendant qu'il en est aux premières flammes. Mais nous devrons ensuite et surtout éteindre le chalumeau ! Je veux dire stériliser tous les humains mâles de l'Île, tous, hommes et garçons, quel que soit leur âge. La résection des canaux déférents est une opération bénigne qui laisse à l'homme toute sa virilité. Nous n'avons que peu de chirurgiens, mais les biologistes ont l'habitude de la dissection des animaux. Ce n'est pas plus difficile. Ils pourront opérer. Voilà ce que nous devons proposer immédiatement à la décision générale : suppression des ovules fécondés, neutralisation définitive des gonades mâles. L'Île est un vase clos dont personne ne doit sortir pour ne pas mettre le monde en péril, mais à l'intérieur duquel la vie ne doit pas continuer à surgir. Le contenu ne PEUT pas devenir plus grand que le contenant… Personne, je pense, ne se refusera au nécessaire. Je donnerai moi-même l'exemple. Dès demain je passerai sur la table d'opération. Je demande aux femmes présentes de parler aux filles enceintes. Elles sauront mieux les convaincre que ne le feraient des hommes. Ce sont *nos* filles : pas des arriérées mentales… Elles comprendront vite qu'il serait stupide de créer des enfants pour les voir mourir, et mourir avec eux et à cause d'eux dans dix ou vingt ans…

Jeanne se leva à son tour.

— Je suis la dernière arrivée, dit-elle, je ne suis pas encore bien assimilée, et j'ai des raisons personnelles de me sentir un peu à l'écart. Cela me donne peut-être un point de vue plus éloigné, à la fois, et plus objectif. Il me semble qu'il ne faut pas tant se hâter. Quelques-uns d'entre vous savent que j'ai désiré expérimenter le C41. Or j'ai largement dépassé le délai normal de la contagion, et je ne l'ai pas subie… Ce qui semblerait indiquer que le C41 est efficace. S'il est efficace, cela signifie qu'on pourra peut-être un jour envisager de SORTIR DE L'ÎLE…

Il y eut un brouhaha général et des exclamations. Un petit homme jaune dit en souriant qu'il faudrait beaucoup de temps pour confirmer ou infirmer l'efficacité du C41. Or la situation était pressante. À chaque jour de plus, l'intervention envisagée sur les filles deviendraient plus pénible, moralement et physiquement.

Galdos frappa du poing sur la table.

— Les études, les espoirs, les travaux, d'accord ! d'accord ! Mais tout cela c'est l'avenir. Pour que cet avenir existe, il faut *stabiliser* l'Île, dès aujourd'hui.

Un Noir en combinaison violette se leva. C'était l'évêque catholique, Davidson.

— Ce que je viens d'entendre m'a empli d'horreur, dit-il. Je ne peux pas appuyer les mesures proposées. Vous avez parfois commis le sacrilège de nommer l'Île le Paradis… Vous voulez en faire un Enfer !…

Il y eut un craquement dans les haut-parleurs, suivi d'un hurlement. Un visage bouleversé chassa l'image de l'évêque de tous les écrans de l'Île. Interminablement, il appelait au secours. C'était le visage de Han.

Dans la lumière bleue de la nuit, Annoa, étendue sur l'herbe du jardin, gémissait et criait. Les pâquerettes avaient fermé leurs yeux blancs, et l'herbe était sombre, et Annoa était une boule sombre qui remuait et gémissait et parfois poussait un cri déchiré. Et Han, debout auprès d'elle, son visage et ses cheveux d'or éclairés par le projecteur de la caméra d'alerte, appelait au secours, appelait tout le monde à l'aide, appelait il ne savait quoi : Annoa criait, Annoa souffrait, c'était peut-être cela, mourir…

Les animaux de jour, réveillés par ces cris qu'ils n'avaient jamais entendus, épouvantés, fuyaient dans la nuit, leurs pupilles ouvertes jusqu'au noir de l'œil, se heurtaient aux troncs des arbres, s'étranglaient dans les lianes des arbustes, les oiseaux cognaient leur vol au plafond et au mur, les petits rongeurs de nuit tremblaient au fond de leurs terriers, un chat siamois, aux yeux comme des étoiles, volait de branche en branche, en zigzag, fou. Le renard leva son long museau vers la lune qui n'était pas là, et se mit à hurler.

De tous les points du jardin et de l'Île, les garçons

et les filles accouraient vers le cri, et les adultes suivaient. Jeanne arriva la première et cria à son tour, pour réclamer la lumière du jour. La lumière blanche s'ouvrit, le chat tomba sur l'herbe, et se dressa sur ses quatre pattes raides, la queue verticale, le dos hérissé. Le renard se tut. Jeanne s'agenouilla près d'Annoa, essuya son visage couvert de sueur avec de l'herbe fraîche, lui prit la main, et lui dit d'une voix rassurante :

— Calme-toi, mon petit, calme-toi… Allonge-toi… Détends-toi… Là… Bien… Respire comme tu as appris…

Annoa cessa de gémir et regarda Jeanne avec une énorme interrogation dans les yeux.

— Oui, dit Jeanne souriante, oui… C'est ton enfant qui vient…

— Oooh !… firent les enfants.

Et les adultes qui étaient venus jusque-là s'en allèrent, discrets. Le docteur Lins lui-même, sur un signe de Jeanne, se retira.

— C'est notre enfant qui vient ! dit Han.

Il y avait pensé tous les jours, et maintenant que le moment était là, cela lui paraissait si extraordinaire qu'il ne pouvait le croire. Il s'agenouilla de l'autre côté d'Annoa et lui prit l'autre main.

— Annoa ! Annoa ! C'est notre enfant qui vient !

Sa voix n'affirmait pas, elle demandait si c'était vrai, si c'était vraiment vrai. Et Annoa lui sourit avec amour et lui fit oui de la tête. Elle, maintenant, elle savait, et elle était prête.

Et la phrase se mit à courir et à bondir parmi les filles et les garçons.

— C’est notre enfant qui vient !… C’est notre enfant qui vient !…

Ils se donnèrent des bourrades et des coups de poing de joie, puis ils se calmèrent, et comme Han et comme Jeanne ils s’agenouillèrent.

Une nouvelle contraction crispa le visage d’Annoa. Jeanne dit très vite :

— Respire !… Respire !

Annoa commença à haleter comme Jeanne lui avait appris et tous les enfants se mirent à haleter avec elle. Et peu à peu la contraction cessa d’être une souffrance pour n’être plus qu’un mouvement irrésistible de la chair qui poussait vers la lumière une chair nouvelle.

Et quand cela recommença, Annoa se mit aussitôt à haleter et n’eut plus mal. Tous les garçons et les filles s’étaient couchés et haletaient avec elle. C’était leur enfant qui arrivait.

Cela dura la moitié de la nuit. Les oiseaux, croyant que le jour était levé, chantaient. Les enfants s’endormaient et se réveillaient quand il fallait pour respirer en même temps qu’Annoa, et Den les accompagnait avec sa guitare-cigogne. À trois heures du matin, Jeanne dit :

— Cette fois ça y est, mon poussin, il est là…

Dans la porte qui s’ouvrait entre les cuisses brunes apparut une tache d’or, le sommet de la tête de celui qui arrivait.

— Il est blond comme son père, dit Jeanne. Pousse, mon petit, pousse un bon coup !…

Annoa gémissait de bonheur et d’effort. Une joie énorme coulait vers le bas de son corps et l’ouvrait pour en sortir et devenir plus grande encore. Elle serra la main de Han, y enfonça ses ongles en gémissant.

— Oh ! Han… Que c'est beau !… que c'est beau !…

Les garçons et les filles s'étaient groupés devant Annoa pour voir arriver leur enfant. La tête blonde sortit. Un grand garçon s'évanouit et glissa dans l'herbe. Han tremblait. Le coq bleu à la crête flamboyante vola sur l'épaule de Den et d'un grand cri appela le soleil. L'enfant glissa hors d'Annoa. Jeanne le reçut dans ses mains ouvertes et le souleva pour que sa mère fût la première à voir son visage et son sexe.

Annoa dit d'une voix épuisée :

— C'est une fille !…

Des larmes de bonheur coulaient de ses yeux.

Jeanne souleva la fille par les pieds et lui tapa sur le derrière pour lui faire ouvrir les poumons. Elle poussa un cri de petit chat. Jeanne posa l'enfant sur le ventre qui l'avait fait.

Lorsqu'en février 1972 Nixon prit l'avion pour Pékin, les peuples crurent à l'avènement d'une ère nouvelle. L'Asie communiste et le capitalisme occidental se tendaient la main. On allait s'entendre par-dessus toutes les différences. La véritable pacification du monde commençait.

La réalité était autre. Le voyage de Nixon avait deux buts cachés, dont le premier n'était connu que de Brejnev et d'Elizabeth II, et le second de lui seul…

Il s'agissait d'abord d'essayer de deviner – ce dont il ne pouvait évidemment pas charger Kissinger – si Mao avait, oui ou non, pris du JL3. Sa santé éclatante, sa « longue nage » dans le Yang Tsé Kiang, à un âge où les hommes moyens sont juste capables de supporter un bain de pieds, ses éclipses suivies de réapparitions joufflues, inquiétaient les Grands depuis plusieurs années. De Gaulle, le premier, se demanda si le chef de la Chine n'avait pas fait comme Kennedy. Et s'il l'avait fait, ce n'était certainement pas en courant le risque de contaminer son peuple, qu'il avait déjà grand-peine à maintenir dans des limites de croissance hors desquelles le guettait la famine. S'il s'était permis de prendre du JL3, c'était parce que ses biologistes avaient trouvé le moyen de juguler le virus et de supprimer la contagion. Il fallait savoir…

De Gaulle, officiellement, reconnut la Chine communiste, et fit informer Mao, de façon discrète, qu'il ne refuserait pas une invitation à se rendre à Pékin. Il était certain, s'il se trouvait en face du chef chinois, de deviner. Mais l'invitation ne vint pas.

Quand il se retira à Colombey, de Gaulle fit connaître ses pensées au sujet de Mao à Nixon, à Brejnev et à Elizabeth II, déposant sur leurs épaules le fardeau de son inquiétude. Puis il mourut.

Nixon prit le relais. Il lui fallut plus de deux ans pour s'ouvrir la route de Pékin. Quand arriva enfin le moment de s'envoler vers la capitale chinoise, un autre souci, peut-être encore plus effrayant, était venu s'ajouter à celui légué par de Gaulle. Les rapports de ses services d'espionnage, et les photos transmises par le satellite fixe placé au-dessus du territoire chinois, que le Pentagone « exploitait » dans un service d'urgence au lieu de les envoyer dans l'océan des archives, aboutissaient aux mêmes conclusions : la Chine préparait quelque chose.

Au sud-est de Nanchang, une région grande comme un quart du Texas était en pleine transformation. Une multitude d'ouvriers y construisait des pistes, des voies ferrées, des hangars démesurés, creusait des canaux, des souterrains et des silos. Le Pentagone avait sauté immédiatement à la conclusion qu'il s'agissait d'un vaste champ de tir de fusées intercontinentales destinées aux USA ou à la Russie, ou aux deux. Et trois cent douze missiles nucléaires avaient été détournés de leur objectif primitif et braqués vers le sud de Nanchang.

Nixon avait laissé faire. On ne sait jamais... Mais il craignait autre chose. Au moment où les USA abandonnaient le programme Apollo, où l'URSS ralentissait la fréquence de ses Luna, la Chine n'allait-elle pas prendre brusquement le relais et placer le monde devant une gigantesque surprise spatiale ? Il était bien étrange qu'elle n'eût pas fait jusqu'à présent la moindre tentative hors de l'atmosphère, et qu'elle n'eût manifesté aucune curiosité envers les planètes. La rapidité avec laquelle elle avait réalisé la construction des bombes A et H montrait bien que ce n'était pas le problème de la technique qui la retenait. Quant au prix de revient, en République Populaire Chinoise, cette expression n'avait pas de sens.

Nixon s'était plongé dans l'histoire de la Chine, et avait appris que les Chinois avaient été les premiers astronomes, avant les Chaldéens eux-mêmes, et des milliers d'années avant l'Occident. Comme ils avaient été les premiers inventeurs de fusées, les premiers à sonder les mystères profonds de la Terre avec leurs sismographes à billes, les premiers à connaître les vraies lignes de force du corps humain, qui ne sont ni les nerfs, ni les os, ni les artères, ni les muscles, mais les axes selon lesquels l'ovule fécondé se divise et se déplie pour devenir un organisme achevé. Ces traces des plis et des charnières du fœtus, profondément marqués dans la chair de l'individu, sont ce que les acupuncteurs nomment les méridiens, qui laissent les physiologistes occidentaux déroutés et perplexes.

Il n'était pas vraisemblable qu'avec un tel passé la Chine se désintéressât de la course à l'espace. Il était beaucoup plus probable qu'avec toute sa puissance et son secret elle fût en train de préparer quelque fantastique départ qui laisserait dans la poussière les cosmonautes russes et les astronautes américains. Les dimensions des préparatifs surpris par le satellite étaient fantastiques. Mais l'enjeu l'était aussi. Tout en synchronisant, depuis l'entrevue Khrouchtchev-Kennedy de Vienne, leurs efforts vers l'espace, les dirigeants russes et américains savaient qu'un jour ou l'autre un choix serait fait par l'histoire, c'est-à-dire par le bloc qui serait le plus fort ou le plus habile au moment voulu : le système solaire serait communiste ou capitaliste.

Mais depuis qu'il avait vu les photos de la région sud de Nanchang, Nixon se demandait si l'option ne serait pas différente : le système solaire serait blanc ou jaune…

Il était décidé, en homme d'affaires américain, à poser carrément la question à Mao, aussi bien en ce qui concernait l'espace que le JL3. Il avait, pendant deux ans, étudié le chinois. Il en savait assez pour prononcer quelques phrases précises et pour comprendre une réponse réduite à oui ou à non. Il savait d'ailleurs que Mao parlait un peu l'anglais. C'était dans cette langue qu'il échangeait avec lui, par le téléphone direct, les quelques paroles rendues parfois nécessaires par les événements qui concernaient l'Île.

Mais pendant son séjour en Chine, du 21 au 28 février 72, il ne put obtenir de Mao une seule minute d'entretien en tête à tête. Le président chinois prétendit en souriant ne pas comprendre l'anglais et ne voulut jamais se séparer de son interprête. Nixon ne pouvait évidemment pas parler du JL3 devant ce dernier. Et comment, en sa présence, faire état de ses renseignements sur la région sud de Nanchang ? C'eût été faire perdre la face à Mao que l'obliger à connaître, devant un tiers, que son territoire était espionné, ce qu'il n'ignorait nullement.

Nixon trouva pourtant l'occasion de lui dire, au cours d'une conversation, sous la forme d'une plaisanterie :

— Je me demande si vous voyez rouge la nuit…

Mao sourit jusqu'aux oreilles et dit quelques mots que l'interprète traduisit fièrement :

— La Chine est rouge ! la nuit comme le jour !…

Quand le président des États-Unis rentra dans son pays, il n'en savait pas plus long qu'à son départ. Les travaux du Sud-Nanchang préparaient peut-être la plus grande base de départ d'engins spatiaux du monde, ou peut-être, simplement, l'infrastructure d'une région industrielle, ou un nouveau système d'irrigation…

Quant à la santé de Mao, elle lui avait paru un peu trop belle pour être normale. Mais peut-être, demain, apprendrait-on sa mort subite…

Il décida de s'entretenir de tout cela avec Brejnev. L'antagonisme capitalisme-marxisme devait s'effacer devant l'éventualité de l'implantation de bases chinoises dans les planètes et de la transformation du système solaire en une fourmilière jaune. La solidarité blanche devait jouer.

De retour à Washington, Nixon téléphona à Brejnev. Trois mois après, il était à Moscou.

Jeanne avait fait tout ce qu'il fallait faire. Han s'allongea près d'Annoa, bien serré contre elle, et posa leur fille sur eux deux, dans la vallée formée par la rencontre de leurs corps. En quelques minutes, ils s'endormirent tous les trois, rassemblés dans leur chaleur et leur bonheur.

Jeanne avait de la peine à se convaincre que le nouveau-né tout nu ne risquait pas de prendre froid, qu'aucun microbe ne pouvait l'assaillir, qu'il se trouvait aussi défendu, et même mieux, qu'un agneau d'un jour ou un petit chat d'une heure. C'était la nouvelle espèce humaine, qui n'avait pas besoin d'être blindée contre les agressions par des épaisseurs de vêtements, saine, naturelle, comme l'avaient été, peut-être, Adam et Ève. Bahanba n'avait-il fait que retrouver par hasard l'innocence et la puissance de la source ? Mais l'humanité était devenue une mer… Ou un marécage ? Jeanne cessa de se poser des questions, s'allongea à côté du père, de la mère et de l'enfant et, épuisée, s'endormit comme eux.

La lumière blanche s'était doucement éteinte. Tous les enfants dormaient, aussi fatigués qu'Annoa par la naissance de celle à qui elle avait donné un nom qui était le sien et celui de Han réunis : Hannao.

La lumière du jour revint à son heure. Quand Jeanne rouvrit les yeux, Roland était debout près d'elle et lui souriait. Il lui tendit les mains, elle les prit et il l'aida à se lever en la tirant vers lui. Il allait la serrer dans ses bras et elle allait se laisser faire, quand elle pensa tout à coup qu'elle devait être affreuse, ainsi surprise au réveil. Elle se détourna, lui échappa, et courut au ruisseau. Agenouillée, elle prit de l'eau dans ses mains, y plongea son visage, secoua la tête, passa ses doigts dans ses cheveux courts et revint vers Roland en riant. N'étant pas rentrée dans sa chambre elle n'avait pas pris ses tranquillisants et, curieusement, elle se sentait comme délivrée. Peut-être était-ce d'avoir dormi sur l'herbe, de s'être éclaboussée dans l'eau vive ou d'avoir aidé un enfant à venir au monde.

Ce fut seulement alors qu'elle pensa au nouveau-né. Elle prit à deux mains le bras de Roland, et pivota pour regarder autour d'elle. Elle découvrit Annoa assise au pied du tilleul. Elle tenait sa fille couchée dans son bras gauche, et de la main droite lui présentait son sein doré, gonflé, gourmand d'être mordu. La petite bouche savait. Les lèvres s'ouvrirent, la langue se creusa en canal autour de la pointe offerte, aspira, et la vie de la mère coula dans l'enfant.

Han arrivait avec des nourritures et des fleurs. La plupart des garçons et des filles dormaient encore. Quelques-uns s'étiraient ou bâillaient. Il y avait autour d'Annoa une petite cour étonnée, qui admirait d'un œil et se rendormait de l'autre. Un merle abruti de fatigue piétinait le gazon sans conviction, pour essayer d'en faire sortir un ver. Le chat siamois lui tomba dessus et l'emporta. De toutes les fleurs montaient les parfums humides du matin qui se mêlaient en cent remous, tièdes et frais, vivants. Jeanne les sentit pénétrer en elle comme des couleurs et des oiseaux. Pendant quelques secondes elle fut le jardin tout entier qui s'éveillait dans le bonheur.

— Ils n'ont plus besoin de toi, dit Roland. Viens…

Ils allèrent prendre sur la plage haute un vrai petit déjeuner à la parisienne, café-crème et croissants chauds, et Roland lui dit pourquoi il était venu la chercher :

— Nous allons nous réunir chez Bahanba, quelques biologistes et le docteur Lins. Je voudrais que tu viennes aussi. Ce sera en quelque sorte la fin de la réunion qui a été interrompue hier soir par Han. Nous avons besoin des conseils de Ba.

— Il peut encore en donner ?

— Il lui reste à peine la force de parler, mais il approche de la sagesse totale.

L'esprit de Bahanba flottait sur l'eau. Un verre d'eau par jour, c'était tout ce qu'il avait pris depuis cinq semaines. De l'eau qu'on faisait venir pour lui, sans qu'il l'eût demandé, d'une source des Montagnes Rocheuses vierge de toute pollution, jaillissant du flanc sud du mont Assiniboine, au Canada.

Il sentait son corps peu à peu disparaître. Enfin libéré par le jeûne de tous liens affectifs pour ce corps personnel, il ne le considérait plus que comme le lest qui ancrait son esprit à la terre. Mais son poids diminuait d'heure en heure. Il était aujourd'hui pareil à une feuille sèche, et bientôt il ne pèserait plus rien.

Alors qu'il approchait du moment où il en serait délivré, Bahanba le considérait avec détachement et amitié. Son esprit, enfin devenu le maître, visitait dans tous ses détails cette usine dont les verrous étaient tombés. Il en appréciait le fonctionnement admirable, depuis les grands travaux de ses organes jusqu'aux tâches infinies de ses cellules et des univers qui composent chacune d'elles. Le corps, piège purificateur, était pareil, dans son ensemble et ses détails, à la Création. Dieu l'avait fait pour permettre à l'âme en passant à travers lui de devenir mieux qu'elle-même. Mais pourquoi avait-Il fait la Création ? Dieu a-t-Il besoin de devenir mieux que ce qu'il est ? Mais, Dieu, QU'EST-CE QUE C'EST ? L'âme de Bahanba est-elle devenue assez pure pour le savoir bientôt ? ou bien devra-t-elle traverser encore mille fois mille vies avant de se confondre avec Lui ? Qu'il en soit fait comme il doit être. Il ne faut avoir ni espoir ni crainte. Ce qui est, est.

Galdos parlait et exposait à Bahanba la situation de l'Île. Debout, et regardant le lit où était étendu le vieillard, se tenaient aux côtés de Galdos : Hamblain, Lins, Sanderson, Ramsay, Acharya, Roland, Menchinov, l'évêque noir Davidson, l'atomiste Linsay, le biologiste chinois que tout le monde nommait Ho, et, près de Roland, Jeanne. Et, derrière tous, Samuel Frend.

Bahanba était immobile, les yeux clos, allongé sur son lit dans sa robe blanche. Les mouvements de sa respiration n'étaient pas visibles. Sa peau, tendue sur les os de son visage, donnait à ce dernier les traits d'une momie de trois mille ans. Les formes, mais non l'apparence, car la vie en rayonnait. Ses cils dessinaient une frange blanche sur le haut de ses joues brunes. Sa barbe blanche brillait et semblait couler comme une source.

En même temps qu'il connaissait son corps et qu'il méditait, Bahanba écoutait. Et tout cela était la même chose.

Quand Galdos eut fini de parler, la poitrine de Bahanba se souleva légèrement, et toutes les autres poitrines s'arrêtèrent de respirer. Il voyait clairement ce qui allait arriver si on faisait quelque chose, et ce qui arriverait si on ne faisait rien. L'une ou l'autre éventualité était un événement minuscule et peut-être nécessaire dans le mouvement infini de l'Être. Ils ne comprendraient pas, mais il devait essayer de le leur dire. Ses lèvres s'entrouvrirent et les treize qui étaient là entendirent le souffle de sa voix sur le souffle du vent.

— … Le monde bouge… l'Île bouge… le Paradis est immobile… Ce qui arrive n'est pas ce qui est… Faites ou ne faites pas, mais dans la vérité…

Il se tut et sa respiration devint de nouveau imperceptible.

Silencieusement, ses visiteurs sortirent. Quand ils furent tous dans la rue, Galdos parla de nouveau :

— Vous avez compris ?… Moi, rien… Il commence à dérailler… Nous devons prendre une décision sans lui, et sans perdre une minute… L'Île bouge…, oui, ça c'est certain… elle s'est mise drôlement à bouger !… Et nous devons freiner à fond… Voilà la vérité… Vous êtes d'accord ?… Je vais demander aux adultes de se prononcer pour ou contre. Ensuite, nous demanderons aux filles de passer chez les médecins et les biologistes. Il faut que tout cela soit décidé aujourd'hui. Est-ce que vous pensez comme moi ?

Jeanne elle-même ne trouva rien à dire. Elle se serra en frissonnant contre Roland. Il la réconforta doucement :

— Cela nous paraît monstrueux parce qu'elles sont nombreuses, mais pour chacune ce n'est pas grand-chose. Et pour les ovules, ce n'est rien.

Galdos alla se placer devant la caméra la plus proche et lança un appel général. Pour ceux qui n'avaient pas entendu les exposés de la veille il répéta tout, tira les conclusions, proposa la neutralisation immédiate des ovules fécondés, demanda aux adultes de réfléchir, et à ceux qui étaient contre sa proposition de le faire savoir avant le soir au docteur Lins. Les enfants seraient ensuite appelés à donner leur avis, puisque cela les concernait.

Quand vint l'heure de la lumière bleue, aucun adulte n'avait manifesté d'opposition.

Mais les enfants n'avaient pas attendu pour exprimer leur avis. Toute la journée ils l'avaient dit, chanté, crié, joyeusement. Les filles enceintes voulaient garder leur enfant, et celles qui ne l'étaient pas voulaient le devenir. Les garçons avaient peint des fleurs et des oiseaux sur les ventres plats des filles, et les filles avaient tressé des ceintures de fleurs autour des tailles fines des garçons, avec des guirlandes et des nids pour orner, et glorifier leur sexe qui donnait les enfants. Aucune ne mangeait plus rien qui fût fabriqué dans l'Île, et elles recommençaient à tout instant la cérémonie de l'amour. C'était dans toute l'Île une fête puissante de la vie, un lent tourbillon de création qui avait pour centre le jardin rond, et au centre du jardin le nouveau-né d'un demi-jour. Chacun des enfants de l'Île vint une ou plusieurs fois dans la journée le regarder, et lui parler ou se taire. Et s'émerveiller de le voir si petit, si laid, si beau, et qu'il fût né du corps de sa mère, et que son père l'y eût semé. Un mouvement ininterrompu tournait autour de lui, venait jusqu'à lui et en repartait. Il était comme un soleil qui ne sait pas ce qu'il est, qui ne sait pas qu'il est, et dans son ignorance et son innocence attire l'amour et le donne.

Et quand arriva le soir, les garçons et les filles

avaient presque oublié ce que Galdos avait demandé, tellement cela leur paraissait faux, invraisemblable, à rejeter, sans importance.

Les treize se réunirent une nouvelle fois, dans la chambre de Galdos. Ils y tenaient à peine. Ils s'assirent comme ils purent, sur le lit, sur les sièges, sur le bureau. Jeanne resta debout, pour parler. Elle voulait convaincre, et peut-être se convaincre.

— On sait maintenant que les filles ne viendront pas trouver les médecins. Alors, va-t-on les contraindre ? Et comment ? L'Île de la liberté va-t-elle se renier ? Les adultes se transformer en gendarmes ?

Elle regardait tour à tour tous les autres. Frend était assis dans un coin, aussi loin d'elle qu'il avait pu. Elle le regarda dans les yeux, il plissa un peu les paupières, elle éprouva une impression bizarre qui faillit retenir son regard, mais elle continuait de parler, et sa parole l'entraîna vers un autre visage.

— Puisque le C41 paraît efficace, ne pourait-on pas l'expérimenter encore, et envisager l'ouverture de l'Île dans un délai assez proche ? Vingt ans ? Peut-être moins ? Et laisser venir au monde la troisième génération en envisageant seulement des difficultés, et non un désastre ?

Ils l'écoutaient en silence. Jeanne, debout, là, présente devant eux, était la preuve d'une solution possible. Une solution d'une fragilité scientifique redoutable, mais envisageable, et qui d'ailleurs s'imposait. Ce n'était pas une certitude, à peine un soupçon d'espoir, mais ils étaient épuisés par l'inquiétude, ils avaient perdu l'habitude des problèmes urgents et des tourments, et ils avaient envie de partager la joie des enfants, tout en sachant combien elle était folle.

— Eh bien, dit Galdos, je ne vois pas quel autre truc on pourrait envisager... Nous avons besoin encore de quelques techniciens, auxquels nous avions renoncé faute de place, il faut les faire venir immédiatement, et les mettre tous au C41. Dans trois mois nous serons fixés...

Trois mois...

Plus le délai nécessaire pour qu'ils arrivent...

— Dieu veuille, dit Lins, que vous ayez raison, madame.

Ils se séparèrent dans une sorte d'euphorie artificielle dont ils masquaient l'angoisse à laquelle aboutissait leur logique. C'était un jour de joie, les enfants avaient chanté le bonheur et la vie, il fallait croire les enfants, même si c'était absurde. Pour une fois, faire confiance au sentiment, et non à la raison, Demain, on réfléchirait...

Roland demanda à Jeanne si elle accepterait de venir dîner chez lui, pour célébrer ensemble ce jour qui aurait pu être un jour de tristesse et était devenu un jour de soulagement.

Elle lui prit le bras sans rien dire, et l'accompagna. Ils passèrent par le jardin. Beaucoup d'enfants dormaient, mais d'autres chantaient encore. Quelques feux brûlaient. Près du ruisseau ils trouvèrent Han et Annoa assis près des flammes, avec leur fille qui dormait sur l'herbe, entre eux. Den fredonnait une chanson qui parlait de cheveux couleur de feu. Mary était allongée près de lui, et l'écoutait et le regardait. Elle se demandait si c'était lui le père de l'enfant qu'elle allait avoir. Si elle devait en choisir un, ce serait lui. La lumière bleue et l'or des flammes se disputaient ses yeux verts. Roland cueillit une brassée de roses, et, quand ils furent dans la chambre, les disposa dans un vase devant l'écran de télévision, dont il coupa les circuits. Ce soir il ne voulait plus rien savoir de l'Île ni du Monde. Les roses étaient charnues, exubérantes, rouges comme le sang et la joie.

Jeanne commanda au téléphone des choses insensées : une poêle à frire, une laitue, de l'huile, des œufs frais, de l'estragon, de la crème, une truffe, des fraises… Et elle se mit à rire aux larmes quand elle vit, cinq minutes plus tard, le chariot sortir du mur avec tout ce qu'elle avait demandé. Pendant que Roland commandait à son tour du champagne, elle lui confectionna une omelette légère, somptueuse, telle qu'il les aimait rue de Vaugirard.

Ils burent le champagne au bonheur des autres et au leur. Jeanne se détendait, presque heureuse. Certaine, maintenant, d'être peu à peu délivrée de sa souffrance par l'âge qui l'emportait, elle voulait, pour un soir, croire qu'elle était toujours la Jeanne d'autrefois et qu'elle n'avait, pas plus que Roland, changé. C'était un soir de fête, un soir un peu fou. Elle tournait le dos à la lampe et au miroir. Demain viendrait, bien sûr… Demain… Elle aurait pour l'occuper les soucis de l'Île renaissants. Et pour les émousser, les tranquillisants. Et puis ce serait après-demain, déjà un peu moins dur à traverser, et puis chaque jour suivant plus apaisé, chaque jour qui, pour elle, compterait vraiment pour un jour. Ce soir ne se renouvellerait pas, c'était un soir unique, un soir de Vaugirard surgi du passé. Roland, assis en face d'elle, était le même

Roland, il lui parlait avec la même voix basse et chaude, il lui disait les mêmes mots de tendresse et de désir, l'Île n'existait pas, l'omelette était exquise, et les fraises arrivaient du printemps, douces, parfumées, c'était le printemps partout.

Vint le moment qu'elle redoutait, et qu'elle attendait depuis le tiers de sa vie. Roland éteignit la lumière blanche. Elle éteignit la lumière bleue. Elle voulait la grande protection noire de la nuit pour que Roland oubliât Jeanne d'aujourd'hui et se souvint de Jeanne de jadis. Elle ne le laisserait pas découvrir Jeanne et la regretter. Il y aurait cette seule nuit, puis elle s'éloignerait de lui, peu à peu, dans le temps illuminé par cette dernière joie volée, vers la paix…

Il la prit dans ses bras et l'embrassa avec tendresse, partout sur son visage brûlant, sur ses lèvres fermes et chaudes. Doucement il les fit s'ouvrir, et elles cédèrent. Leurs bouches avaient le goût des fraises.

Jeanne ferma les yeux pour empêcher de couler des larmes de bonheur et de détresse. Quand elle les rouvrit, elle reçut le choc d'une flamme que les larmes brisaient. Elle bougea la tête et ce fut un étincellement pareil à celui d'une braise que le vent secoue…

Tout à coup elle comprit. Elle vit la fusée immobile, la gerbe rouge superbe épanouie…

— Roland !… Roland !… JE VOIS LES ROSES !…

Elle s'arracha à ses bras et s'éloigna de lui en reculant.

— Jeanne !

— C'est horrible !…

Elle ne pensait pas à ce que l'échec du C41 représentait pour l'Île, aux solutions de force qu'il faudrait adopter, elle était envahie par cette pensée qui ne laissait de place à rien d'autre, cette certitude, cette image atroce : vingt ans de plus que lui… elle aurait *vingt ans de plus que lui pendant l'éternité...*

Elle se sentit prise au piège, comme une bête, elle chercha l'issue pour s'enfuir, la porte… Et tout près d'elle elle en vit *la poignée rouge...*

Elle la tourna et sortit… Dans la rue, elle se mit à courir.

La rue était plongée dans la nuit bleue, mais ponctuée de signaux rouges qu'elle n'avait jamais discernés : des mots et des flèches pour indiquer les directions, des cercles pour marquer l'œil des caméras et l'oreille des micros, des bandes pour signaler les bords des fontaines et les troncs des arbres, et un peu partout des graffiti enfantins, des animaux aux pattes raides, des humains aux doigts écartés, et à chaque porte son numéro et sa poignée en forme d'œuf… Et des papillons rouges que le doux vent de nuit emportait…

Pour se rendre chez elle, le chemin le plus court traversait le jardin. Quand elle y déboucha, elle s'arrêta net, le souffle coupé par sa splendeur flamboyante, puis elle se remit lentement à marcher entre les groupes d'enfants endormis, qui, sur le fond sombre de l'herbe, composaient des bouquets de lumière. Ces garçons et ces filles… Toutes ces filles magnifiques qui auraient un jour dix-huit ans et les *garderaient...* Et peut-être leurs filles qui les rejoindraient et resteraient jeunes comme elles… Et Roland parmi ces filles, Roland, homme de trente ans parmi les adolescents, homme rare et dur comme un diamant… Et elle, dérisoire, échantillon d'une ère révolue où la chair changeait en même temps que l'esprit, spécimen conservé par le JL3 comme par le formol, indestructiblement la même avec ses vingt ans de plus, ces années maudites où elle s'était usée à chercher… Et tout à coup lui revinrent à la mémoire les tentatives d'enlèvement de Paris et de Londres… La première fois, on avait voulu l'emporter parce qu'on la croyait contaminée, mais la deuxième fois c'était certainement Roland qui avait demandé qu'on la lui amenât dans l'Île, comme il y avait fait venir ses enfants… Il ne lui en avait jamais parlé, pour ne pas la faire saigner de regret. Il ne lui avait même pas parlé de ses enfants, par délicatesse, pour qu'elle ne fît pas le rapprochement… Si elle s'était laissé emmener, *aujourd'hui elle serait jeune !* Elle s'était défendue, obstinée, stupide, elle avait tué pour se défendre contre la jeunesse éternelle et le bonheur !… Elle râla d'horreur et reprit sa course. À la porte du jardin, elle se heurta à un homme en noir, immobile, qui s'excusa… Elle le reconnut. C'était Lins. Elle lui dit :

— C'est fini… le C41… raté… je vois le rouge… je suis contaminée… le virus a gagné !… moi j'ai perdu !…

Le docteur Lins était le seul gynécologue de l'Île. Son métier lui avait inspiré, chaque année un peu plus profondes, une grande tendresse, une grande pitié, une grande admiration pour la femme et les merveilleux mystères de son corps. La femme piège, la femme piégée, porteuse de la fleur qui attire et de l'atelier qui fabrique, la femme, quelles que soient ses amours, son indépendance, son intelligence, sa beauté, n'est rien d'autre qu'une fantastique machine à faire des vivants, avec, autour de cette machine ronde, fragile, solide, géniale, des formes sublimes ou repoussantes, une peau de soie ou de gravier, un cerveau coincé ou épanoui, des sens éteints ou exquis, tout un ensemble d'outils d'une ingéniosité divine n'ayant absolument aucune autre raison d'être que servir l'usine à fabriquer la vie.

Parce qu'il savait bien cela, le docteur Lins éprouvait, depuis le jour où il avait commencé ses analyses, une compassion infinie pour ces filles qu'il avait reçues dans ses mains lorsqu'elles étaient nées d'autres femmes, qui étaient à leur tour devenues femmes, et à travers lesquelles les instincts irrésistibles de l'espèce avaient recommencé à faire couler le courant de la vie arbitrairement interrompu par les adultes. En obéissant aux appels et aux joies de leur corps, en se réjouissant de le savoir habité, elles s'étaient replacées dans le droit fil de la nature, elles se montraient plus femmes que leurs mères devenues raisonnables. Et par elles la vie allait continuer de faire son devoir, qui était, justement, de continuer.

Il était venu les regarder dans la nuit bleue, avec angoisse, comme si elles étaient toutes ses filles. Avec espoir aussi, un espoir auquel il n'osait croire : la résolution prise à la réunion de ce soir était-elle autre chose qu'un leurre, un délai qu'on s'était accordé devant l'intervention déplaisante ? Ou bien était-ce vraiment une porte ouverte ?…

Les paroles de Jeanne la refermèrent brutalement. La façon dont elle courait en s'éloignant, sans hésiter entre les obstacles, lui confirma qu'elle avait bien dit la vérité, et qu'elle avait rejoint la communauté des hommes et des femmes pour qui la nuit n'était plus tout à fait la nuit, et la mort plus tout à fait la mort… Il jeta un dernier regard vers le jardin bleu fleuri de fleurs et d'enfants de lumière. À deux pas de lui, un garçon et une fille dormaient l'un près de l'autre, tournés l'un vers l'autre, un peu courbés dans la position de l'enfant dans la mère, les genoux un peu relevés, les mains près du visage, se faisant face comme des parenthèses de chair… Il crut reconnaître la fille. C'était une des plus jeunes filles enceintes. Elle avait juste treize ans. Elle était innocente et belle.

Le docteur Lins soupira, et s'en alla, tête basse.

La vie continue, s'épand et se répand, sans tenir

compte des circonstances. Ici, en continuant de se multiplier, elle allait aboutir à sa propre destruction… Oui, bien sûr, hélas, il fallait les faire avorter. Parce qu'il était gynécologue, le mot, à lui, ne lui faisait pas peur. Ce n'était qu'un terme technique. Ce qui lui faisait horreur, c'était l'acte. Il ne l'avait pratiqué qu'une fois, sur une mère en danger de mort. Ici toutes les mères étaient en danger de mort, et tout le reste de la communauté avec.

Il fallait agir tout de suite. On n'avait plus le droit de se perdre en discussions. Chaque jour qui passait rendrait l'opération plus pénible pour chacune et pour tous.

Mais quelle opération ?

Il était le seul à s'être posé la question : comment ? Faire avorter plus de cent filles, c'est facile à dire. Moins facile à faire. Surtout quand les filles *ne veulent pas*…

Au milieu de la nuit, comme presque toutes les nuits, Samuel Frend s'était levé pour aller boire un verre d'eau. Une heure plus tard, il fut réveillé par une vive douleur dans le ventre, accompagnée de spasmes qui lui soulevaient l'estomac. Il vomit, se rinça la bouche et but un autre verre d'eau, avec un comprimé d'aspirine. La douleur et les spasmes se calmèrent. Au cours de sa vie mouvementée, Frend n'avait jamais éprouvé de tels symptômes. Il se demandait si quelqu'un avait percé son identité et cherché à l'empoisonner et avec quoi. C'était peu probable, mais pas impossible. Le front moite, les muscles du ventre encore endoloris, il se rendormit alors qu'il récapitulait ses rencontres de la veille, pour essayer de deviner quand et comment on aurait pu lui administrer le poison.

De nouvelles douleurs le réveillèrent. Comme il ouvrait les yeux, son écran s'alluma tandis que résonnaient les sonneries de l'appel général. Il eut le temps, avant de courir vers la salle de bains, de voir apparaître le buste d'un homme revêtu de la combinaison rouge des chimistes. Il l'avait déjà rencontré, mais ne connaissait pas son nom.

Tandis que la révolte de son estomac vide le tordait au-dessus du lavabo, il entendit la voix de l'homme crier :

— Ne buvez pas ! Ne buvez pas d'eau ! L'eau est empoisonnée ! Ne buvez ni aux robinets ni aux fontaines ni aux ruisseaux ! Ne buvez pas !

Il fit retentir de nouveau, longuement, le signal d'appel, s'adressa particulièrement aux enfants du jardin en leur demandant de réveiller ceux qui dormaient encore, renouvela sa mise en garde, et raconta rapidement ce qui lui était arrivé. Et les quelques enfants et adultes qui avaient, comme lui, bu de l'eau au cours de la nuit, reconnurent, comme Frend les reconnut, les symptômes qu'ils avaient éprouvés. Mais parce qu'il était chimiste, il avait eu un réflexe de chimiste. Ne sachant pas dans quoi il avait avalé le toxique qui lui tourmentait les entrailles, il avait commencé par analyser l'eau de son robinet. Et il avait trouvé…

— L'eau contient un corps étranger. Je ne sais pas ce que c'est, je n'ai pas eu le temps de faire des analyses assez poussées. Mais je puis vous dire que l'eau se trouble ou se colore à certains réactifs, alors qu'elle devrait rester claire et incolore. Je ne pense pas que ce soit un poison dangereux, car je ne serais pas là pour vous en parler : mais il fait mal, comme ceux qui ont bu ont pu s'en rendre compte. Je suis allé faire un prélèvement dans le réservoir central. L'eau du réservoir contient ce corps étranger. Il y en a donc partout dans l'eau de l'Île. Ne buvez nulle part ! Je ne sais pas comment ce produit a pu se mélanger à l'eau. En tous cas, ce qu'il faut faire, et je m'adresse aux techniciens que cela regarde, c'est fermer le réservoir, et brancher directement l'usine de fabrication d'eau douce sur la salle des pompes. La distribution sera un peu irrégulière mais dans quelques heures nous pourrons boire, en attendant d'avoir vidé et nettoyé le réservoir. Moi et les autres chimistes allons…

Une voix anxieuse se superposa à la sienne.

— Je vous en prie ! retirez-vous !… J'ai quelque chose à déclarer au sujet de l'eau… Je sais ce qui s'est passé… Laissez-moi la place…

Le chimiste prit un air étonné, puis son image s'effaça. Sur tous les écrans de l'Île apparut le visage défait du docteur Lins.

— C'est moi, dit-il, qui ai empoisonné l'eau.

Frend avait regagné son lit. Les spasmes diminuaient d'intensité et de fréquence. Il s'épongea le front. Lins continuait :

— J'espérais qu'à la faveur du matin et des petits déjeuners, tout le monde, ou tout au moins toutes les personnes à qui ce produit était destiné l'auraient absorbé, avant qu'on ait découvert qu'il était transporté par l'eau. Je regrette profondément que l'alerte ait été donnée.

« Tout d'abord soyez rassurés : ce produit n'est pas toxique en si grande dilution. Il provoque simplement des contractions du diaphragme, et chez la femme, en plus, des contractions de l'utérus suffisantes pour expulser un ovule fécondé… Oui, il s'agissait de provoquer l'avortement des jeunes filles enceintes… Car l'espoir dont nous nous étions bercés est mort. Il n'y a pas d'antidote à la contagion de l'immortalité : le C41 a échoué ! Mme Jeanne Corbet a subi la contagion cette nuit. C'est elle qui m'en a informé. Elle va vous le dire elle-même… Mme Corbet, où que vous soyez vous m'entendez… Voulez-vous confirmer mes déclarations ?

Il y eut un silence. Lins écoutait, attendait, et son visage, à mesure que le silence se prolongeait, se défaisait davantage.

— Mme Corbet, je vous en prie, ceci est très grave !… Veuillez répéter ici, devant tout le monde, ce que vous m'avez dit cette nuit : Vous êtes contaminée, vous voyez le rouge !

En surimpression sur le visage de Lins, apparut, transparent, un peu décadré, le visage de Jeanne. Elle avait le regard fixe, les yeux et les traits décolorés par la superposition des images. Pareille à un fantôme, elle parla d'une voix qui était à peine plus qu'un souffle, mais que tout le monde entendit.

— C'est vrai…, dit-elle.

La voix de Roland éclata dans les haut-parleurs :

— Jeanne, où es-tu ? Jeanne, je te cherche ! Dis-moi…

L'image de Jeanne s'effaça.

Près du ruisseau, dans le jardin, Mary la rousse, étendue sur l'herbe, se tordait en se tenant le ventre. Elle s'était éveillée, une heure plus tôt, et elle avait bu.

— J'ai pris mes responsabilités de médecin, dit le docteur Lins. C'était la seule façon d'obliger les jeunes filles à renoncer à leur grossesse. *Et c'est encore possible*... Je demande qu'on ne vide pas le réservoir. Je demande aux techniciens de ne pas brancher l'usine sur les pompes.

« Il faut onze jours pour renouveler entièrement l'eau du réservoir. Personne ne pourra rester tout ce temps sans boire… Je demande aux adultes de veiller sur le réservoir et l'usine. L'Île doit boire cette eau, pour sa sauvegarde ! Nous allons tous souffrir… Plus ou moins… Les femmes plus que les hommes, et les filles enceintes plus que les autres… Mais quand ce sera terminé il n'y aura plus de danger pour l'Île… Je demande pardon à celles qui vont perdre l'enfant qu'elles voulaient garder… Il est sans doute juste quc nous souffrions tous pour ce crime que je suis en train de commettre au nom de tous…

Davidson, l'évêque noir, sauta tout nu hors de son lit et se mit à invectiver l'écran :

— Protestant ! hypocrite ! assassin ! sadique ! Que Dieu te torde les tripes autour du cou !…

Il tomba à genoux…

— Pardon, Seigneur ! pardon ! Pardonnez-moi ! pardonnez-lui ! pardonnez à ces enfants, pardonnez-nous à tous, nous ne savons pas ce que nous faisons ! Nous ne savons rien, rien, rien !… Rien que Vous, Seigneur !…

Il se mit à sangloter, se signa, se releva, et, tout ruisselant de larmes, se rendit au lavabo, ouvrit le robinet, et but coup sur coup deux grands verres d'eau.

La mission de Samuel Frend ne consistait pas à intervenir dans les événements de l'Île. Mais l'acte bref, décisif, qui s'imposait, lui apparut si clairement, que chez lui aussi le réflexe professionnel joua. Il s'habilla, en grimaçant parfois quand une douleur revenait, prit dans son placard un paquet de cigarettes et un stylo-bille, sortit, et se dirigea en courant vers l'usine d'eau. Des adultes, convaincus par le docteur Lins, se hâtaient dans la même direction.

Frend connaissait bien l'usine de conversion de l'eau salée en eau douce. Il y avait travaillé quelque temps comme dans tous les centres vitaux de l'Île. Quand il parvint dans la grande salle bleue, une violente bagarre opposait un groupe d'adultes de toutes couleurs à des adolescents, des garçons et surtout des filles, qui essayaient d'atteindre les commandes de la vanne reliant directement l'usine à la salle de pompes. Ce n'était pas exactement une bagarre : personne n'était armé, et les adultes se contentaient de faire barrage, d'essayer de repousser leurs assaillants, mais ils n'osaient pas frapper ces chairs tendres, ces chairs nues, de leurs fils et de leurs filles. Celles-ci étaient enragées, elles griffaient, elles mordaient, et ce fut une d'entre elles qui, la première, s'arma. Elle saisit une clef anglaise accrochée au mur et frappa. Un visage s'ouvrit et le sang jaillit. Il y eut une gerbe de cris féroces, les autres filles et garçons se saisirent de tout ce qu'ils purent trouver et en quelques instants firent la trouée vers la vanne.

Frend, à l'autre extrémité de la salle, déchira le papier de son paquet de cigarettes et en pétrit le contenu : c'était du plastic. Il le colla à l'endroit qu'il avait repéré, et y planta son stylo-bille après l'avoir réglé : c'était le détonateur.

Il vit que d'autres adultes et d'autres jeunes arrivaient et que la bataille reprenait et s'amplifiait autour de la vanne. Il sortit rapidement, par l'échelle qui conduisait à la trappe du plafond. À peine avait-il fait quelques pas au-dehors que l'explosion se produisit, ébranlant le sol sous ses pieds. C'était la pompe qui aspirait l'eau de mer jusqu'à l'usine qu'il venait de mettre hors d'usage.

Au premier relais d'émission qu'il rencontra, il boucha l'œil de la caméra avec sa main pour ne pas être vu, et parla dans le micro.

— Cessez de vous battre ! C'est inutile ! La pompe d'alimentation de l'usine vient de sauter ! L'eau de mer n'arrive plus ! Il faudra au moins une semaine pour réparer ou recevoir une autre pompe. *Il n'y a plus que l'eau du réservoir !* Nous devons la boire ! Pour sauver l'Île !…

Un groupe de jeunes arrivait en courant. Frend se tut et s'enfuit vers sa chambre.

Roland cherchait Jeanne. Elle n'était pas chez elle, personne ne l'avait vue ailleurs que sur l'écran. Il revint une fois de plus vers le jardin. Il en fut repoussé par un groupe de jeunes enfants qui en sortaient et qui le frappèrent à coups de poings. Une fille lui prit la main droite et la mordit. Il cria de surprise et de douleur, se dégagea et la gifla. Elle hurla. Les garçons le firent tomber, le frappèrent avec leurs pieds. Leurs talons nus étaient durs comme de la corne. Un coup à la gorge lui coupa le souffle. Il avait l'impression d'être piétiné par des moutons. D'un revers de bras il en fit tomber plusieurs, se releva, bouscula les autres, et entra de force dans le jardin.

Dès qu'il y eut fait deux pas il se rendit compte qu'il n'était pas possible d'aller plus loin. La foule des enfants s'agitait comme les abeilles d'une ruche qu'on vient de bousculer, et il en montait la même sorte de bruit collectif, aigu, rageur, menaçant.

Près du ruisseau, couchée au milieu d'un groupe, Mary gémissait et criait. Den, agenouillé près d'elle, essayait de la calmer. Il la prit sous les bras et l'aida à se lever. Il avait l'impression qu'elle aurait moins mal si elle marchait. Quand elle fut debout, quelques larmes de sang coulèrent sur ses jambes. Den la reposa à terre, et, les deux bras levés, les poings serrés, poussa un long cri de fureur.

Il était sept heures du matin à l'Îlot 307 et la lumière du jour brillait dans la citadelle. Autour de l'Île, sur l'Océan, régnait encore la nuit noire, épaissie par une brume immobile dans laquelle les navires de l'amiral Kemplin tournaient comme des éléphants aveugles, cherchant à tâtons de leur radar la queue du précédent, et poussant à intervalles réguliers des barrissements d'inquiétude. L'amiral, dans la cabine du porte-avions où il avait passé la nuit, venait de boire du café en poudre dans de l'eau trop chaude. Il s'était brûlé le bout de la langue, il était furieux, il se rasait avec un rasoir électrique qui bourdonnait comme un sale insecte, encore une nuit abominable qui n'en finissait pas, puis il y aurait une courte journée que la brume avalerait et qu'on n'aurait pas le temps de voir avant que la nuit pourrie recommence. Bien de la chance si on passait seulement cinq ou six heures sans se rentrer dedans. Et, en plus, ces crétins de Russes avec leurs « chalutiers » et ces vermines de Chinois avec leurs « jonques », qui se rapprochaient sans cesse, comme s'ils cherchaient à se faire aborder, exprès, se faire éventrer, pour lui coller un sale incident sur le dos. Depuis une semaine, les radars en avaient repéré cinq dans le brouillard, trois « chalutiers » et deux « jonques ». Mais qu'est-ce qu'ils croyaient ? que c'était carnaval ? avec ces camouflages idiots ? Ils espéraient tromper qui ? Heureusement, la semaine prochaine il s'en allait, c'était fini pour lui, à un autre le tourniquet dans la purée. Deux mois de permission… repos… il irait au Texas… du sable et du soleil… plus d'eau ! plus une trace de vapeur d'eau à l'horizon !…

Rentré chez lui, Frend barricada sa porte, ouvrit son placard, fit sauter le camouflage de son installation et s'assura que tout était en état de marche. Il manipula le réglage de l'écran de sa chambre pour recevoir les diverses images envoyées par les caméras de l'Île. Il vit la salle bleue de l'usine se vider, et les adultes emporter les blessés et peut-être les morts. Il vit le jardin bouillonner. Les enfants y arrivaient de partout et se concentraient autour de Han et de Den.

La mission de Frend ne consistait pas à intervenir dans la vie de l'Île, mais à y aménager certaines installations. C'était fait. Et à informer les Grands en cas de crise grave. Il allait le faire. Et il se garderait bien de parler de son action dans l'usine des eaux. Le plus loyal des agents ne dit que ce qu'il juge bon.

Il tira à lui le boîtier blotti au fond de sa cachette et se mit à pianoter en morse, au moyen du bouton jaune.

À la Maison Blanche, le chef de service d'écoute fut réveillé en pleine nuit par le radio de garde et prit sur lui de faire réveiller le président Nixon.

À Moscou, dans le jour finissant, Brejnev sortait du Kremlin à bord de la grande voiture noire présidentielle quand le téléphone placé à sa portée sonna. Il écouta, et ordonna au chauffeur de faire demi-tour.

À Pékin, Mao avait, comme tous les jours, bien occupé sa matinée, et la terminait par une conférence avec trois conseillers agricoles dans son cabinet de travail. Un secrétaire vint lui apporter un message tracé à la main. En souriant, Mao dit aux trois hommes qu'il avait fort apprécié leurs avis, et les remercia. Ils sortirent. Le secrétaire également.

— Jamais ! Jamais ! Jamais ! cria une fille, jamais ! jamais ! jamais !…

Cela voulait dire « jamais je ne renoncerai à mon enfant, jamais je ne boirai cette eau qui veut le détruire, jamais je ne m'inclinerai devant la décision des adultes, jamais je n'accepterai de comprendre leurs raisons, jamais, jamais… ».

Maintenant tous les enfants de l'Île étaient rassemblés dans le jardin, les plus jeunes comme les adolescents, et les garçons et les filles de dix à douze ans que le problème des grossesses ne concernait pas criaient autant que leurs aînés. En riant un peu, parfois, car pour eux c'était comme un jeu. Les filles enceintes, ou celles qui croyaient l'être, se débattaient avec des clameurs et des gestes contre le mur invisible qui les enfermait. Elles ne voulaient pas, elles NE VOULAIENT PAS obéir, et pourtant elles seraient obligées de le faire.

La soif commençait à se faire sentir, pas encore la vraie soif, mais l'obsession de l'eau familière qui coulait, là, rieuse, au milieu de l'herbe et des fleurs, et qu'on ne pouvait pas, qu'on ne devait pas boire.

Les garçons, inquiets, tendus, sentaient monter en eux un sentiment qu'ils n'avaient jamais connu : c'était un élan, une envie, qui les faisaient frémir comme frémissent dans les forêts et les savanes les jeunes mâles des hordes au moment où se troublent les femelles et où de grandes écharpes d'oiseaux volent en criant au-dessus des horizons. C'était quelque chose dans les muscles, dans la gorge, dans le sang, le besoin de courir, de crier, de frapper. C'était la naissance effervescente des instincts de migration et de violence.

— Il faut les tuer tous ! tous ! cria un garçon brun aux cheveux tressés. TOUS !

Han cria aussi fort que lui :

— Ça servira à quoi ?

Debout devant le romarin grand comme un arbre, couvert de milliards de fleurs bleues, il tenait sa fille dans son bras gauche, et son bras droit entourait la taille d'Annoa, qui se serrait contre lui et le regardait. Il parla plus calmement, vers tous ceux qui l'écoutaient.

— Quand ils seront tous morts, nous resterons avec l'eau du réservoir, qu'il faudra boire…

— Alors qu'est-ce qu'on fait ? cria une fille.

— Il faut partir !… dit Han.

Et sa voix s'éleva, s'exalta de nouveau jusqu'au cri.

— … Avec toutes les barques fermées et les barques gonflables qui ne sont pas encore passées au feu ! Nous pouvons y tenir tous ! Si nous restons nous allons perdre tous nos enfants ! Il faut quitter l'Île ! Partir !

Un hurlement de joie et d'approbation lui répondit. Quand il se calma, quelques voix inquiètes s'élevèrent :

— Ils vont nous tirer dessus !

— Les navires…

— Ils vont nous détruire…

— Si on passe les bouées ils vont nous bombarder !…

Tirer, bombarder, détruire, ils savaient ce que c'était, ils l'avaient vu cent fois, mille fois sur les écrans, mais ils avaient vu aussi les espaces sans limites, les voitures, les avions, et la fusée Apollo, et les rues de New York et de Paris avec leurs troupeaux de véhicules et leurs tours dressées vers le ciel. Le ciel, le ciel, le vrai ciel sans plafond, les voitures qui fonçaient vers l'horizon, les avions qui décollaient, le Concorde comme un oiseau, les B.52 avec leurs bombes, pan-pan-pan-pan-vrrrramb-boum !… Le volant dans les mains, le pied sur l'accélérateur, vrrrr ! vrrang !… foncer dans la vitrine… quitter le sol… monter vers la Lune… les étoiles… lâcher les bombes… du bruit ! de l'espace ! de la place ! de l'air ! en dehors des murs ! en dehors ! en dehors !…

— Nous n'avons jamais essayé de franchir la deuxième ligne de bouées, cria Han. Ils n'oseront pas tirer. Nous leur dirons : nous sommes des enfants nus. Ils ne tireront pas ! Il faut partir ! Partir tout de suite !

Les garçons et les filles crièrent :

— Oui ! oui ! oui !

Et ils se mirent à courir vers toutes les portes du jardin.

Dans les écrans des rues qui descendaient vers le petit lac intérieur ils virent s'agiter l'image du docteur Galdos qui s'adressait à eux avec véhémence, le visage horrifié. Mais ils n'y prêtèrent aucune attention et n'entendirent pas ce qu'il disait. Il les conjurait de ne pas tenter de partir. Ils allaient être tués, tués, tués, tués… Il répétait sans cesse le mot, et quelques-uns l'entendirent à travers leurs cris de joie, mais ils ne croyaient plus à rien qu'à leur joie, au départ, au voyage. Ils allaient enfin entrer dans le Monde fabuleux, ils allaient partir. Tout de suite…

Jeanne était agenouillée au chevet du lit de Bahanba. Elle avait parlé longuement au gisant qui ne pesait presque plus rien, et dont la présence emplissait la pièce d'un poids énorme, le poids du diamant, de la lumière, de l'étoile, qui au lieu d'écraser, soulève. Elle avait raconté toute son histoire, ses recherches, ses batailles, sa volonté, son espoir, son désespoir à son arrivée dans l'Île, sa résignation, puis sa révolte au moment des roses rouges dans la nuit. Et quand elle eut tout dit, elle continua de parler, recommençant et se répétant, et se plaignant comme un enfant battu, laissant couler, enfin, tous ses tourments en dehors d'elle, hors du silence terrible solitaire qui l'enfermait depuis dix-sept ans dans une cellule de fer. C'était un soulagement physique, un grand lavage, une débâcle. Elle parlait, et les mots qui sortaient d'elle n'avaient même pas besoin de signifier quelque chose. Ils étaient du poison qui se vidait, un monde de parasites rongeurs qu'elle jetait dehors.

Quand furent pleines les onze barques serrées les unes contre les autres le long du petit quai circulaire, il restait la moitié des enfants non embarqués. Den était parmi eux. Il cria :

— Allons chercher les péniches !

Il y en avait sept, il savait où elles étaient, il ne savait pas comment les gonfler, mais c'était un problème secondaire, il trouverait bien la solution. Il y a du vent partout, du vent, on trouverait bien le moyen de faire entrer le vent dans les péniches. Et tous ceux qui étaient restés sur le quai suivirent Den vers l'entrepôt.

Les quatre hommes armés qui gardaient la sortie du lac avaient parlé, gesticulé, protesté, pour empêcher les enfants de monter dans les barques mais ils n'avaient pas tiré. Ils n'avaient pas pu tirer sur leurs enfants.

Han était monté dans la plus petite barque, seul avec Annoa et leur fille d'un jour. Et les dix autres barques, les grandes, s'étaient emplies comme des œufs.

Alors les hommes qui n'avaient rien pu empêcher firent le nécessaire, rabattirent sur les barques les couvercles transparents, et les verrouillèrent, car ceux qui sortaient dans les barques ne devaient pas pouvoir les ouvrir lorsqu'elles étaient dehors. Et les enfants les laissèrent faire parce que c'étaient les gestes dont ils avaient l'habitude. Et les moteurs électriques ronronnèrent, les barques blanches hermétiques passèrent une après l'autre dans le sas, reçurent la pluie d'acide, et sortirent sur l'océan.

Jeanne ne parlait plus.

Après s'être vidée de tous ses souvenirs et de toutes ses peines elle les retrouvait entiers, intacts, en elle-même, avec leurs griffes et leurs lames, et cette certitude que rien ne pourrait changer : *vingt ans de plus que lui pendant l'éternité*...

Elle se releva lentement, regarda Bahanba et dit à mi-voix :

— Que faire ?...

Ce n'était pas une question, mais pendant quelques

instants elle espéra quand même une réponse. Bahanba ne dit rien. Il était pareil à un dieu mort de la mort des dieux, qui est la forme suprême de la vie. Il avait entendu, il entendait tout et savait tout. Mais il ne parlait plus. Celui qui l'interrogeait et était en état de recevoir la réponse la trouvait dans son silence. Jeanne écouta, attendit, et ne reçut rien. Désemparée elle se leva, regarda avec inquiétude le visage réduit à sa structure, les yeux clos qui s'enfonçaient vers la vision intérieure, et elle ne vit rien et ne comprit rien. Il n'était plus qu'un esprit, elle était charnelle et saignante. Elle sortit, leva la tête pour regarder les papillons emportés, et se mit à suivre le vent.

Frend, dans sa chambre, le regard sur son écran, la main sur son émetteur, informait sans arrêt les Trois qu'il avait alertés. Chacun des Grands était seul dans son bureau, où, minute par minute, un planton athlétique et stupide, exactement le même sous trois uniformes différents, lui apportait la traduction alphabétique des messages reçus en morse.

Frend émettait en clair, il n'avait pas le temps de coder. Mais les services qui captèrent ses messages crurent qu'ils l'étaient et cherchèrent vainement quel pouvait être le sens de phrases semblables à celle-ci :

« Les enfants nus sont partis dans les barques closes. »

Frend émettait en anglais. Brejnev et Mao comprenaient fort bien. Devant chacun des Trois étaient posés les téléphones directs, et le coffret que Frend leur avait apporté.

Dans l'Île, penché sur l'abreuvoir de l'étable ronde, le bison blanc buvait.

Dès qu'elles sortirent du chenal, les barques se trouvèrent dans la nuit et le brouillard. Elles ne possédaient ni compas ni boussole. Leur tableau de bord ne comportait qu'un récepteur-émetteur radio et un seul cadran sur lequel une flèche mobile, lumineuse, indiquait constamment la direction de l'Île et l'entrée du chenal. Car ces barques n'étaient pas destinées à naviguer au large, mais à revenir vers l'Île, toujours.

Quand elles furent dans le brouillard, elles ne se virent plus. Celle de Han était la dernière. Han, debout au volant, tranquille, englouti par l'obscurité grise qui pleurait en larmes énormes sur le toit transparent, ne se sentit pas perdu. Il savait avec son corps, comme le savent les oiseaux, que le monde qu'il cherchait, le monde du ciel libre et du soleil, était à sa gauche. Il vira lentement vers le sud.

Le hululement de l'alerte résonna à la fois sur tous les bâtiments de la Ronde. L'amiral Kemplin bondit vers la passerelle du porte-avions. L'homme-radar, en le voyant arriver, se mit à crier les renseignements.

— Onze objets non identifiés sortis de l'Île !... Dix gros et un petit !... Les gros viennent plein ouest vers les bouées !... Le petit en train de virer vers le sud !...

Devenu tout à coup froid comme le Pôle, l'amiral donna les ordres :

Hélicoptères en vol, suivre au radar les onze objets, les survoler, prêts à larguer le napalm.

Avions en l'air, tourner au-dessus des objectifs.

Avions prêts à décoller, en l'air.

Navires du premier rang, lance-flammes en batteries…

Navires des deuxième et troisième rangs, même consigne.

La barque de tête, navigant plein ouest, franchit la première ligne. Une fille nue était au volant.

La nuit et le brouillard lui cachèrent les bouées. Elle continua tout droit. Tout à coup la nuit se teignit de rouge et de vert palpitants, et une voix de fer cria dans le récepteur à l'intérieur de la barque :

— Retournez d'où vous venez ! Retournez d'où vous venez ou nous allons vous détruire ! Faites demi-tour ou nous allons vous détruire !

Les enfants effrayés se levèrent de leurs bancs et crièrent :

— Nous sommes les enfants nus !

La fille qui était au volant parla dans l'émetteur :

— Nous sommes les enfants de l'Île, laissez-nous passer !…

Cinq autres barques avaient rejoint la première. Elles franchirent la deuxième ligne de bouées dans un éventail de moins de deux cents mètres. Et les garçons et les filles qui étaient au volant répétaient :

— Nous sommes les enfants…

— Nous sommes les enfants de l'Île, laissez-nous passer !…

Les autres barques arrivaient derrière, et dans les postes émetteurs des dix barques, dix voix répétaient la même phrase avec la même tranquillité, et la certitude d'être entendus. C'était des voix d'enfants à qui personne n'avait jamais fait de mal.

Sur les écrans des radars, les dix barques qui ne se voyaient pas composaient une petite flottille presque en ordre qui continuait d'une allure franche sa route vers l'ouest. Les pilotes des avions et des hélicoptères, et, sur les navires, les pointeurs des lance-flammes, l'œil fixé sur leur viseur fluorescent, les oreilles cachées par les écouteurs énormes, entendaient le concert des voix fraîches, des voix qui disaient :

— Nous sommes les enfants de l'Île…

— Laissez-nous passer !

Puis ils entendirent la voix de l'amiral :

— Ouvrez le feu !

L'enfer tomba du ciel. Traversant la brume, des fleuves de flammes coulèrent, jaillirent, explosèrent sur les barques, autour d'elles et au-dessous. Le plastique fondit et brûla avec des explosions vertes. Les hommes dans le ciel et sur les navires entendirent dans leurs écouteurs des hurlements de douleur et d'épouvante, puis plus rien. La caméra située en haut de l'antenne de la Citadelle envoya sur tous les écrans l'image de la nuit transformée en volcan d'apocalypse. Le dos multiple de la brume, éclairé par-dessous, palpitait jusqu'à l'horizon. Dans le centre infernal où se concentraient les explosions, des pustules de feu crevaient le brouillard et montaient en arbres bourgeonnants vers les étoiles, composant une forêt mouvante de lumière et d'horreur. À la base du feu il n'y avait plus ni barques ni enfants. La mer brûlait.

Un silence terrible avait figé l'intérieur de l'Île. Les adultes immobiles, debout devant les écrans, raides, tendus, comme en catalepsie, regardaient palpiter les couleurs et les flammes de l'abominable. Dans l'entrepôt, les enfants avaient lâché les péniches qu'ils étaient en train de déplier, regardaient le grand écran du mur du fond et tremblaient. Une fille croisa ses deux avant-bras sur son ventre et se mit à gémir. Le brun aux cheveux tressés cria :

— Il faut les tuer ! Les tuer !

LES TUER !

Den sauta sur une caisse.

— Il faut appeler au secours ! Appeler le Monde ! Qu'il vienne nous délivrer. Il suffit de lui dire la vérité ! Le trésor qu'on lui cache ! Ici ! La fin de la mort ! Il suffit qu'ils viennent et ils auront l'immortalité ! Tous ceux qui viendront seront délivrés de la mort ! Il suffit de le leur dire ! Ils vont venir de partout ! En avions ! En bateaux ! Tous les bateaux, tous les avions du Monde vont venir ! Pour être immortels. Le Monde entier va venir ! Il suffit qu'il sache ! Je vais l'appeler avec mon poste et tout lui dire ! Il va venir et nous serons délivrés !

Il s'empara d'une barre de fer qui servait à ouvrir les caisses. Il la brandit en direction de la porte.

— Ils vont nous empêcher d'y arriver ! Il faut passer au travers !

Il sauta à terre et courut vers la porte. Ce fut comme si l'entrepôt explosait. En hurlant, les garçons et les filles s'armèrent de tout ce qu'ils trouvèrent et coururent derrière Den. Le technicien de garde à la salle de radio, devant les écrans multiples, dès qu'il vit et entendit Den, coupa l'image de l'extérieur et envoya sur tous les circuits celle de l'entrepôt. Ainsi les adultes reçurent brutalement l'annonce de ce qui les attendait.

L'amiral était toujours glacé, mais la sueur coulait sur son visage. Il ne voulait pas savoir ce qu'il venait de détruire. Il avait entendu, dans le haut-parleur de la passerelle, les voix venues des barques :

— Nous sommes les enfants nus…

Mais il n'avait pas à les entendre ! il n'avait pas à comprendre la signification de ces mots !… Il avait à exécuter des ordres… C'était POUR CELA, pour ce qu'il venait de faire, qu'il avait été mis là, avec tous ces vaisseaux qui tournaient dans la brume et ces hélicoptères maintenant vides comme des moustiques qui viennent de pondre, et ces avions qui, du haut du ciel, continuaient à jeter des flammes dans les flammes.

La tâche, le devoir n'étaient peut-être pas finis : un dernier point lumineux se déplaçait sur les écrans des radars. Navigant vers le sud, il s'était arrêté au moment des premières explosions, avant d'atteindre les bouées. Il avait rebroussé chemin vers l'Île, s'était arrêté de nouveau, et maintenant il tournait autour de l'Île dans le sens inverse du premier rang des vaisseaux de la Ronde.

Han n'avait pu se résoudre à suivre la flèche lumineuse et à rentrer dans l'Île. Il sentait, il *savait* qu'il devait partir. Il savait aussi que s'il traversait les bouées il subirait le même sort que les autres barques et leurs occupants. Alors, attendant il ne savait quel moment impossible, il se mit à tourner autour de l'Île dont l'incendie découpait la silhouette dans la brume, comme le pigeon libéré qui tourne trois fois dans le ciel du village avant de filer droit vers le pays qui l'attend, et vers les fusils des chasseurs.

Roland alla chez Bahanba, et apprit par son serviteur que Jeanne était venue et repartie. C'est en ressortant, dans la rue, à quelques mètres, qu'il reçut le choc des images venues de la mer. Il s'immobilisa, bouleversé, et il comprit que tout ce qu'ils avaient essayé de protéger dans ce coin du monde, tous leurs projets, tous leurs espoirs, une certaine idée de la liberté et du bonheur allaient être détruits, car une telle horreur ne pouvait pas rester impunie. Ils étaient tous innocents, mais ils allaient tous payer. Et, brusquement, il *sut* où il allait retrouver Jeanne. Il se mit à courir, juste au moment où Den et les enfants sortaient en hurlant de l'entrepôt.

Ils coulèrent comme un torrent de lave vers le centre de l'Île, où se trouvait la salle de radio. Ils cassaient, arrachaient, détruisaient tout ce qu'ils trouvaient sur leur passage. Ils entraient dans les chambres, brisaient les miroirs pour s'en faire des poignards et des épées, les mains protégées par du linge ou des draps déchirés. Ils allèrent aux cuisines prendre les grands couteaux. Chaque adulte rencontré était attaqué comme par des loups. Effarés, débordés, les adultes se défendaient à peine, retenus par un réflexe venu du fond des âges de l'espèce, qui leur interdisait de faire du mal à leurs enfants. Ils tombaient, assommés, tailladés, et la horde, l'essaim, la meute d'enfants les piétinait et poursuivait sa route, emportés par une fureur et une haine collectives qui submergeaient les motifs et la raison.

Des femmes, des mères, parlèrent à la télé, appelant leurs enfants par leur nom, les suppliant de se calmer, de renoncer à parler à la radio. L'image de l'évêque noir apparut sur les écrans. Il était à genoux et se frappait la poitrine au-dessus des batailles des couloirs.

— Mea Culpa ! Nous sommes coupables ! Nous sommes tous coupables ! Nous vous demandons pardon ! Mais n'allez pas plus loin ! Répudiez la violence ! Soyez doux comme Jésus ! Acceptez la souffrance et le sacrifice de vos frères ! Jetez vos armes et priez avec moi !

Un spasme le prit, il porta ses mains à son nombril et se tordit. Personne ne l'avait écouté. Les enfants n'entendaient que le bouillonnement de leur sang et leurs propres cris. Ils fonçaient vers la salle de radio, détruisant tout ce qui se mettait en travers de leur course.

Le docteur Lins vint au-devant d'eux, les bras écartés, débordant d'amour et de pitié.

— Mes enfants !... Mes enfants !...

Une fille lui enfonça un épieu dans la bouche. Ils l'égorgèrent et le taillèrent en pièces, et chacun, en courant, lui marcha dessus.

Jeanne vit l'incendie de la mer et la révolte des enfants, et ces violences rejoignirent au fond d'elle-même l'absurdité et l'horreur de sa propre situation. Elle repartit à la suite du vent qui la conduisit où elle voulait : aux couloirs fermés par les grilles. Elle en explora plusieurs avant de retrouver la grille sous laquelle passaient des rails. Une serrure à hauteur du plafond, hors de portée des jeunes enfants, la maintenait fermée. Jeanne leva le bras, fit tourner la poignée et entra en un lieu où il n'y avait plus de vent et où régnait la paix. Elle y trouva Roland qui l'attendait.

Dans la rue qui conduisait à la salle de radio, des hommes que Galdos avait rassemblés tenaient tête à l'assaut mené par Den et les enfants les plus âgés. Les adultes avaient dressé une barricade avec les établis et les tables de l'atelier. Elle montait jusqu'au plafond et retentissait sous les coups que lui portaient les assaillants.

Les électroniciens qui se trouvaient là avaient cherché pour le détruire le poste fabriqué par Den. Il y en avait des quantités, dans des casiers et sur des étagères, achevés ou non, de toutes dimensions. Ne sachant lequel c'était, ils commencèrent à tout briser. Mais ils durent s'interrompre pour courir à la barricade qui chancelait.

Le bison avait bu plus de vingt litres d'eau. La douleur, tout à coup, lui rongea le ventre comme mille rats. Il poussa un cri formidable, pareil à ceux d'un lion et d'un éléphant. On l'entendit dans toute l'Île et, pendant un instant, les enfants et les hommes cessèrent de se battre pour écouter. Ils entendirent des fracas et des plaintes, pensèrent que c'était le combat qui reprenait, et les enfants se lancèrent de nouveau en avant. Ils attaquaient la barricade avec une poutre de fer. La barricade volait en morceaux et reculait. Mais les hommes entassaient sans cesse d'autres matériaux derrière. Le bison, fou de douleur, baissa ses immenses cornes et fonça contre le tigre qui lui mangeait le ventre. Il pulvérisa la porte de l'étable, enfonça un mur, passa à travers une verrière, tomba dans le laboratoire de chimie et repartit couvert de fumées et de flammes en éventrant la cloison de fer. Il fonça dans une rue. Sa masse en occupait toute la largeur. Il piétinait tout ce qui était à terre, combattants et blessés, mais la douleur le suivait dans son ventre et se dérobait devant lui. Il déboucha dans un carrefour, arracha deux fontaines et aplatit une fille contre la porte d'un ascenseur. L'eau se mit à ruisseler dans les rues et le vent à souffler pour évacuer la fumée du laboratoire qui brûlait.

L'amiral, blême de fureur rentrée, regardait la petite tache verte qui allait bientôt achever son troisième tour de l'Île. Que faisaient-ils, ces idiots-là ? Ils ne pouvaient donc pas rentrer chez eux ? Mais tant qu'il était occupé à surveiller la barque qui naviguait, il pouvait éviter de penser à celles qui ne naviguaient plus… Les hélicoptères avaient refait leur plein de napalm et tournaient autour de l'Île dans le même sens que la barque de Han, mais plus au large, au-delà des bouées. Han sourit à Annoa. Elle était assise près de lui, sa fille sur ses genoux. Elle sourit. Elle n'avait pas peur. Il tendit sa main gauche vers elle, elle la prit avec ses deux mains, et posa son front, sa joue puis ses lèvres au creux de sa paume. Han regarda le tableau de bord : la flèche indiquait que l'entrée de l'Île était à sa gauche. Il avait donc le sud devant lui. Il sut qu'il allait bientôt se décider.

Roland attendait Jeanne au milieu d'une longue salle ovale où la petite voie ferrée venue de la grille se divisait en six voies secondaires qui se rejoignaient à l'autre bout de la salle pour n'en former plus que deux. Celles-ci pénétraient dans un long couloir en pente légère. À l'extrémité du couloir ronflait le reflet insoutenable du Feu.

Trois des voies étaient vides, et trois occupées par des bennes basculantes longues et basses. Dans les bennes, des animaux dormaient. Il y en avait de toutes espèces, de tous âges et de toutes tailles, il y avait des massifs de marguerites closes et des écureuils et des oiseaux aux ailes étendues, des bouquets de petits chats et de lapins, de chinchillas et hamsters dorés, et une biche avec son faon, tout un plateau épais de violettes et primevères, des brassées de chèvrefeuilles, la tête d'un pommier qui n'avait jamais eu de pommes et dont les fleurs pour la première fois se fermaient. C'était un morceau de paradis qui dormait. Ce qu'il y avait eu de trop cette nuit au Paradis.

De légères volutes de fumée bleue, transparente comme celle des cigarettes, achevaient de se dissoudre, laissant derrière elles une odeur de vanille et de foin coupé. Dès que Jeanne la respira, elle sentit tout le poids de ce qui était désagréable, et son corps lui-même, s'alléger. Elle vit une benne vide remonter du couloir et s'engager sur une des voies libres où elle s'arrêta. Une benne pleine s'engagea dans le couloir et commença à descendre. Elle était fleurie d'énormes géraniums écarlates, et d'oiseaux jaunes et bleus. Au bout du couloir brillait le Feu. Roland s'avançait vers elle lentement en lui tendant les mains.

Frend voyait sur son écran la barricade de la rue de la Radio céder peu à peu du terrain sous les coups furieux de la troupe de Den. Sa mission ne consistait pas à intervenir, mais il jugea qu'il avait peut-être la possibilité de sauver ce qui pouvait l'être encore. Il parla dans le micro de la télé de l'Île.

La barque de Han termina le troisième tour de l'Île et ne commença pas le quatrième. Han bloqua le volant dans la direction sud-sud-est, et vint s'asseoir près d'Annoa. Il lui prit la main et elle pencha la tête sur son épaule.

L'observateur radar de la passerelle cria les renseignements :

— L'objet repéré navigue sud-sud-est vers la première ligne de bouées !…

L'amiral s'essuya le front et donna des ordres.

Le bison s'était arraché une corne contre une mur de béton. La douleur était maintenant dans sa tête en même temps que dans son ventre, et sa rage avait doublé. Le vent emportait la fumée, les oiseaux, les papillons et des lambeaux de flammes. Le bison, à l'entrée de la rue de la Radio, vit des choses qui bougeaient et chargea. Il écrasa les enfants, défonça la barricade et entra comme un typhon dans la salle, emportant Den accroché à ses poils noircis de feu, rougis de sang. Den se laissa rouler à terre où l'eau ruisselait. Il savait où se trouvait son poste. Il bondit vers lui, le saisit à deux mains, courut vers le départ d'antenne. Galdos lui sauta dessus. Le bison ravageait l'atelier. Une fille attrapa les bras de Galdos par-derrière et le mordit au cou. Il hurla et lâcha Den. Le bison chargeait les enfants, les adultes, les tables. La fumée arrivait par les conduits du vent avec des bouquets de papillons en flammes. Den brancha son poste sur l'antenne. Quelques enfants firent le cercle autour de lui, face aux adultes qui à leur tour attaquaient, cette fois sans pitié, frappant avec des outils et des pieds de table. Le bison passa, arrachant une grappe de combattants, et sortit au galop, un enfant empalé sur sa corne rouge.

La voix de Frend retentissait dans toute l'Île. Elle disait :

— Cessez immédiatement le combat ! Si vous parlez à la radio l'Île sera détruite… Si vous parlez à la radio l'Île sera détruite…

Roland et Jeanne l'entendirent, et tous ceux qui ne se battaient pas. Dans les clameurs de la salle enragée, personne ne l'entendit, sauf peut-être Den, et cela ne changea rien.

— L'Île sera détruite ! L'Île sera détruite ! L'Île sera détruite !…

La phrase rebondissait contre les murs, grondait dans les couloirs du Feu, arrivait à Roland et à Jeanne multipliée et agrandie par les échos. Les bêtes innocentes dormaient.

— Mon amour… dit Roland,… le temps va finir…

Il était arrivé devant elle. Doucement il la prit dans ses bras. Elle se raidit, puis ferma les yeux et se détendit. Elle cessa de se battre. Il n'y avait plus de temps pour la bataille. Elle n'entendait plus le Feu ni la voix qui annonçait la fin. Elle n'entendait que lui.

— … Il n'y a plus de temps… Rien ne nous sépare plus… Il n'y a plus de temps entre nous… Nous ne nous sommes jamais quittés…

C'était vrai. Elle le sut. Les bras qui la gardaient étaient ceux de jadis. Ils ne s'étaient jamais ouverts pour la laisser partir. Elle s'y retrouvait telle qu'elle avait été. Il n'avait pas changé. Elle non plus. C'était hier et c'était aujourd'hui. Il n'y avait plus de temps perdu. Il n'y avait plus de temps.

— … Nous sommes rue de Vaugirard… Dans notre lit… Tu t'es levée pour aller boire… Je dormais… J'ai tellement dormi… En revenant tu viens de me réveiller… C'est maintenant…

— … Maintenant…

Elle bougea un peu pour prendre sa place exacte contre lui, la place qui était la sienne le long de lui, depuis l'éternité. Ils étaient debout dans les bras l'un de l'autre, dressés au milieu de la pièce fleurie d'oiseaux et de fleurs et de bêtes douces endormies. Immobiles. Comme eux. Immobiles dans leurs bras refermés. Ensemble. Un seul.

Den réussit à brancher son micro. Protégeant son appareil de son corps, insensible aux coups, il cria :

— Appel au monde entier !... Appel au monde entier !...

Frend sut que le moment d'achever sa mission était arrivé. Il cessa de parler dans le micro de l'Île et posa de nouveau sa main sur le bouton jaune du boîtier. Il envoya en morse le bref signal de danger définitif. Il le répéta, et continua de le répéter...

À l'autre bout du monde, une main soignée s'approcha d'un coffret ouvert, et appuya sur le bouton qu'il contenait.

Frend vit s'allumer la première lampe.

La barque de Han franchit les bouées. Son récepteur se mit à hurler :

— Retournez d'où vous venez ou nous allons vous détruire ! Retournez d'où vous venez !

La barque continua tout droit, sud-sud-est, vers la deuxième ligne de bouées.

La deuxième lampe s'alluma.

Den cria dans son micro :

— J'appelle le Monde ! Au secours ! Au secours ! Ici l'îlot...

Frend ne vit pas s'allumer la troisième lampe. Au premier trois cent millième de seconde où son filament commença à chauffer, l'émetteur du petit placard fonctionna, et envoya vers les profondeurs de l'Île le signal que Frend avait préparé. À la vitesse de la lumière, le signal atteignit le dispositif de mise à feu que Frend avait disposé sur la bombe atomique. Elle attendait au fond de l'Île depuis dix-sept ans. Elle n'attendait que cela.

Les lèvres de Jeanne et de Roland venaient de se rejoindre par-dessus le temps.

Ils étaient au sommet de l'Arc de triomphe, debout, enlacés, réunis dans le bleu du ciel, au-dessus de la foule, au-dessus de la ville, au-dessus de toute la Terre. Et le ciel devint une gloire d'or et de lumière, et les prit au milieu de lui.

L'Île devint transparente comme une lampe, et illumina le brouillard sur cent kilomètres. Une tempête d'ondes effaça les images sur tous les radars de la Ronde, cracha dans les radios, affola les instruments. Hélicoptères, avions, navires, se trouvèrent tout à coup aveugles et sourds dans la nuit et la brume qui brillait comme un incendie. Des commandes se déclenchèrent sans ordre, des bombes tombèrent, du napalm flamba, des lance-flammes crachèrent, des navires entrèrent en collision, des hélicoptères s'écrasèrent dans la mer qui brûlait.

Un radio-amateur de Rockhampton, en Australie, capta un appel émis dans un langage qu'il comprit mal. C'était un mélange de mots de plusieurs langues. Il comprit le mot anglais « Help ! help ! ». C'était un appel au secours, brusquement interrompu. Il ne put pas localiser sa provenance. Il interrogea à travers le monde plusieurs de ses correspondants. Personne d'autre n'avait entendu.

L'Île brilla pendant onze jours dans la brume. Quand celle-ci se dissipa, au bout de deux semaines, on vit que le ciment blanc de la citadelle était devenu noir.

Les États-Unis avaient publié un communiqué annonçant que, dans le cadre des recherches nucléaires pacifiques, il avait été procédé avec succès, dans les profondeurs de l'îlot 307 du groupe des Aléoutiennes, à la mise à feu d'une charge atomique contrôlée. Tout s'était passé selon les prévisions.

Mai 1968. Paris épuisé, effrayé, attend. La France inquiète, qui n'y comprend rien, attend. Le monde, curieux, attend. De Gaulle va parler. La jeunesse a fait flamber un quartier de Paris. Par jeu ? par énervement ? par politique ? Le sait-elle elle-même ? En conclusion, elle a demandé à de Gaulle de s'en aller. Au lieu de répondre, il a disparu pendant deux jours. On saura plus tard qu'il est allé voir Massu. Mais personne ne saura dire exactement pourquoi. Voici la raison de ce voyage :

Lorsque de Gaulle reçut du colonel P… l'ampoule qui avait été dérobée à Khrouchtchev, il la rangea dans son coffre personnel à l'Élysée. Mais au cours des années qui suivirent, il eut plusieurs fois la preuve que nul coffre, à l'Élysée, n'était à l'abri des investigations des services secrets. Lesquels ? Sans doute les siens. On ne dérobait rien, mais on visitait. C'était peut-être pour tout savoir afin de mieux le protéger. Peut-être… Il avait dès le premier jour gratté l'étiquette marquée de trois caractères cyrilliques. Seul le colonel P… les avait vus, et le colonel P… était mort…

Mais cette ampoule sans indication devait intriguer les visiteurs curieux qui examinaient ses papiers en croyant ne pas laisser de traces. Si l'un d'eux, un jour, y faisait un prélèvement, pour savoir ? Ce n'était pas impossible. C'était risqué. Mais le risque ne les effraie pas. Au contraire. Il les excite. Surtout s'il est idiot. De Gaulle le savait. Il changea l'ampoule plusieurs fois de place et en arriva, comme Khrouchtchev, à porter toujours sur lui l'étui qui la contenait. Cela l'irritait.

Il trouva enfin la solution. Pour lui il n'existait qu'une façon d'être un homme : c'était d'être soldat. Cela signifiait la probité, la dureté, la simplicité, la clarté. Pas de problème. Massu était le soldat par excellence. Il lui donna un commandement en Allemagne, le nomma général, et lui confia l'ampoule en lui disant qu'il devrait faire tuer toute l'armée, si c'était nécessaire, pour la défendre. Ensuite la détruire par le feu, avant de mourir. Enfin il dormit tranquille.

Mai 68 le surprit. « On » avait profité de son absence pour déclencher cette révolution de collégiens, qui allait ébranler et peut-être jeter par terre la France qu'il avait eu tant de peine à faire tenir de nouveau sur ses pieds. « On » ? Qui ? Qui haïssait la France depuis toujours, et plus encore depuis que celle-ci se relevait, alors qu'elle-même s'abîmait ? L'Angleterre, bien sûr, qui avait déjà suscité la Révolution contre les rois, mobilisé l'Europe contre l'Empereur, occupé les Républiques avec les francs-maçons… Ou peut-être les États-Unis, qui n'admettaient pas qu'on pût refuser de se courber devant le dollar ? Angleterre, États-Unis, de toute façon c'était la même chose, les Anglo-Saxons, les Angles, les Saxons, ennemis de la France avant même Rome.

À moins que les Chinois…

De Gaulle était las, et ne voyait plus clairement les solutions. Faire face, encore une fois… Oui, bien sûr, l'âme était toujours trempée, mais le corps fatigué rendait parfois l'esprit trop lent à bien comprendre. Soixante-dix-huit ans, les séquelles de l'opération, les organes qui s'engorgent, les muscles qui traînent, les articulations qui grincent, alors qu'il faudrait être jeune comme ces jeunes pour réagir aussi vite qu'eux…

Alors il pensa à l'ampoule et comprit Kennedy.

Il ne rajeunirait pas mais deviendrait un vieillard solide. Son corps, au lieu d'être à la traîne, l'entraînerait. Il pourrait, une fois de plus, tirer la France par le col hors de la boue où les Nations et les Français eux-mêmes cherchaient sans cesse à la faire se vautrer. La contagion ? On verrait plus tard. Il fallait d'abord, cette semaine, demain, être en état de faire ce qu'il y avait à faire.

Il alla trouver Massu, et revint avec l'ampoule. Telle fut la raison de son voyage…

Il a annoncé qu'il parlerait ce soir. Ses partisans, inquiets, attendent. Ses adversaires et ses ennemis, déjà joyeux, attendent. Les jeunes, un peu étonnés d'avoir fait tant de bruit et tant d'effet, attendent…

Son médecin personnel, convoqué, attend dans la pièce voisine. L'équipe de la Télévision a tout préparé dans le salon habituel, et attend. Il s'est enfermé seul dans son bureau. L'étui contenant l'ampoule est posé sur le buvard. Debout, la tête bien droite, les mains l'une dans l'autre au bas de son ventre qui pèse, les yeux fermés, il prie…

— Mon Dieu, ai-je le droit ?

Il sait bien qu'il a le droit. Il a toujours su qu'il avait le droit… Ce n'est pas cela qui le fait hésiter et l'a appelé à cette confrontation au sommet.

— Mon Dieu, je suis un vieil homme, recru d'espérances et de déceptions… Je deviendrai un vieillard qui ne veut pas mourir… Ils en ont déjà assez de moi… Ils me haïront, jusqu'à ce qu'ils me tuent… Alors que Vous avez peut-être déjà décidé de m'appeler dans Votre paix… Dois-je me mettre en travers de Votre décision ? Mon Dieu, c'est pour la France… Donnez-moi le courage…

Du courage, il n'en a jamais manqué. Mais cette fois-ci, serait-ce bon ou mauvais pour la France ? Ne vaut-il pas mieux pour Elle qu'il parte, plutôt que de se faire haïr par les Français ?

Il se permet alors de se souvenir de la menace, volontairement écartée de son esprit : la contagion. S'il prend l'ampoule, il deviendra *contagieux*. Qu'il laisse venir à son esprit cette pensée signifie qu'il a déjà choisi sa décision. Il ne prendra pas l'ampoule.

Mais si Mao l'a prise ? S'il est immortel ? Si tout son entourage, si peu à peu tous les Chinois… ?

De Gaulle ouvre les yeux et lève la tête vers le plafond.

— Eh bien, Vous y pourvoirez… Chacun sa tâche…

Il renvoie son médecin et se rend dans le salon où l'attend la Télévision. Il va enregistrer son message : « Je reste. »

Cela signifie qu'il a choisi de partir, comme tous les mortels.

Nul ne sait ce qu'est devenue l'ampoule que de Gaulle n'a pas utilisée. Il ne l'a pas rendue à Massu. Il ne l'a pas laissée à l'Élysée. L'a-t-il détruite ? L'a-t-il emportée à Colombey ? L'a-t-il confiée à quelqu'un ? L'a-t-il cachée dans sa propriété ? Un membre de sa famille sait-il où elle est et de quoi il s'agit ? Ou bien, frappé brusquement par la mort, n'a-t-il pas eu le temps d'en disposer comme il le voulait ?

S'il ne l'a pas détruite, il y a quelque part en France une graine d'immortalité contenue dans du verre fragile que n'importe quoi ou n'importe qui, sans le savoir ou en le sachant, peut briser…

Nixon a en vain essayé de savoir si la onzième barque, celle qui était sur le point de franchir la seconde enceinte de bouées, a été ou non brûlée. C'est au moment où on allait faire feu sur elle que la bombe a explosé, et que tous les instruments se sont déréglés.

À l'endroit où elle aurait dû approximativement se trouver, deux hélicoptères sont tombés, la mer a brûlé pendant des heures. Quand l'ordre est revenu, il n'y avait plus rien sur les radars. Les patrouilles aériennes, cherchant de plus en plus loin, n'ont rien trouvé.

Sauf, sortant du brouillard, une grande jonque chinoise, qui filait sud-sud-est, dans le soleil.

FIN...

René Barjavel
Les Chemins de
Katmandou

Jeunesse perdue...

Quelle force peut donc bien pousser ces garçons et ces filles, venus des quatre coins du monde, vers les portes de Katmandou ? Située au pied de l'Himalaya, à la frontière du Tibet, cette ville se dresse telle une déesse au-dessus de deux mille temples. Jane et Olivier font partie de ces êtres partis chercher l'impossible pour échapper à leurs parents, aux règles et à la police. Mais ils se lancent dans un voyage qui risque bien de les mener à leur propre perte...

Imprimé en France par

MAURY IMPRIMEUR
à Malesherbes (Loiret)
en mars 2024

#lisez!
engagé
www.lisez.com
Pour plus d'information :
Imprimé sur du papier issu de forêts gérées durablement.

POCKET - 92 avenue de France, 75013 PARIS

N° d'impression : 276442
S24070/15